それは無謀というものだ。　下

Tenma Asahi

朝陽天満

Ruby collection

Contents

登場人物紹介
Character introduction
ボルト
腕の立つゴールドランクの冒険者。ギルドで救ったルゥイに縁を感じてパーティーに誘い、次第に惹かれあって恋仲に。しかしフォルトゥナ国を追われた元騎士という仄暗い経歴をもち…？
ルゥイ
ギルドに通いながらアーンバル上級学園の卒業を目指す孤児院出身の青年。恩人のボルトとパーティーを組み、めきめきと冒険者としての頭角を現すが、フォルトゥナ国の秘匿の王子と発覚して…!?

刻の魔術師
ルゥイに上級学校に進学するよう予言を施した人物。その長い寿命で人類を見守っていたとされるが、いまだ能力は謎に包まれている。
ラファエル
フォルトゥナ国の現国王。ルゥイの父である前王を手にかけて王座に就いたが、その心のうちは…？
ドウマ
アーンバル上級学園生。騎士を多く輩出する家系で剣技に自信があったが、冒険者上がりのルゥイに負かされプライドはズタズタに。
スタント
ギルドで『調薬』専門の講師をしている獣人でボルトとは旧知の仲。ギルドで泣いていたアルフォードがどうしても気になり…？
アルフォード
アーンバル上級学園生。学内で浮いていたルゥイの人となりを気に入って友人に。ギルドで講師をしていたスタントと運命の出会いを果たす。

それは無謀というものだ。　下

十五、逢瀬《おうせ》はギルドで

唯一大陸に属していない東の島国、フォルトゥナ国と言えば、ボルトの生まれ故郷だ。

ボルトは聖獣を見たことがあるんだろうか。

ふとそう思い立った俺は、休日、ボルトに訊《き》いてみることにした。既にボルトとは約束をしている。飛び込みの指名依頼もないらしく今回は一緒に依頼を受けてくれるのでテンションが上がる。

ウキウキと装備の支度をしていると、部屋のドアがノックされた。

朝早くにギルドに顔を出さないといい依頼がなくなってしまうので、今はまだ陽が昇りかけの早朝だ。

ドアを開けると、そこからアルフォードがひょこっと顔を出した。

外出する格好で、少しだけ恥ずかしそうに眉《まゆ》を寄せている。

「一緒に、ギルドに向かってもいいだろうか」

「いいけど、講師と待ち合わせか？」

「ああ。昨日連絡が来て、学園の休みの日に会いたいって……その」

照れたように少しだけ視線を逸《そ》らしたアルフォードの顔は、ほんのり上気していて、なんだか甘酸っぱかった。

でも、と俺は窓の外に目を向けた。

「いくらなんでも早くないか？　まだ陽も昇り切ってないぞ」

「気が逸《はや》って目が冴《さ》えてしまって。いてもたってもいられなかったんだ」

「うわあ……」

「い、いいだろう、何事も早いにこしたことはないんだから！」

思わず声を上げると、アルフォードは口を尖《とが》らせて叫ぶように言い訳を始めて、俺は慌ててその口を手で塞《ふさ》いだ。

まだ周りの学生は寝ている時間だ。休日ということもあり、あと数時間は寝ると思う。早朝に素振りをしている奴《やつ》ら以外は。

口を押さえられたアルフォードは事態を把握して、すまない、と赤くなりながら小さく謝った。

寮監室の窓口で外泊届けを提出していると、後ろからそれを覗《のぞ》き込《こ》んだアルフォードは一気に顔を真っ赤にさせた。

「アルフォードも外泊届け出す？」

振り返ってそう訊くと、アルフォードは目に見えて狼狽《うろた》えだして、「ま、まだ早いだろ……！」と赤くなって言うので、噴き出しそうになってしまった。

途中早朝の屋台でパンを買って食べ歩きし、アルフォードと並んで冒険者ギルドに入ると、そこでは既にボルトが待っていた。隣には、講師も。

俺たちを見つけたボルトが片手を上げる横から、嬉《うれ》しそうに顔をほころばせて駆け寄ってくる講師は、挨拶《あいさつ》もそこそこにアルフォードの手を取って、「会いたかった」と真っ赤になったアルフォードの顔を覗き込んだ。獣人が一途《いちず》で溺愛《できあい》というのを、講師はしっかりと周りにもわかるように体現してくれている。

「スタント、相手を困らせるのはお前の本意じゃねえだろ」

呆《あき》れたようなボルトの声に、講師が慌てたように「困ってるのか？　ごめん」とアルフォードに謝る。それに対して一連の流れについていけてないアルフォードは、講師に手を取られた状態で固まったままだ。

「んじゃ、俺らは依頼こなしに行くか」

「うん」

ボルトと共に依頼掲示板の方に移動して、二人であれこれ話し合う。

一泊すれば何とかなると選んだ、魔物討伐とその魔物のドロップ素材納品の依頼書を手にして二人で受付に向かうと、ちょうどアルフォードの背中が奥の通路に消えていくのが見えた。

◆◆◆

魔物が確認された場所の途中まで魔導汽車に乗り、そこから乗合馬車で、その後は徒歩での移動。昼過ぎに討伐対象の魔物の生息が確認された場所に着いた。今日の泊まりは魔導汽車を降りた街の宿屋に決定だ。

なかなか目当ての魔物が出てこず、出て来たとしてもドロップアイテムが納品依頼の品と違う物だったりして、ようやく目当てのドロップ品が手に入った時には辺りは既に薄暗くなろうとしていた。

夜になると途端に魔物は物騒になる。街に近ければ魔物除《よ》けの木が生えているし、たまに運がいいと野生の魔物除けの木が見つかってそこで野営もできるけれど、今日は木が見つからず、陽が沈み切る前に森を抜けようと俺とボルトは足早に森を進んでいた。

幸いにも二人とも怪我《けが》はしていない。魔物自体はそう強いものでもなく、ここら辺は二人にとってはそこまで苦労はしない狩り場だった。

「いやぁ、今日は運に見放されてたな」

「ホントにな」

苦笑しながらそんなことを言うボルトに、俺も思わず同意していた。

その後すぐにぽつりと降り出した雨は、一瞬にして土砂降りとなり、俺たちは森に足止めされてしまった。

ほんの少し先も見えないほどの豪雨は、木の下で雨宿りしたくらいでは回避することはできず、仕方なく方向転換を余儀なくされた。本当についてない。

「さっき途中にあった岩の隙間まで戻るぞ。こんな時に強い魔物に出てこられても冷静に対処なんてできねえからな。ここまで酷《ひど》い雨は視界どころか聴覚まで奪われる」

こっちだ、と先導し走り始めるボルトに遅れないように飛び出した俺は、川に飛び込んだかのように全身びしょ濡《ぬ》れになりながら、ボルトと共に岩の亀裂に飛び込んだ。奥はそこまで深くなく、洞窟《どうくつ》でもダンジョンでもなかったことにホッとしながら、ボルトがかざした灯《あか》りの魔法で周囲を見回す。

寮の部屋一つ分ほどの広さの岩場は、魔物が湧き出る横道もなく、入り口さえなんとかすれば一晩くらいは過ごせそうだった。

「すげえ濡れたな。こんな雨に降られるなんてなかなかねえぜ」

「ほんとに。っていうかこんな降り方初めて見た」

「他の国では定期的にこんな風に雨が降るところもあるけどな。そこでは恵みの雨って言われてる」

「ああ、水不足で……もしかして、南のルド？」

「当たり。あそこは砂地だから、これだけの雨が降っても地面に水がたまらねえで抜けちまうんだ。しかも川もねえと来た。一日一回ほんの数十分だけ降る豪雨を溜《た》めて、それで命を繋《つな》いでるんだ。結構過酷だぜ」

前髪から滴ってくる水を手で払いながら、ボルトが教えてくれる。

入り口に結界用の簡易魔道具を置いて、魔物が入って来られないようにしたボルトは、早速口を開いた。

「自由なる風よ、その心地よい力で我らの水を吹き飛ばせ。『ウィンド』」

ボルトが詠唱すると、心地よい風が身体《からだ》を駆け抜け、一瞬にして水分がなくなった。

水も滴るいい男だったボルトは、いつも通りのいい男に戻った。

「今日はここで一泊だな」

野営は慣れたものだ。

鞄《かばん》を開けると、鞄の中の水気もまた、先程のボルトの魔法で飛んでいた。

中から非常食を取り出し、薄い毛布を出す。

ボルトも同じものを取り出すと、装備はそのままに壁に背を預けて腰を下ろした。そして、両手を開く。足の間に座れということらしい。

魔物はここに入れないようにしてあるから、襲われる心配はない。

俺は少しだけ気恥ずかしく思いながら、ボルトの足の間に座り込んで、ボルトの胸に背を預けた。

後ろから抱き込まれる腕が心地いい。

本当なら、こんな場所でここまで気を抜くのはよくないけれど、でも、しばらくぶりの逢瀬だから、と言い訳して、ボルトの胸に、腕に甘える。

「お疲れさん。ホントは駅のある街に泊まっていつもとは違う気分でルゥイを愛《め》でるつもりだったんだけどな。予定は狂うもんだな」

「予定なんてそういうもんだよ。でもボルトと一緒にいられるなら俺はそれだけでいい」

「うわ、可愛《かわい》いこと言うじゃねえか。幸いにもここには魔物も来ねえ。たまには野外で刺激的に愛し合うか？」

くつくつと笑いながらそんなことを言って揶揄《からか》おうとするボルトに、俺は真顔で頷《うなず》いた。

どんな所でも、ボルトと抱き合うのは嬉しい。

そう呟《つぶや》いてボルトを振り返ると、ボルトは眉根《まゆね》を寄せて、手で口を押さえながら、「マジか……」

とくぐもった声を漏らした。

「くっそ可愛い返事しやがって。その気になりそうだったじゃねえか」

「その気にならないのかよ、残念」

振り返って伸びあがってボルトの口にキスすると、ボルトがこらこらと俺を窘《たしな》める。

「魔物が来ないっていっても流石《さすが》に危険がねえわけじゃねえからな。お預けだ」

「お預けか……なんか、俺の中、お預けされてるうちにボルトの形を忘れそうだよ」

「おま……っ！　ちょ、黙れって！」

この間もお預けだったんだからな、と口を尖らすと、黙れって言ってんだろ、と強引に口を塞がれた。舌が侵入してきて、俺の舌に絡まる。誘われるような動きに釣られてボルトの口に舌を伸ばすと、今度は甘噛《あまが》みされて、身体の奥がギュッと反応する。舌をきゅっと吸われると鼻から抜けるような声が出て、身体の力が抜けていく。

ボルトにもたれかかるように体重を預けながらキスをすると、ボルトの股間《こかん》がしっかりと反応しているのが布越しにわかった。よかった。同じだ。反応して勃《た》ち上がった俺のモノが、布に阻まれてちょっと辛《つら》い。

布越しにボルトのそこを手で撫《な》でれば、舌をちょっとだけ強めに噛まれて、背中に電気が走ったような感じになる。

ボルトは口を離して、俺の頬を手で鷲摑《わしづか》んだ。

「馬鹿……！　止まんなくなるだろ……！」

「必死で誘ってる……」

誘惑なんてどうしていいかわからないけれど、でも。

俺は熱の集まる下腹部を持て余しながら、目を細めた。頬が熱い。

「今日の朝、アルフォードが、陽が昇る前に俺の部屋に来たんだ。講師に会いたくて早く起きちゃったからって」

ボルトの金の綺麗《きれい》な瞳《ひとみ》を見つめながら、俺は口を開いた。

アルフォードは本当に素直で、ああいうのがちょっとうらやましいなと思ってしまった。

俺も素直になれば、ボルトの目にあんな風に可愛らしく映るんだろうか。

スッと視線をボルトの唇に向ける。

「俺も同じ気持ちで、朝いちでボルトに会いたくて、いつも休日は陽が昇る前に起きちゃうんだ。ボルトと会えるなら討伐でも講習でも遊びでもエロいことでも何でも嬉しいから」

改めて口に出すと恥ずかしい。

頬が熱でほてってくるのを自覚しながら、乾く唇を舌で湿らせる。

「アルフォードが講師に会いたいって言ってるのを見て、ああ、こういうのを可愛いって言うんだなって思って……俺も、素直になったら、ボルトからそういう感じで見てもらえるかなって思ったんだ」

「いつも言ってるだろ。どんなルゥイだって可愛いって。だからこんなところでじゃなくて、もっと身体に負担が掛からない場所で……」

「ボルトとしたい」

ちゅ、ともう一度軽くキスをすれば、あーもう、とボルトは天を仰ぎ、口に噛みつくように唇を重ねてきた。

その唇を追ってボルトの身体に乗り上げると、ボルトが俺の背中に腕を回し、背中を撫でた。ん、と甘えたような声が出てしまって、岩の中に響く。自分の声のはずなのに聞き慣れない声のような気がして、気恥ずかしさにボルトの肩に顔を埋《うず》めた。すると布の上から背中を撫でていた手が前に回され、そのままインナーの中にするりと入り込んできた。そっとズボンとインナーを下げられて、しっかりとそそり立ったペニスが外気に触れる。

「ルゥイにそんな風に甘えられると、だめだなんて言えなくなる……」

耳の真横で小さく呟かれて、あまりの甘い響きにクラリと眩暈《めまい》がした。

ボルトの手が直《じか》にペニスに触れて、背中を駆け上がった快感に身体を硬くする。

気持ちいい。大好きな欲してやまない、ボルトの手。

チラリと目を開けると、ボルトの手が俺のペニスを握っているのが見え、それがさらに胸を熱くさせる。

俺のペニスから漏れ出している透明な液体がボルトの手を濡らして、妙に艶《なま》めかしい。

「ルゥイ、キス……」

囁《ささや》かれて、俺は少しだけ顔をずらし、ボルトの頬にキスをした。

頬では不満だったのか、ボルトの手にキュッと力が入り、仰《の》け反《ぞ》りそうになる。

ボルトは片腕で俺の身体を支えると、首を伸ばして俺の唇にキスをした。

「ん、あ、ンん……」

ボルトの口が離れると、細い銀糸のような唾液《だえき》が口と口を繋《つな》いだ。

首筋に顔を埋められて、キュッと吸われる。ボルトの舌が唇をなぞり、口の中に侵入してくる。

それに舌を絡めると、ペニスに添えられて緩やかに動いていた手の動きが少しだけ速くなって「ぅあ」と声が漏れる。

上下に扱《しご》かれて、重ねられた唇の間から吐息が漏れる。

「あ、あ、でる、出る……」

手の動きと共に腹の奥の熱が爆発しそうになって、俺はボルトの腕をばしばし叩《たた》いた。

ボルトはフッと口元を緩めて、止《とど》めとばかりに手の動きを速くした。

ぐっと絞められて、ボルトの手の中に白濁を吐き出す。

ビクビクする腰を宥《なだ》めるように軽いキスを繰り返したボルトは、濡れた手はそのままに、腰を上げるよう耳元で囁いた。

言われた通りに腰を上げて膝立《ひざだ》ちになれば、俺の背中を支えていた手が胸当ての金具を外し、シャツをたくし上げたので、ボルトの目の前に俺の胸の突起が晒《さら》された。

ボルトが突起に唇を寄せる。

カリ、と軽く嚙まれて、俺の身体はまたしても甘く痺《しび》れた。

濡れた指が、露《あらわ》になった俺の尻《しり》に触れる。

ぬるっとする感触は、俺が出したものだと思う。

そのぬめりを借りて、指が中に挿入される。

「ン……っ」

胸の突起と中への刺激で、声が漏れる。

舌先で転がされる胸元が、いつもとはまた違った感触で興奮した。

出したばかりの俺のペニスはその刺激でまたも張り詰めているのが自分でもわかる。

ボルトが俺にくれる刺激の一つ一つが気持ちよくて、身体が自分のものじゃないような浮遊感に包まれていく。

「あ、あっァ……っ」

俺のおかしな声が岩場に響いて反響する。

「や、イく、イくから……」

込み上げてくる絶頂感にボルトの腕をポンポン叩いて主張すると、ボルトの唇が俺の胸の突起から離れていった。けれど指は挿《はい》ったままで、さらに奥に押し込まれた。

くっと指が俺のイイところを撫でた瞬間、俺はたまらず二度目の射精をしていた。

下腹部が痙攣《けいれん》して、思わず大きく息を吐く。

ボルトの胸元に、俺が出した精液が飛んだ。

「……汚しちゃった……」

「これぐらい大丈夫だろ」

ボルトが自分の胸元を見下ろし、服に付いたものを手で少しすくい取る。それを目で何気なく追っていると、ボルトがその手をぺろりと舐《な》めた。

ああ、俺の出したモノをボルトが舐めてる……。

ぼんやりした頭で、目の前のことを理解するまで数秒。その数秒後、あまりの光景に、出したばかりのはずの俺のモノはまたしても痛いほどに勃ち上がっていた。なんてもの見せるんだよ……！

これから先、今のボルトを思い出しただけで勃たせる自信ある……！

「出させたら終わろうと、思ったんだけどな……」

低い声が、ふぅ、という熱い吐息と共に零《こぼ》される。

そんな声を聞かされたら、終わらせるなんて無理だから……！

「っ……最後までしたいに、決まってんだろ……っ、こんな状態で、ここで終わりとか無理……！」

指で奥を解《ほぐ》される音と、俺の泣き言のような叫び声が狭い岩場の間で反響する。

ボルトの指がいいところをひたすら撫で、広げるようにうごめく。

「も、挿《い》れてくれ……っ」

「まだ解れてねえから、もう少し我慢な」

もう大丈夫だからと言っても、痛がるところは見たくないと執拗《しつよう》に解されるのが、逆に辛い。

すでに二度目の絶頂を迎えてしまっている俺は、さっきよりも幾分くたっとした自分のモノが視界に入り、勃ってなくても気持ちいいしもっと欲しいってどういうことだ、とちょっとだけ冷静になった。でも、その冷静さもすぐに腹の奥から湧き上がる熱に溶かされる。

ズボンは下着と共にギリギリまで下げられているだけで、足に絡まりブーツに引っかかっている。胸当ては防御の意味もなくなり、片腕にプランとぶら下がっている。下に着ていたシャツはすっかりたくし上げられ、俺の前面を晒している。

一方ボルトは胸当てもつけたままで、俺が飛ばした体液でかなり防御力の高い上着が少しだけ汚れている。

俺はこれだけ乱れてるのに、ボルトはまだどこも肌を晒していないのが、逆に背徳的な気がして、余計に気持ちが昂《たかぶ》っていく。

歯を食いしばって快感で飛びそうになるのを我慢していると、ボルトがずるりと指を抜いた。

「ルゥイ、一旦《いったん》立ち上がって、俺に背を預けるように座れよ」

言われるままに立ち上がって、足に引っかかったままのズボンを片足だけ脱いでいると、ボルトがその間に自身のズボンの前をくつろげて、しっかりと勃ち上がっていたペニスを出した。

腰に付けたままの鞄から瓶を取り出し、中身を手に垂らすと、今出したばかりの自身のペニスに塗りつける。その一連の流れが目に入ってしまって、下腹がズクンと疼《うず》く。

見ているだけで頭が焼き切れそうになってしまって、慌ててボルトに背を向けると、ボルトが俺の腰に腕を回し、そっと引き寄せた。

あぐらをかいたボルトの上にドキドキしながら腰を下ろしていくと、尻の付近に硬いものが擦り付けられた。

ゆっくりな、と耳元で囁かれ、それが今まで解されていた場所に宛《あて》がわれる。

「～～～っ」

自分の体重で、ボルトのペニスを呑《の》み込んでいく。

声にならない声を上げると、ボルトの手が俺の足を掬《すく》い、身体を支えてくれた。ゆっくりと下ろされて、俺の尻にぴったりとボルトの下腹がくっつく。腹の中はぎゅうぎゅうに硬い熱が埋め込まれていて、ほんの少しの刺激でも俺の身体を跳ねさせる。

ボルトの腕が俺の身体を揺すると、中が擦《こす》れて奥にガツンとボルトの熱が捩り込む。

情けなくも、俺はもうさっきから身体中弛緩《からだじゅうしかん》して、あーっという情けない声しか出せていなかった。

足も持ち上げられていて、身体はボルトに抱えられている。自分で身体を支えられないことがこんなにも心許《こころもと》ないとは思わなかった。

ボルトの腕が緩むと身体が沈み、奥までボルトのペニスが突き刺さる。

身体を浮かされると、ずるりと抜けそうになって、それを逃がさないように中がキュッと締まる。

いいように身体を揺さぶられて、俺はたまらず仰け反ってボルトの肩に頭を乗せた。

「あぁああ……っ」

「くっ……キッツ」

ごつんとボルトのモノが奥に当たるのを感じながら、中が痙攣するのを止めることができない。

最初にボルトに抱かれた時は、凄《すご》く手加減されていた。回数を重ねるごとに、俺の身体はボルトからもらう快感を拾うのが上手《うま》くなったと思う。

目の前の足下に、パタパタと白い液体が飛んでいる。

「ルゥイ……？　イったか……？　すっげ締め付け」

「……った」

バクバクする心臓を持て余しながら、ボルトをぎゅうぎゅう締め付ける。自分の身体のはずなのに、こうなるともう自分ではどうしようもない。

まだボルトの熱を身体の中に感じたまま、俺はボルトにぐったりと背を預けた。

「もう終わるか……？」

耳元で訊《き》かれて、俺は首を横に振った。

「やだ……ボルト、まだ、イってないだろ……」

埋め込まれているボルトの熱はまだまだ硬くて、一度も達していない。この状態で終わりにするのは本意じゃない。だって、ボルトにも同じくらい気持ちよくなって欲しいから。俺で。

「向かい合わせがいい……これじゃ、キスできないから」

「ン……ルゥイ、可愛いすぎ」

ボルトが手を離したので、腰をあげると、ボルトのペニスがぬるんと抜けた。

ボルトの方に身体を向けて、もう一度ボルトの足をまたぐと、俺はボルトのガチガチのペニスを手にして、まだ疼いている場所にボルトを宛がった。

ぐ、と切っ先が入ったので、手を外してボルトの首に回す。

ボルトは蕩《とろ》けたような興奮したような危うい笑顔で俺の行動を見ていた。

その顔がたまらなくて、それだけで胸が押しつぶされそうな感情に染まる。

好きで好きでたまらない。

こんなに大好きなボルトとこんな風に身体も心も繋げるのって、最高に幸せだと思う。

ボルトは俺に舌を弄《もてあそ》ばれながら、俺の腰を掴《つか》んで引いた。

一気に奥までボルトが届き、重なった唇の間から恥ずかしい程に甘い吐息が漏れる。

そのまま腰を揺すられて、中を擦られる感覚に声にならない声を上げてしまう。

力強く腰を引き寄せられて、奥の奥までボルトを呑み込み、ひゅっと息を呑む。身体を串刺《くしざ》しにされたような錯覚に、ほんの少しの恐怖と、それを凌駕《りょうが》する眩暈《めまい》がするほどの気持ちよさがひっきりなしに襲ってくる。

身体を揺すられるたびに情けない声が上がり、ボルトの苦しそうな声や吐息に身体が反応する。

何度も何度も擦られて、もうむり、と呟《つぶや》いたところで、ギュッと抱き寄せられた。

最奥に擦りつけられてぐいぐい奥の壁をボルトのペニスに押されて、目の前が真っ白になった。

は、は、と浅い息を繰り返しながら我に返ると、俺の中でボルトもドクドクと脈打ってるのがわかった。ちゅ、と眉間《みけん》にキスをされて視線をあげると、ボルトが少しだけ頬を紅潮させ、満たされた表情で目を細めた。

身体の奥にまだボルトを感じながら、俺たちは今度こそゆったりと穏やかなキスを繰り返した。

朝になると、昨日あれだけの豪雨が降ったことを微塵《みじん》も感じさせない程の日の光が、岩の隙間から差し込んでいた。結界の魔道具も何事もなく作動しているようだった。

ボルトは俺を抱き締めるようにして、岩を背にして目を瞑《つむ》っている。

俺は結局ボルトの足に挟まれて、ボルトに守られるようにして寝ていた。

何度イったかわからないくらい気持ちよくなった後のことは殆《ほとん》ど覚えていないから、きっとすぐ寝てしまったんだと思う。ズボンを穿《は》き直した記憶もないのに、今はしっかりと穿いているし、胸当てもちゃんと装備されている。

幾分明るくなった周りを見回し、こんなごつごつした岩の上で抱かれたのか、と改めて驚く。

今までは宿屋のベッドの上だけだったから新鮮で、初めての体位もまた新鮮で。でも改めてこうして見るとわかる。ボルトは俺の負担にならないような形で抱いてくれたってことが。

思い出すとじわりと腰が熱くなる気がしたので、慌てて首を振っていると、ちゅ、と耳にキスをされた。

「おはよ、ルゥイ」

「ボルト……おはよ」

寝起きの、少しだけ甘ったるいような響きのボルトの声を聞いて、表情が蕩《とろ》ける。この朝のボルトの声が好きだ。この声を聞くと、ボルトにこの上なく甘やかされているような気分になる。

「いい天気だし、さっさと街に移動するか」

「うん。でも、もう少しだけこうしていたい」

ボルトに包まれた状態がとても心地よくてそんなわがままを言うと、ボルトの口から笑い声が聞こえた。

「もう少しってどれくらいだ？」

「わからないけど、もう少し」

「可愛《かわい》いなあルゥイは。わかった。もう少しな。延長も受け付けるぞ」

今日帰らないとだろ、と俺もつられたように笑うと、ボルトは名残惜しい、と本当に惜しそうに呟いたので、更に笑いが零れた。

十六、臨時パーティー解消案件

森を出て近くの村まで歩き、村から街まで乗合馬車に乗って汽車駅の街に着く。既に昼を回っているし汽車時間はまだ先だったので、二人で街の食堂に向かっていると、大通りに人だかりができているのが目に入った。横の建物には冒険者ギルドの看板が掲げられている。

「何かあったのかな」

「揉《も》め事《ごと》じゃねえといいけどな」

ボルトと遠巻きに見ていると、人混みをなぎ倒すようにして、一人の男が道に転がり出てきた。

「私闘は禁じられていますので、やめてください！」

誰かの止める声と、転がった男に馬乗りになる男。

喧嘩《けんか》か、と見ていると、横にいたはずのボルトが動いていた。

サッと近付き、二人の間に二本の短剣を構える。転がった男を今にも殴ろうとしていた男は、目の前に出された短剣を見て、手を止めていた。鮮やかな仲裁に皆が感嘆の声を上げる。

「お前ら揉めるにしてもちょっと場所が悪いんじゃねえのか」

「う、ボ、ボルト……なんでこんなところに」

「単に移動中だっての。お前ら何やってんだよ。ギルド証剝奪《はくだつ》されてもいいのかよ」

「いいわけねえだろ！　でも」

「でもじゃねえ。なあ、ギルドの奥貸してくれねえ？　部屋は壊さねえって誓約書書かせるから」

ボルトが短剣を構えたまま横の人に声を掛けると、その人はお礼を言ってギルドの中に駆け込んで行った。

「……ちっ、ここじゃもう殴らねえから短剣しまってくれよ」

「下の奴《やつ》は。お前も懐の短剣出すなよ」

「わ、わかったから……！」

二人から言質《げんち》を取ると、ボルトは短剣をしまった。

上の男が立ち上がり、転がっていた男も立ち上がる。

二人が視線を背けた瞬間、転がっていた男はいきなりこっちに向かって走り始めた。

「ルゥイ！」

「はいよ！」

ボルトの声に応えるように、走って来た男に体当たりした。力み過ぎたのか、その体当たりで男は吹っ飛び、ボルトたちの所に舞い戻っていった。

「やり過ぎたか？」

ボルトの元に近付いていき、そう訊くと、もう一人の男が「いや、助かった」と首を横に振った。

気絶している男の首根っこをひっつかみ、ボルトと共にいた男がずるずるとギルドの中に連れ込んでいく。そして、俺たちを振り返って「礼がしたい。一緒に来てくれないか？」と俺たちをギルドの中に誘った。

気絶している男は、拘束されてギルドの一時留置所に放り入れられたみたいだった。

ボルトが率先して止めてしまったので、さっき必死で止めようとしていた職員がボルトたちを奥に案内していく。俺もなぜか一緒に付いいてくるよう指示された。

馬乗りになっていた男は、ボルトの知り合いらしかった。もっと北の方の街からここまで護衛で来ていたゴールドだという。

どうやらさっきの男と一時パーティーを組んでいたらしい。

「頭に血が上っていた。悪いなボルト」

「謝る相手が違うだろ」

ボルトが呆《あき》れたような顔をして、戸口付近の壁に背を預ける。中の椅子には座らないつもりのようなので、俺も真似《まね》してボルトの横に立った。ゴールドの男は俺を見て、首を傾《かし》げた。

「お前も今回の依頼はパーティー組んでたのか？」

その質問にも、ボルトは肩を竦《すく》めるだけだった。そんなに仲良くないのかな、とだんまりを決め込みながら二人を見ていると、ドアがノックされた。ゴールドの男が返事をすると、数人の冒険者風の奴らが入ってきた。

そいつらは俺たちが立っているのを見て、胡散臭《うさんくさ》げに顔を歪《ゆが》めている。

最後にギルドの職員の服を着た人が入ってくると、ゴールドの男は話を始めるか、と切り出した。

「待て。俺は仲裁人にはならねえぞ。何勝手に俺の前で話をしようとしやがるんだよ」

「いいじゃないか。同じゴールドのよしみで是非話し合いに立ち会ってくれないか？　ダメなら依頼を出してもいい」

「ふざけるなよ。俺らは依頼の途中なんだよ。さっきのは往来でのお前らの行動があまりにも周りに迷惑をかけていたから止めただけだ」

「他に間に入れる奴が今ここにはいないんだよ。他にゴールドを止められる奴なんてここの職員にいないだろ」

なあ、頼むよ、と口を歪めた男の言い方に、眉間にしわが寄る。こいつ、ボルトが断れないように言ってないか。仲裁ってのは何をするのかわからないけれど、ボルトが嫌がっているってことは、厄介なことなんじゃないだろうか。

俺が口を挟んだら拗《こじ》れるやつだ、と黙っていると、今度は男が俺を見た。がっちり目が合うと、申し訳なさそうな、でも格下を見るような視線を寄越した。

ああ、俺なら言い負かせると思ってるんだろうなあ。

「なあ、お前」

「俺らは依頼の途中だって言ってんだろ」

男が俺に向かって口を開いた瞬間、ボルトがその言葉を遮った。

そして、ドアを開けると俺の腕を摑んで勝手に部屋を出てしまった。

訳がわからないまま腕を引くボルトの後をついていくと、ボルトは受付の前に立った。

「ペルラ支部で受けた依頼、ここで受理できるか？」

いきなり依頼書を取り出してそれを受付に渡すと、受付はそれを見て、大丈夫です、と頷《うなず》いた。

納品用のドロップ品を取り出して、それを受け取ってもらうと、依頼書に『済』のマークが現れる。

「受理しました。報酬は口座の方に振り込まれますので、お待ちください。一時間後には確認可能です。それとも現金になさいますか」

「現金でくれ。あと、臨時パーティー解消手続きを」

「かしこまりました」

「ボルト……？」

臨時パーティー解消の言葉に、固まった。

え、俺たちって臨時だったのか？　解消って……離れるってこと？

パニックになりかけていると、ボルトがそっと耳元で囁《ささや》いた。

「一時的に、ソロになる。パーティー組んでるといらねえ詮索《せんさく》をされるかもしれねえ。絶対にこのまま離れたりしないから、今は俺を信じろ」

小さなその声に、俺はぐっと手を握りしめた。うん、と頷くと、ボルトがホッとしたような顔をした。大丈夫。昨日もちゃんと気持ちを確認した、はず。

ボルトが手続きをしていると、さっき部屋に入ってきた職員が足早に近付いてきた。

「すいません、ボルトさん。どうか仲裁のお願いをできないでしょうか。ここの支部では今、ゴールドランク相手を止められる職員が不在でして……報酬は弾みますので、よろしくお願いします」

困り切ったような顔をした職員が、がばっと頭を下げる。

ボルトは冷めたような表情で職員を見ると、チラリと俺を振り返って、今受付から受け取った現金をきっちり半分俺に渡した。

「じゃあな。なかなか楽しかったぜ。よければまた組まないか？」

「あ、ああ」

「んじゃ、ここで解散な」

まるでパフォーマンスのようにそう言うと、俺に「ここから離れろ」とでも言うように顎《あご》をしゃくった。

そして、職員に向きなおった。

その背を見送ってから、俺はギルドの出入り口に向かった。

でも、どうしてもこのままペルラ街に帰る気にもならず、すぐ横の路地に入り込む。近くの食堂から調理の匂いが漂ってきて、昼飯を食い損ねていたことを思い出した。

昼時でも人通りの少ない路地で、俺は薄汚れた壁に背を預けて携帯端末型魔道具を取り出した。

仲裁というものが何をするものなのか、なんでボルトがあんな風に距離を置いたのか、こういうことを何も知らないのは不利だった。少しでも知識が欲しい。

連絡先を開くと、こういうことに一番詳しそうな名前を躊躇《ためら》わずに触れた。

『ルゥイ君から連絡を貰《もら》えるなんて嬉《うれ》しいよ。どうしたの？』

すぐに、統括代理の声が返ってきたことにホッとする。

忙しい時間かもしれないけれど、他にギルドのことに詳しい知り合いがいないんだ。

「すいません、ちょっと訊《き》きたいことがあって」

俺がさっきの流れをざっと伝えると、統括代理は「ああ、よくあることだよ」と教えてくれた。

冒険者は上位ランクになると、下位の者を育てることも義務のひとつになる。そのため冒険者ギルドでは、下位ランクのパーティーと、上位ランクの手が空いている冒険者やソロで活動する冒険者が臨時でパーティーを組み、指導することが推奨されている。

その場合、成功報酬は大抵「依頼達成報酬の何割」が上位冒険者の取り分、残りは下位パーティーの取り分、と最初に決めることが多い。割合は話し合いや相手によるけれど、上位冒険者が取り分が多いのは、下位パーティーを育てる報酬も入っているからだ。そして下位パーティーは講習代の代わりに成功報酬を多めに渡すというのが暗黙の了解になっている。

ほぼ全ての報酬を上位冒険者が持っていった場合は流石《さすが》に問題になるけれど、かといって冒険者は慈善事業じゃないから、報酬が低い場合は誰も手伝ってくれないので、仕方がないと言えば仕方がない。

そのため、育成のために臨時パーティーを組む場合は、最初に契約書を交わすことになっている。けれどこれには穴があり、契約書の最初に「成功した場合」と付けない限り、依頼が失敗してもその上位冒険者の取り分が発生してしまうんだそうだ。依頼が失敗して手元に金がなくても報酬が発生するため、下位冒険者にはペナルティーと借金だけが残ることになる。

ギルドの紹介でパーティーを組んだ場合は、契約書に必ずその一文字が入っているけれど、個人で組んだ場合はその一文が入っていない場合がほとんどなんだそうだ。

たちの悪い上位ランクの冒険者は、その穴を利用して、臨時で組んだパーティーを潰《つぶ》したり報酬を奪い取ったりする場合もあるようだ。

その話を聞いて、うわあ、と思わず声を上げてしまう。

セバルはすぐ揶揄《からか》う嫌な奴だけど、新人とパーティーを組んで揉めたなんて話は聞いたことがないから、ほんの少しだけ見直してしまった。

今回の揉め事は十中八九、個人間でやりとりしたその報酬のことのようだった。

ギルドの建物内で揉めた場合は有無を言わさず両者強制連行だけれども、ボルトが止めた喧嘩はギルドの外で行われたため、ギルド内の揉め事には当たらないから職員も手が出せなかったようだ。

あのゴールドの男はそういう裏事情に詳しいんだろうと統括代理は教えてくれた。

『そして、そういう場合の仲裁役なんだけど、基本ギルド上層部の腕っぷしの強い人か、揉めてる奴と同等かそれより上のランクのギルド員じゃないとできない仕組みになってるんだ。そして、これが一番肝心なんだけど、仲裁する場合、身分証を検《あらた》められて記録に残るんだよ』

「記録に……」

『だからきっと、ルゥイ君をこんなことで目立たせたくなくて、一時パーティー解消したんじゃないのかな。昔、ゴールド同士が共謀してこの仲裁システムで詐欺を働いたことがあったらしくて。……もし今そういうことが判明したら俺がただじゃおかないけどね。仲裁役の方が疑われた場合はあらゆることを調べられる場合もあるんだ』

その統括代理の言葉で、ようやくボルトがパーティーを解消するって言った意味がわかった。

俺も一緒になって共謀したと思われたりしたら、俺の出自まで調べられるかもしれないから。

俺、孤児のはずだったのに。出自を調べられても痛くも痒《かゆ》くもないはずだったのに。ボルトが秘密を打ち明けてくれた日から、もしかして、俺はボルトの枷《かせ》になっているのかな。

まあでもボルトのあの様子じゃ、共謀して詐欺とかボルトが疑われることもないだろうけど。

統括代理に礼を言って、通信を切り端末をしまう。

昼飯一緒に食べられそうにないよな。

魔導汽車はどの時間に乗れば門限に間に合うかな。

そもそも、ボルトは厄介ごとに巻き込まれて大丈夫なのかな。

……昔逃がしてくれたのがギルドの統括って言ってたから、ボルトが恩を仇《あだ》で返すわけはないし、そこら辺は抜かりないのかもしれないけど、それでも一時だけとはいえパーティー解消は辛《つら》いな。

そんなとりとめのないことを考えながら路地を出ようとすると、いきなり目の前に誰かが現れて一歩後ろに飛んだ。

心臓がバクバクしている。気配すらなかった。いきなりとか反則だ。

誰だ、と顔を上げると、そこには先ほど通話していた統括代理がいた。

統括代理はビビる俺に、以前と同じような笑顔で「やっほー」と手を振ってきた。

「ごめんね、ギルドの揉《も》め事《ごと》に巻き込んで。あの男が絡むと厄介なんだよねえ。ちょっとボルトに執着しててさ。気になるよね。盗み聞きしてみる？」

「は？」

執着？　盗み聞き？

統括代理がいきなり口にした内容に目を剝《む》くと、代理はいたずらっ子のようにニッと笑った。

統括代理は俺が返事をする前にさっと俺の手を取ると、手の動きもわからないくらい素早く魔方陣を描いた。そして、一瞬後には見知らぬ部屋に立っていた。

簡易的なテーブルと椅子が数組あるだけの、窓も何もないがらんとした部屋で、統括代理は俺に椅子を勧めながら自分も座って、しっと口に指を当てた。

「隣の部屋にボルトたちがいるから静かに聞いててね。あと、今後こういうやり取りが起こった時のために勉強するといいかも。まあ、ボルトが一緒なら大抵は大丈夫だけどね。ボルトは頭がいいから」

統括代理がまたスッと魔方陣を描いた。今度こそ魔方陣を読み取ろうとしたけれど、やっぱりどんな魔方陣か素早すぎて読み取れなかった。

その魔方陣が宙に消えると、まるで目の前で会話がされているかと錯覚するほど鮮明に隣の部屋の声が聞こえて来るようになった。

『だーから、最初に決めただろ。取り分は依頼達成報酬の三割だって。それは依頼が達成してもできなくても代わりねえんだよ、俺が臨時でパーティーを組んだ時点で契約は成立してるんだからよ』

『でもお前は全力を出さなかったじゃねえか！　お前の力があればあの魔物だって難しくないからってあの依頼を受けたのに！』

『ああ？』

『お前のせいで依頼失敗したんじゃねえか！』

バキッ、と何かが壊れるような音がして、ボルトが『リベルト！』と叫ぶ。

統括代理は俺の横で呆れたような顔をしている。

「あーあ、テーブル壊しちゃった。あの部屋のテーブルは結構な値段するのに。壊したのはあいつだから、あいつに弁償してもらおう」

クククと悪い顔で笑う統括代理の呟《つぶや》きにフッと力が抜ける。

こんな状態でも備品の心配をするのか、と緊張が解《ほぐ》れて、なんだかおかしくなった。

「そういえばボルトが部屋を壊さないって誓約書書かせるって言ってた気がします」

俺がそう告げ口すると、統括代理はすごくいい笑顔になった。

「誓約違反で更にふんだくろうかな。あいつ荒稼ぎしてるから、たんまり持ってるよ。たまには痛い目見るといいんじゃないかな」

いいことを思いついたとでも言うようにパンと手を叩《たた》く統括代理の顔があまりにも悪役じみていて、思わずフハッと吹き出してしまう。

声が出ないように口を押さえて肩を震わせていると、呆《あき》れたような男の声が部屋に響いてくる。

『何度言わせるんだ。実力がねえのはお前らだ』

『ふざけんな！　自分の力のなさを俺らのせいにするな！』

『俺と組めたからって実力に見合わない魔物を選ぶあたりがまず考えなしだってんだよ。相手の信頼も得られてないうちに協力なんてしたところで、双方が力を発揮なんてできるわけねえだろ。お前らシルバーでも下の方だろうが。自分の実力を考えてからまず依頼を受けろよ』

『だからって手を抜いていいわけねえだろ』

『手を抜いたのはお前らじゃねえのかよ。いざ討伐対象の前に出たら全員逃げ腰で後ろに下がりやがって。魔導士の野郎が怪我《けが》したのだって、お前らの力不足で、俺が責められる謂《いわ》れはねえだろうよ』

『あんな魔物ぐらい一人で倒せるって豪語してたじゃねえか』

『倒せるさ。絶好調で一人ならな。お荷物がいていつもと同じように力を発揮できるわけねえだろ。俺は、お前らを守りながらアレを倒すなんてことはできねえよ。自分の実力をわかってるからな。それよりも、そんな依頼を受けようとしていたお前らはもっと実力があると思ってたんだよ。それがなんだ。全員足を引っ張りやがって』

隣でニコニコと聞いている統括代理は、顔を顰《しか》めていた俺を見ると、呆れたように肩を竦《すく》めた。

「言い分はゴールドの奴《やつ》の方が正しいよねえ」

「そうですね。でも……」

フッと、さっきのゴールドの男の言葉が頭を過《よぎ》る。

俺、ボルトにこんな感じで一方的に寄りかかってないだろうか。

そんな風にボルトが思ってるとは思わないけれど、立場的にとか、周りから見たら、俺はお荷物以外の何物でもないんじゃないだろうか。

なんて考えていたら、統括代理が俺の頬を摑《つか》んで引っ張った。

「ルゥイくーん。君の力はね、下手《へた》するとボルトより強くなるよ。俺が保証する」

みょんと伸ばされた頬が少しだけ痛くて、俺は我に返った。

「それは、『俺と似てるっていう代理の知り合い』が強かったからそう思うんですか？」

「あはは、いいねその言い回し。違うよ。あの人とルゥイ君は全然違う人物でしょ。色くらいしか似てないよ。ルゥイ君の方が常識人だし」

「えぇ……」

常識人、というところに呆れた声を出してしまうと、統括代理はくすくすと肩を揺らした。

そして、「ほら、そろそろ結論が出るよ」と隣の部屋に視線を向けた。

『両方の言い分を聞いたろボルト。どう思う』

『リベルトが少なめで、四、六だ』

『なんでだよ。八、二は行くだろ』

冷静なボルトの声に、ゴールドの男が噛《か》みつく。

『お前、こいつらの前で依頼の魔物を倒せるって言ったんだろ。だったら、その依頼を受けてもおかしくねえ。むしろ、そういう流れに持って行ってる。それに通常、臨時で組む時はそいつらの過去討伐内容を少しは見るだろ。それを見てなおその依頼を止めなかったことは、お前の手抜かりだ。格上としてダメだろ』

ボルトが冷静に指摘していく。いつもとは違う、どこか冷めた雰囲気をまとった固い声だった。

『あとお前失敗した場合の条件の一文、わざと抜いただろ。下手したら三、七だ』

ボルトの声を聞きながら、本当に勉強になるな、と感心した。流石ボルトだ。

『ふざけんなよ。なんでわざわざ依頼失敗させるんだよ』

『リベルトは失敗しても取り分が変わらねえからそう思われてもおかしくねえだろ。むしろなんであの一文抜いたんだよ。そっちの奴らはお前がゴールドランクだからって取り分の問題に口出せないんだ。成功したら七割が懐に入る。信じて当たり前だろうがよ。その信頼を崩したのはリベルト、てめえだ』

ボルトの指摘に終始ゴールドの男が怒鳴り、もう一度依頼をやり直すかという職員の問いに全員が反対したことで、最終的には依頼解約手続きにかかる手数料をゴールドの男が七割、残りをシルバーのパーティーが持つことで決着した。男の言い分は間違っているわけではないけれど、ゴールドランクとしては一番してはいけない行動だからペナルティということだそうだ。

とんでもなく不機嫌な声で『ボルト、憶えてろよ』なんて捨《す》て台詞《ぜりふ》を吐いた男に、ボルトは『ああ、リベルトがこういうせこい手を使う男だってことは憶えといてやるよ』と温度のない声音で答えていて、なぜか俺も胸がスカッとした。

隣で一緒に会話を聞いていた統括代理が楽しそうに口もとを緩めながら「ゴールドランクに上がる条件、ちょっと厳しくしないとだめかなあ」なんていう恐ろしい呟きを聞いてしまって、溜息《ためいき》を呑《の》み込《こ》む。俺、これから先ゴールドの資格を取得しないといけないんだけど、大丈夫かな。

かといってあんな詐欺まがいのゴールドランクがたくさん出たらそれはそれで嫌だというかなんというか……。

俺はずっとゴールドランクはボルトしか知らなかったけれど、ボルトは腕も性格も極上の部類だから、他と比較しちゃダメなのかもしれない。ギルドをまとめている統括代理からすると、ピンからキリまで面倒を見なければならないから大変なんだろうけれど。

俺はせめてボルトのようなゴールドを目指そう。

そう志《こころざし》を新たにして、椅子から立ち上がった。

十七、ゴールドランク

いつまでもここにいるわけにもいかないからと統括代理に挨拶《あいさつ》をしようとしたら、統括代理が目の前のテーブルに魔道具を置いた。

見たことのあるそれは、受付に必ず一つ置いてある、ギルド証を読み取る魔道具だった。

「ルゥイ君のギルド証出してくれる？　さっき急いで『臨時パーティー解消』手続きに移行したからまだ読み込んでなかったでしょ。ここでやってあげるよ」

「あ、はい」

そういえば今回は金を貰《もら》っただけで何もしてないな、と思いながらギルド証を差し出すと、統括代理は受け取ってすぐに魔道具に差し込んだ。

まあまあ座ってて、ともう一度椅子を勧められ、腰を下ろす。

統括代理は魔道具を覗《のぞ》き込《こ》んで目をまん丸にした。

「わ、あの鳥を一人で倒したんだ。すごいじゃん。……それで、さっきの話さあ、どう思う？　ゴールドとしてのあの男」

「最悪ですね。もし俺がボルトじゃなくてあいつと組んでたら、俺多分そろそろ最底辺で死にぞこなってるんじゃないでしょうか」

「あー、まあ、そうだろうね。彼は新人の取り分はピンハネしそうだもんね。じゃあさあ、ルゥイ君はどんな人に上に立って欲しい?」

「ボルトです」

「即答だね」

俺の答えに、統括代理はくすくす笑った。

そして、手元で魔道具を操作しつつ、視線を俺に向けた。

「もし、個人で指名依頼を受けることになったらどう? ボルトがいなくてもちゃんとできそう?」

「まあ、俺の技量に合うものだったら。ずっとボルトにおんぶに抱っこってのも情けないですし」

「そっか。ルゥイ君はボルトとどんな関係になりたいの?」

「横に並び立ちたいです。もしくは背中を預けて欲しい……まだまだ、背中を見ることしかできないけど……ってなんすかこの質問」

俺が眉《まゆ》を寄せると、なんだろうね、なんて楽しそうに笑いながら、統括代理は俺にギルド証を返してくれた。受け取って、ふと違和感を覚える。

「これって……」

ギルド証のランクに『Gold』と書かれていた。渡す前は『Silver』だったのに。

「え、なんで」

「合格だからだよ。ゴールドランク相当の魔物単独討伐できたでしょ。それにゴールドランクのギルド員からの推薦、そして、その心意気。ルゥイ君はゴールドランクにふさわしいよ」

「こんな、騙《だま》し討《う》ちみたいなランクアップって……なんていうか感動も薄いっていうか」

呆然《ぼうぜん》と呟く俺の言葉に、統括代理はクスッと笑った。

「こんなもんだよ、ランクアップなんて。ゴールドまでなら、隣にいるあんな男ですらなれるからね。その力に溺《おぼ》れて、驕《おご》ることのないようにね。今度指名依頼入れるから、その時はよろしくねルゥイ君。そして、これを」

統括代理は、腰にある鞄《かばん》から一枚の依頼書を取り出した。

そこには既に『済』の印が押されていて、内容は前に理事長が話してくれた俺の学費の条件そのままが書かれたものだった。

「もう依頼達成しちゃったから、学費出した人にお金を返さなくていいからね。こんな難易度の高い条件、こんな短期間で達成しちゃうなんてホント君って優秀じゃん。ま、内容は学費出してくれた人が決めたわけじゃないけどね」

統括代理は、依頼書をさっと懐にしまいながら、爆弾発言をした。

驚いて、目を見開く。

内容は、学費を出してくれた人が決めた訳じゃない……？

おれそれ、ボルトに問い詰めちゃったよ。

「……違うんですか？　『帝王学』を受けろとか、ボ……金出してくれた人が言ってるのかと思った」

「『帝王学』は理事長が条件に付けたんだよ。あの学園で選べる選択授業ギリギリまで詰め込む君がとてもおもし……誇らしかったらしくてね。特別な授業を受けさせせたらどれだけ化けるんだろうなんて悪乗りしちゃったんだよ。俺は一応止めたんだよ？」

今面白いと言おうとしなかっただろうか。

俺はがっくりと肩を落とした。

「ああ……いや、そういう裏事情は知りたくありませんでした……」

そっか。ボルトが、フォルトゥナ国の王様になれって言ってるわけじゃなかったのか。

ホッと息が漏れる。

ごめんボルト。訳わからないことで泣いたりして。あれはもう恥ずかしすぎて二度と思い出したくない。しかも誤解だったなんて……。

でも、あのことがあったからこそ、ボルトの本音がわかったんだよな。

キラリと光る冒険者ギルドのカードを見るとはなしに見ながら、願わくば、今までのような平和な状態が続きますように……そんなことを思った。


その後、俺とボルトは駅で落ち合ってそっとペルラ街まで帰って来た。その足で冒険者ギルドに寄り、ボルトはすぐさままた俺とパーティーを組み直し、夕方に近い時間にも拘《かか》わらず宿屋に連れ込まれた。

部屋のドアを閉めた瞬間ボルトの腕の中に閉じ込められる。

「ごめんルゥイ。いきなりパーティー解消させて。ルゥイをあいつに晒《さら》したくなくて離れたフリしたんだよ」

言い訳させてくれ、と言い出したボルトは、俺をぎゅうぎゅう抱き締めながらほんとにごめん、と謝り倒した。

ボルトがパーティーを解消した訳も仲裁内容も全て知っていた俺は苦笑する以外になくて、謝り続けるボルトの口を自分の口で塞《ふさ》ぐことにした。

いきなり俺に口を塞がれたボルトは、目をまん丸にして俺を見下ろし、口を離しても惚《ほう》けたように黙っていた。

「いいよ。『パーティーを臨時で解消』したんだろ。もう臨時解消は終わりってだけだ」

ボルトが受付で使った言葉を言い換えると、ボルトは惚けた状態から表情を苦笑に変えた。

「……たく、情けねえな俺。俺の方が泣きそうだぜ……」

「だって統括代理が全部聞かせてくれたから。そしてこれ」

汽車の中もだんまりだったからボルトに伝えそびれていたギルドカードランクアップのことを、現物を見せることで伝える。

「ボルトが俺を推薦してくれたんだろ。ちょっとズルしたような気がするけど、これでボルトと同じように依頼を受けられる」

ボルトは、俺のギルド証を見て、またしても驚いた顔をした。

その後、じわじわと表情を緩め、最高の笑顔になった。

俺を持ち上げてぐるりと回ったボルトが、叫び出す

「おめでとうルゥイ！　お祝いに美味《うま》いもん食いに行くか！」

ボルトに回されながら、俺は首を横に振った。

食べ物よりも欲しいものがあるんだ。

ボルトに持ち上げられたまま囁《ささや》くと、そっとボルトの首に腕を回した。

ちゃんとゆっくり、ボルトとひとつになりたい。

その気持ちを載せて、俺はボルトをベッドに誘った。


「できることなら、すぐ横にいて、一番に祝いたかったな」

俺にキスをしながらボルトが呟《つぶや》く。

俺もキスを返しながら、首を横に振った。

「そんなのよりも、ボルトと同じ階級なのが嬉《うれ》しい。っても、実力はまだ段違いだけど……っん、あ、もっと奥……」

ボルトのペニスを奥で感じながら、俺は少しだけ悔しそうな顔をしているボルトにもっとと甘えた。

岩場での交わりもとてもよかったけれど、いつもみたいにベッドの上で繋《つな》がるのも好きだ。

この身体《からだ》の奥に感じるのは、ボルトの俺に対する感情そのもので、この熱さと快感は俺を求めてくれる欲望そのものだ。

俺も、負けないくらいボルトが欲しい。

だからこそ、横に並び立てるゴールドランクが、嬉しい。

あまりにもあっけないランク上昇にその時はあまりなんとも思わなかったけれど、ボルトが目を輝かせて喜んでくれたことで、俺もじわじわと喜びが湧き上がってきた。

喜びはボルトと共有するのがいい。

そして色んな感情をボルトと一緒に感じたい。

今までそんなに上下する感情を持ったこともなかったからこそ、余計にそう思う。

目を細めて俺を見下ろすボルトの瞳《ひとみ》を堪能しながら、俺はさらにボルトを感じようと腕に力を込めた。


そこからボルトにひたすら愛され可愛《かわい》がられた俺は、夜中過ぎに寮に帰り着き、俺を心配しっぱなしだった寮母さんにひたすら頭を下げることになった。

勿論《もちろん》次の日にはやっぱり心配しっぱなしだったアルフォードにも、ひたすら心配かけたことを謝ったのは言うまでもない。

十八、騎士団と学園外授業

学園生と騎士による学園外授業の日が今年もやってきた。

昨年は冒険者ギルドや鍛冶屋《かじや》などを巡り、セバルに絡まれたりボルトの話を聞いたりと、なかなかに面白い一日を過ごした。

二年時は引き続き騎士団本部での演習や書類整理、それから今度は壁の外での奉仕活動、魔物討伐など、街の外での行動がメイン。

教師の説明では、三年時は今度は街道沿いの警備手伝いや魔物除《よ》けの樹の植樹手伝い、森の中の野営地の整備手伝いや森の深部の見回りなど、森の中の行動がメインとなるらしい。正直そっちの方が楽しそうではある。

けれど難易度は学年ごとに上がるので、教師や騎士だけでは手が足りず、森の中の探索では毎年冒険者ギルドから冒険者が派遣されてくるらしい。勿論《もちろん》騎士団も将来有望な学生を見つけるために、かなり好待遇でサポートをしてくれる。……特に剣技の選択授業を受けている生徒を。そういえば去年もすっかり副隊長に乗せられていた奴《やつ》らがいたっけ。

アルフォードはやっぱり剣の腕は上がらず、今年も騎士団内部の手伝いに決まっていた。俺は街の外、南側付近の魔物掃討に配置された。ドウマも剣の腕が上がっているので、同じ方面配置だ。

この授業の成績如何《いかん》で将来が決まる場合もあるので、家を継がない次男三男などの生徒たちはかなりやる気満々だ。

俺はというと、冒険者としていつもやることと変わりないので、拍子抜けではある。生徒の中には魔物と戦ったことのない奴の方が多いらしく、魔物の話になると少しビビった表情になるのが見ていて面白い。

ボルトも学園から三年の学園外授業の護衛という指名依頼を受けている。なんで二年じゃねえんだ、なんて悔やんでいたけれど、二年はほぼ森の浅いところだし、騎士団の奴らと行動を共にするから仕方ない。

ボルトは苦笑しながら、来年もこの依頼を受ければルゥイの学生姿を拝めるな、なんて何やらこそばゆいことを言っていた。俺も、そうだったら学園行事もすごく楽しいだろうなと思う。

やることは変わりないとはいっても、防具や手持ちの剣は普段俺が使っている物と違う。学校指定の騎士隊服を着ていて、剣は学園からの借り物だ。自分の剣を持ち出すのは禁止らしい。以前、皆にいい所を見せようとした生徒が魔剣のようなものを家から持ち出して、その剣を暴走させて大変なことになったことがあるらしい。その実話を聞いた時は思わず吹き出しそうになってしまった。流石《さすが》怖い物知らずの学生だな。なるほど納得。

この騎士風制服も通常の制服よりも防御力が高く、伸縮性もあって動きやすく安心らしい。確かに、俺がいつも着けている胸当てなんかよりはかなり衝撃が軽減される。でも流石に普段の依頼でこれを着ていくとすぐボロボロになりそうなので、こういう学園関連の行事の時だけ身に着けることにしている。卒業したら色々と装飾を変えて着てもいいかな。ああでもこの首元はちょっと苦しいしカチッとした見た目は堅苦しくて苦手かも。

そんな高性能な制服を身に着け、短めのマントも羽織って正装する。去年は普通の制服だったのに、とヒラリと宙に浮くマントに慣れず辟易《へきえき》していると、周りの生徒たちはかなり誇らしげな顔をしてマントを翻していた。この腰までの長さ、意味あるのかな。もう少し長ければ寒さをしのいだりもできるのに、身体を覆うこともできない中途半端な長さだ。

「諸君。今日は一日誇り高い騎士として励むように」

壁の外側に突き出している騎士団詰め所前の広場に整列すると、騎士団長が前に立って挨拶《あいさつ》した。

誰一人無駄口を叩《たた》かないのは、失敗したら大きなマイナスになる、と昨年ひたすら口を酸っぱくして生徒に言い聞かせてきた教師の教えの賜《たまもの》だ。普段はやんちゃな奴らも神妙な顔をしている。

その中に俺も並び、今日の説明を聞いていく。

今年もやっぱり配置場所には難易度があり、剣技の優れた者は南の壁外、それほどでもない者、跡取りなど怪我《けが》をしたらマズい者たちは北の壁沿いに配置されるんだそうだ。南の魔物のほうが手応えあるからな。南には森も広がっているし。魔物は主にそっちから来るから。

一通りの説明が終わると、今度は各班に別れて一日の課外授業開始だ。

先ほど挨拶をした団長とアルフォードたちが共に詰所の中に入っていくのが見える。それを見送ってから俺たちの班も門の外に移動開始した。

森に程近い場所の警護に当てられた俺の班は、一年時剣技でトップクラスの人たちが集められていた。ドウマもこっちの組だったけれど、もう一組の東寄りの森付近の班に配置された。

すれ違いざま「怪我するなよ」と言われたので、「そっくりそのまま返すよ」と軽く答えたらドウマの隣の奴が噴き出していた。

今回俺の班を率いるのは、真面目《まじめ》そうな騎士だった。小隊長らしい。

「騎士は隊長とか団長とか役職が多すぎて偉い人の順番がいまいちわからない」

小声でそう呟いたら、小隊長が苦笑した。

「私は第三騎士団の中で一番小さい隊の隊長だな」

「去年は副隊長って人と回ったんですけど、その人のほうが偉いんですか？」

「そうだな。私たち小隊を数組まとめた隊を率いるのが、隊長と副隊長で、軍全体をまとめているのが団長と副団長だ」

「なるほど……」

じゃあ去年の副隊長のほうが偉いのか。確かにあちこちに顔が利いていそうではあったな、と納得して、俺は小隊長の後に続いた。

街から森までは少し平原が続いていて、そこにはあまり魔物は出てこない。たまにしゃがんで草を摘んでいる子供たちは、多分ギルドの仮登録をしている子供たちだ。子供たちもあまり周りを気にせず壁付近で薬草を摘み、笑みを浮かべている。ここら辺は騎士たちがよく見回りしていて、子供たちに被害は殆《ほとん》ど出ない。

そんな子供たちを横目に、俺たちは森に進んでいく。

森の付近に魔物除けの樹が等間隔で植えてあり、その間を抜けると少しずつ木々が増えていく。

森は穏やかだった。

街に程近く、魔物除けの樹があるから、こんな森の浅いところではそうそう魔物は出てこない。

「街壁の外側近辺一帯の警備には、街の者たちに害のある物の駆除も含まれる。中には、街付近にこの様な毒草も生える。これは薬にもなるから全て駆逐するわけにはいかないが、群生地ができてしまうと他の植物が育たない。こういうものを駆除するのも大切な仕事の一つだ」

小隊長が手袋を着けた手に毒草を持ちながら教えてくれる。あれ、毒消しポーションを作る際に使える草だ。冒険者ギルドで買い取って貰《もら》えるやつだ。

小隊長が手に持っていた草は、俺がまだ本登録できない頃によく採取していた草だった。

「これを見つけて刈り取った場合は後ほど一か所に集めてくれ。火魔法で燃やすので」

「え、燃やすんですか!?」

金になる物……いや、有益な物を燃やすと聞いて、俺は思わず口を挟んでしまった。

「燃やす以外にどうする。間違えて食べてしまったら命までは取られないけれど、状態異常を起こす物だぞ」

小隊長の言っていることは正しい。そのまま生で食べたらもちろん毒素によって食中毒になったり腹を下したり拒絶反応が出たりして、下手《へた》をすれば命を落とす。

でも、薬草でも毒草でも、生で食べる奴はいない。なぜならとても苦いから呑《の》み込《こ》めたもんじゃないのだ。小さいころ腹が減ってそこら辺の草ですら食べようとしたときに、運悪くこの草に当たってしまい、口に入れた瞬間に苦すぎて腹の中に入っていたなけなしの夕食まで戻してしまった苦い経験がある。

「売るとかそういうことは考えないんですか？」

「誉《ほま》れある騎士団がこの様な物を売って生計を立てるのは感心しない」

「でもそれ、有益な草です」

「毒草だぞ」

「それ、調薬師たちにとっては解毒剤の素材になるんで。あと、調薬師はそれを金出して買ってます。だったら、必要なところに売るっていうのも街の人のためになるんじゃないですか」

っていうか、燃やすぐらいなら売らせてくれ。

勢い込んで言ったら、小隊長は困ったような顔をして、携帯端末型魔道具を取り出した。

突っぱねるんじゃなくて、上に問い合わせてくれるらしい。

「取《と》り敢《あ》えず、毒草は一か所に集めろ。魔物が出たら、躊躇《ためら》いなく駆逐しろ。魔物は魔素だまりから現れる。どれだけ駆逐しても、居なくなるということがない。しかし駆逐しないと現れる魔物であふれてしまうからな。では、警護開始！」

号令が掛かると、俺は嬉々《きき》として移動を開始した。素材はこっそりゲットすると心に決めて。

魔物の気配はない。学生四人と小隊長一人という組み合わせで、俺たちは、壁が見えるギリギリの森の中を探索し始めた。

小さな魔物が何体か出て来たけれども、皆は難なく倒していく。

毒草は今のところ見つかっていない。俺が先に見つけたらそっと採取するのに。アルフォードのお土産《みやげ》にしたら絶対喜ぶんだけど。

昼の時間になると、小隊長の先導の元、少しだけ森に入った野営地点に着いた。

そこで野営にも慣れるようにという理由で、簡易食を摂るため地面に座らせられる。俺にとっては普通のことだけれど、貴族の人たちにとっては、地面に座るのはなかなか勇気のいることらしかった。

昼食は学園から渡された携帯食だ。味気ないけれど、栄養はかなりあるらしいので依頼中に重宝しそうだな、と思いながら食べていたら、周りの奴らがすごく嫌そうな顔をして携帯食料を見ていた。

「……騎士ってこんなまずいものを食べてるのか」

隣にいた生徒がそんなことを呟《つぶや》いたので目を丸くする。味は薄いけれど、それ程まずくはないのに。

「貴族ってのも難儀だなあ。これ、携帯食としてはましな方だぞ」

思わず反論すれば、その生徒はこの世の終わりのような顔をした。

「……僕は第一か第二騎士団を目指すことにするよ」

そうすればこんな携帯食を食べなくて済むから、と真顔で呟く生徒に思わず笑う。

そんな感じで交代で見張りをしながら休憩を取った俺たちは、午後も続きの見回りを開始した。

森の浅い部分にいつもとは違う異変がないか、目をこらしながら歩く。普段から歩いていないとわからないとは思うけれど、と前置きして、小隊長は今までにあった異変の例を色々教えてくれた。

大きな魔物は出てこず、小さな魔物がちょこちょこと目の前に飛び出してくる。生徒たちは午前中に何匹か狩ってようやく魔物に慣れて来たのか、午後は競い合うように魔物討伐をし始めた。

とてもやる気になっているのはいいことだと思う。

——でも、そのヤル気が仇《あだ》になった。


取りこぼした素早い魔物が森に逃げていくのを、生徒の一人が追っていってしまった。

一年次の剣技では一緒になったことがなかったし、二年次は俺が剣技を取っていないので、どんな奴なのかはわからないけれど、ドウマの次くらいに強いと噂《うわさ》されていたブルム伯爵家の嫡男だった。

五人でひと塊になっていたわけじゃなかったのが災いした。お互い少し離れた場所にいたせいか、そいつが魔物を追って森の奥に入ってしまったのに気付いたのは、かなり先に行ってしまった後だった。

パーティーを組んでいるにも等しいこの状況でまず一人で飛び出すなんてことをする奴に驚きつつ、身体能力を上げる魔法を全身にかける。

引率の小隊長に視線を向けると、小隊長は一人で追うと俺たちに伝えた。俺たちは壁に向かえと。

「すいません。俺も一緒に行きます」

俺が手を上げると、小隊長は眉間《みけん》に皺《しわ》を寄せた。

「しかし、一介の学生が大物とかちあったところで、何もできはしないだろう？」

「俺、ゴールドランクの冒険者ですから」

街に程近い森は、俺にとっては遊びにもならない、とニヤリと笑って言うと、小隊長は本当に嫌そうに顔を顰《しか》めた。

「生意気とか思ってます？」

「ああ、思ってるとも。くそ、一緒に来い。他の者たちは……目を離す方が危なっかしいから全員後に続け！　絶対に命令に従えよ！」

小隊長の号令に、三人全員がはい！　と勢い込んで答えた。

「前方に大物っぽい気配がするんですけど」

先に入った一人を追って数分後、俺の身体《からだ》に得も言われぬ不快感がこみ上げてきた。これはあれだ。大物魔物が目の前にいる時と似ている。

普段あまり出ない大物がこういう日に限って出てくるなんて、運が悪かった。

俺がこともなげにそう言うと、小隊長は苦悩の顔で「冗談でもやめてくれ」と俺に釘《くぎ》を刺した。

しばらく走り、視界の悪い蔦《つた》の生い茂る林の間を抜けると、そこでは見た事のある三年生の集団と、騎士二人、そしてボルトが大きな魔物と戦っていた。

「お前たちはここで待機……待て！」

待機を言い渡される前に、俺はボルトの方に走っていた。

魔物の尻尾《しっぽ》には、先ほど飛び出していった伯爵家の嫡男が絡まれている。さっきから木にぶつけられたり盾にされたりして、なかなかボルトたちも手が出ないようだった。

「ボルト！」

「ルゥイ！　なんでここに！」

「あの尻尾に捕まってる生徒、俺の班の奴《やつ》だから追ってきた」

「マジかよ……」

騎士の人たちもボルトもだいぶ苦い顔をしていた。

いつでも飛び出して問題を起こす生徒はいたけれど、こんな大物を釣り上げた生徒はここしばらくはいなかったんだそうだ。

「ってかルゥイなんでそんななまくらな剣なんだよ」

「学園貸与なんだよ。自分の剣はダメなんだってさ」

「戦力低下甚だしいじゃねえか。俺の予備貸すから」

「サンキュ」

ボルトが予備の剣を渡してくれたので、それを受け取ると、俺はボルトの横で構えた。

ボルトの詠唱開始と共に足に力を入れる。

地面を蹴《け》って跳躍する。

身体能力を最大限まで魔力で補助しているので、魔物の上を難なく通過していく。

魔物が尻尾を振って俺に伯爵家の嫡男をぶつけて来ようとしたので、そのまま剣を薙《な》ぎ尻尾を切った。

伯爵家の嫡男が放り投げられたので、木を蹴って方向修正して何とかキャッチし、地面に足を付ける。と同時にボルトが速攻で魔物に攻撃を開始した。

魔法を駆使しつつ剣を使うそのスタイルは、きっと生徒たちにとって凄《すご》く勉強になると思う。

遅れながら騎士団の奴らも攻撃を開始した。

人質がいなくなった魔物は、そこまで強いわけではなく、俺が伯爵家の嫡男を抱えて安全な場所まで離れる間に、倒されていた。

意識を失っている彼を抱えたまま同じ班の奴らがいるところに合流すると、ワッと歓声が上がった。

「ルゥイ、よくやった。そいつがいたから攻めあぐねていたんだ」

ボルトも戻って来たので、持っていた剣を返す。

「ボルトに剣を借りてなかったら多分あの尻尾は切れなかったけどな」

「俺にはあの尻尾は切れなかったよ。硬すぎて」

「確かに手応えは凄かったけど」

身体能力で腕力も上げていたからこそ、あの尻尾を切れたのかもしれない。そう言うと、ボルトは同意して破顔した。

「それにしても二年がここまでくるなんて、どうしたんだ」

「いや、その生徒が魔物を深追いしてしまって」

「そういうのを諫《いさ》めるのもお前の仕事だろう」

「すみません」

俺たちの後ろでは、俺の班についていた小隊長が他の騎士に注意されていた。

俺は肩に担いだままの伯爵家の嫡男を雑に地面に置きながら、そういえばこいつはさっきもあまり騎士の言うことを聞かなかったよな、と溜息《ためいき》を吐《つ》く。

どう考えてもこいつが悪いのに騎士が叱られるのか。……騎士になって安定した金銭を得るのもいいかもしれないと思っていたけれど、その考えは、この目の前のやり取りで儚《はかな》く消えていった。

叱責されるのはわからなくもない。こいつの命が掛かっていたから。でも散々注意したにも拘《かか》わらず暴走したんだから責任はこいつにあると思うんだけど。

孤児院での理不尽な叱責を思い出して顔を顰めていた俺は、いつの間にやら生徒たちにボルトが囲まれていることにようやく気付いた。

「素晴らしい剣技でした」

「どうやってそこまで腕を磨いたんですか？」

質問攻めにされて、ボルトの顔が引きつっている。

俺がボルトの様子をじっと見ていると、ボルトは「ルゥイ、何とかしてくれ！」と視線で俺に助けを求めて来た、ような気がした。

俺にどうしろと。ぶちのめせと？　俺のボルトに群がるなって……絶対に俺が手を出したらそうなるからな。流石《さすが》にそれはやっちゃだめだというのはわかる。

ボルトと一緒にいた騎士は俺たちの班の騎士を叱責することに忙しい。そのせいで三年の暴走を止める者がいない。俺たち二年生は三年生を注意するなんて多分難しい。

ボルトに自力で逃げてもらうしかないかな。と肩を竦《すく》めると、一瞬だけボルトの眉がへにょ、と垂れ下がった。

すぐにキリッと表情を引き締めると、ボルトはスッと息を吸った。

そして。

「うるせえ！」

バリバリに圧のかかった声を出した。

皆がその声に硬直している。

魔物の咆哮《ほうこう》によく似た効果のその声は、学生には覿面《てきめん》に効いていた。皆の顔が青くなって、固まっている。

ボルトは固まった生徒の間を縫って、そそくさと俺の方に逃げて来た。

「なんなんだこいつら」

「ボルトがかっこよかったからだろ」

「はぁ？」

「なにせ実戦経験ほぼない先輩方だからな。あんな大物魔物は見たことなかったんだろ。それをバッサリと倒したボルトはきっと輝いて見えたはず」

「ルゥイ……」

「俺はあいつを抱えてたから逃げることに集中してたけど、ボルトの戦いはいつでも見たい。だって綺麗《きれい》だしかっこいいもん」

ボルトの手が上がって、所在なげに広がって、そのまま下に下がる。

その腕の動きが、俺を抱き締めたいのにできない、と訴えているみたいで、嬉《うれ》しくてちょっと笑えた。

ニヤニヤしていると、ボルトがフッと顔を上げて、俺を上から下まで眺めた。

「その格好、ストイックでいいな」

「そう？　首がちょっと苦しいけど、防御力は高いって」

「ああ。ルゥイに似合ってる。普段からこれを着ていたらいいんじゃねえ？」

「この服だと学園の名前を背負ってるみたいで絶対にやだ。でも自分でこれだけの装備買うのはまだ無理だろ」

「ゴールドランクの魔物をガンガン倒していきゃすぐだろ」

ルゥイを着飾りてえのに……と小さく呟くボルトに何言ってんだよとツッコんでいると、ようやくお説教が終わったらしい騎士から召集令が出たので、ボルトと共に足を向けた。

騎士の元に着いた途端、俺とボルトは騎士によって生徒たちの前に立たされた。

「今回はゴールドランクの二人がいたからどうにかなったが、深追いは絶対にだめだ。一人があして魔物に捕まると、その後に打つ手がかなり限られてくるし、残酷な選択をしなければならなくなる」

先ほど気を失っていた伯爵家の嫡男も目を覚まし、ぶすっとした顔で騎士の話を聞き流している。

主にそいつに注意をするためとはいえ、前に立たされるのは遠慮したかった。ほら、今も大半の生徒たちが「あの孤児が」っていう目で見ている。

「ゴールドって……嘘《うそ》だろ」

「前にシルバーって聞いたぞ。虚偽は重罪じゃないのか」

ひそひそと話している生徒たちの会話は、しっかりと俺たちの耳にも届いている。どうしてそういう言葉を聞こえるように言うのか、それが一番理解できない。

まあ、いつものこと、と放置しようとしたところで、隣のボルトから何やら背筋が寒くなるような気配が漂ってきた。ハッとボルトに視線を向けると……。

「どこにでもクソ生意気なガキはいるもんだけどな……。俺のパートナーをこけにした奴は、どうやら俺に遊んで欲しいらしいな？」

にやりと嗤《わら》うその顔は、まるで絵本にある魔王のようで、俺は高鳴る胸を抑えるのに必死だった。

怒ってくれたことが嬉しいし、こうして堂々とパートナーって言ってくれたことが何より嬉しい。

そして怒れるボルトはかっこいい。

いつものことだから俺は全く気にしてないのに。

宥《なだ》めようとボルトに手を伸ばしたところで、騎士がボルトを怒らせた生徒の頭にげんこつを落とした。

ゴツン、ととてもいい音がして、殴られた生徒は頭を抱えて地面にしゃがみ込んでいる。

「んぎぎ……ってぇ……何するんだ！」

「何するはお前だ馬鹿者！　さっきお前たちの失態を挽回《ばんかい》したのは誰だと思ってる！　助けて貰《もら》っておいて恩を忘れるなど、言語道断！　文句があるなら今から冒険者登録して二年弱でゴールドランクになってみろ！」

「二年弱……!?」

騎士の怒声にボルトがにんまりと笑みを浮かべた。

「俺がゴールドになるまで、四年くらいかかってる。それをルゥイは一年半でなってるんだわ。お前らとはそもそも格が違うんだよ」

ケッとつばを吐くボルトはまんまチンピラで、騎士とボルトに凄まれて生徒たちが小さくなって震えている。

その絵面が可笑《おか》しくて笑いながらボルトの腕に手を掛けた。

「ボルト、気にするなって」

「いやだってこいつら腹立つ……もしかして学園でもこんな風に言われてんのか？」

ギッと凄んだボルトは、目の前の生徒の胸ぐらを摑《つか》んで片手でその身体《からだ》を持ち上げた。

「学園で俺のルゥイはなんて言われてるんだ？」

「……孤児で、学生なのに冒険者をしてる貧乏人……」

言わねえと殺す、という圧に気圧《けお》され、持ち上げられた生徒は涙目で白状した。

確かにそう言われてるね。まんま事実だしね。

聞いた瞬間ボルトは目を据《す》わらせ、生徒をそのまま投げ捨てた。ぎゃっと悲鳴を上げる生徒が完全にとばっちりでかわいそうになってくる。でも今の、少しくらいは受け身取らないのかな。

「ボルト、気にすんな。全部本当のことだからさ」

俺がにこやかにボルトを宥めると、ボルトは何かを叫ぼうとしたのか口を開きながらこっちを見て、少しだけフリーズしてから、がっくりと肩を落とした。

「ルゥイ……なんでそんな可愛《かわい》らしい笑顔なんだよ……お前のことだよ……」

「だってそいつら本当のことしか言ってねえだろ。事実を言われても別に腹も立たねえよ。気にするなよ」

「ちょっとは気にしろよ……なあ、ルゥイ」

盛大な溜息を吐いた後、ボルトは真顔で俺を見下ろした。

「学園は、楽しいか？」

「うん。すごく！」

ボルトの問いに笑顔で答えると、ボルトはようやく苦笑し、俺の頭を搔《か》き混ぜた。


課外授業の時間は陽が沈むまで。夕刻に騎士団宿舎に戻り、そこで騎士たちと共に一日の反省をして、その後まとまって学園に戻り、中央広場で点呼を取って解散となる。

大物を倒したあとは特に大物に出会うこともなく、俺たちは規定の巡回場所に戻った。

ボルトはもう自分の担当を捨て置きたがったけれど、でも依頼だから仕方ない、と機嫌のよくない顔で俺を見送ってくれた。

伯爵家の嫡男は最後まで「上級貴族である自分が下っ端騎士や単なる冒険者に叱られるのはおかしい」と膨れていた。でもボルトに圧を掛けられてビビっていたのを知っている俺は、笑いを堪《こら》えるのに必死だった。小隊長も何やら問題児を見る先生のような顔で見ている。

「単なる冒険者というがな。

「それくらい……冒険者の中でも強い方ってことだろ」

「そうだな。どのくらいの強さかと言えば……お前はさっきの魔物が目の前に出てきたとき、一人で倒すことはできるか？」

小隊長に訊《き》かれて、生徒は少しだけ顔を青くしながらも、なんとか頷《うなず》く。

「き、きちんと状況が把握できていれば、あんな魔物に遅れはとらない」

「あのな……ああいう魔物が出てくる時にきちんと状況が把握できるなんて、ほぼないぞ。突発的な時でも危なげなく、あの程度の魔物なら一人で倒せる程の者が、ゴールドランクになれるんだ」

「じゃあ、この孤児もあれを一人で倒せるということですか？」

生徒が指さしてきたので、肩を竦める。

「まあ、余計な奴《やつ》が尻尾《しっぽ》に捕まってなかったら倒せたんじゃね？」

ニヤリと笑ってそう答えると、周りの同じ班の奴らがうわあ、という顔をした。

俺の挑発は覿面に効いたらしく、伯爵家の嫡男は顔を真っ赤にして怒鳴った。

「お前に助けて貰わなくたって……！」

「はいそこまで」

小隊長が生徒の言葉を遮って、自身の身体をつかって物理的に俺と伯爵家の嫡男の視界を遮る。

「あの孤児が僕に喧嘩《けんか》を売ってきたのに邪魔するな！」

「一応私は今日一日お前たちの監督を請け負っている。お前たちはどの爵位だろうと今日一日は私の部下だ。騎士団は爵位に重きを置いてしまうとまともな統制がとれないから、爵位よりも騎士団の立場のほうが上なんだ」

呆《あき》れたような視線を隠しもせず伯爵家の嫡男に向けた小隊長は、未《いま》だに噛《か》みつこうとするそいつから他の生徒たちに視線を動かした。

「お前が馬鹿にする私ですら……」

小隊長は言葉を止めて、ボルトが使ったような威圧を生徒たちに対して放って黙らせた。

「お前たちの言う下っ端騎士でも、こうしてお前たちを黙らせることは簡単にできるんだよ」

冷めた表情で言い放った小隊長に、生徒たちはヒッと身体を竦めた。

「今日の反省点は、魔物をいたずらに深追いしたこと、集団行動ができなかったこと。そして、魔物の強さを全く理解できていなかったこと。後日反省文を学園で書くことになると思うが、きちんと真実を記入しないと騎士団から報告が行くからな。では、ここで解散！　学園までの馬車は街の中央広場から出ている。乗りたい奴は乗れ。寄り道せずに学園に帰るんだぞ」

威圧でビビって動けない状態の生徒たちをそのままに小隊長が解散を言い渡したので、俺はそいつらの硬直が解けるまで待つことなく、学園に向かって歩き出した。

皆の視線が待ってくれ、と言っている気がしたけれど、気付かないふりをする。

馬車には乗らずに街の中を軽く走って学園に向かう。

たまに馬車を追い越すと、その中には騎士団詰所から帰ってくる生徒たちがぎゅうぎゅうに乗っていた。走っている生徒は俺以外いない。

そのまま何台かの馬車を追い抜いて、学園の門をくぐり、集合場所である学園の広場に向かう。

かなりの数の生徒たちが戻ってきていて、俺はその人波を避けるように端の方に立った。すると。

既に戻ってきていたアルフォードが俺を見つけてくれたらしく、手を振りながら人混みを掻き分けてやってきた。

どうだったと訊《き》くと、アルフォードは少しだけ頬を染めて、大変だったよ、と苦笑した。

「今日はスタント先生が騎士団に回復薬を納品する日だったんだ」

「ああうん大変だったのはその一言でわかる」

「べ、別に何かやましいことをしたとかそういうわけじゃないからな！」

アルフォードの言葉に被《かぶ》せるようにそう言うと、アルフォードは一気に顔を赤くして、慌てたように叫んだ。

「僕がいるならここで調薬するのもありだな、なんて言って、騎士団の執務室の一角を占拠して調薬し始めてさ。僕もそうなんだけど、普段そういうのに縁遠い騎士団の人たちが凄《すご》く興味を示しちゃって。仕事中もスタント先生のことが気になって気もそぞろで」

本当に大変だったんだ、と溜息《ためいき》を吐《つ》くアルフォードの顔は、それほど大変そうじゃなく、むしろちょっとだけ嬉しそうで、思わず声に出して笑ってしまった。

「あははは」

「笑い事じゃないよ。全然仕事が進まないんだから。手伝いに行った意味がない」

「普段全然そういう仕事をしたことがない俺らが行くんだから、仕事が進まないのなんて騎士団も想定済みなんじゃねえの？」

「そうなんだけど、そうなんだけど……！　僕は、先生に注目が行くのがどうももやもやして……」

たまたま近くに来たドウマが「ようするに焼きもちか」と的確にツッコんで、アルフォードが茹《ゆ》で上《あ》がった。

ドウマの方はいたって平和に見回りをして終わったらしい。

全員が帰ってきたところで、理事長が正面に立ち、今日は頑張りましたね、という感じの短い挨《あい》拶《さつ》をして、合同課外授業は幕を閉じた。

確かに、ボルトが生徒に囲まれてるのを見た時は、もやもやしたかもしれないな……なんて思いながら、けれどそれを表情に出すことはなく、俺はアルフォードと共に寮に戻ったのだった。

十九、真実

「あの姿のルゥイと一日一緒に行動できるなら、来年の学園からの依頼が楽しみで仕方ねえ」

次の休み、普段通りの格好をしてギルドに向かうと、ボルトがいつも通り俺を待っていてくれた。

そしてこの台詞《せりふ》である。

「着て来いっていうんなら一日くらいアレ着て来るけど……」

なにせ学園の制服類はボルトが買ってくれたも同然だから。学園の支度金をほぼ全額貸してくれて、その後なんだかんだで借金を帳消しにされてしまったから。もう返せるだけの余裕はあるのに。

入学して一年目の、俺がまだブロンズだった時に、シルバーでも上位の魔物の討伐を請け負ったことがあった。そこで、もし俺がその魔物を一人で倒せたら貸した金は帳消しにしてやるよ、というボルトの挑発に乗ってしまって、まんまと一人で倒したんだ。そうしたら俺がちゃんとしろと金を借りた時に書いた簡易借用書をボルトは本当に燃やしてしまい、もうその借りた金を返すことができなくなってしまったんだ。

目の前で借用書が灰になるのを呆然《ぼうぜん》と見ていた俺に、ボルトは「もともとは買ってやるつもりだったけどルゥイは素直に受け取らねえだろ」なんて言って笑っていたので、俺は何も言えなかった。受け取るわけがない。だって俺、ボルトと対等になりたいのに。なんていうか、こんなんじゃ俺、ボルトのヒモなんじゃねえのか、と思ってあの時は本当に愕然《がくぜん》としたものだ。

「いや、なんていうか……ああいうビシッと決まってる姿のルゥイがストイックで清廉な感じがして、俺の手で乱したいと思っちまって依頼どころじゃなくなるからアレは来年の楽しみにとっとく」

「何朝からアホなこと言ってんだよ」

「アホじゃねえよ、切実だ」

ボルトの言葉に呆れと笑いが同時に湧き上がる。

そしてふと思いつく。

ボルトを上目遣いで見上げ、口角をあげて袖《そで》をそっと握った。

「じゃあさ、そのうちまるっと一日休みにして、あの服で宿屋にしけ込む？」

「おおおい⁉　しけ込むってお前……！　いやいやそれこそ朝からの発言じゃねえって……！」

慌てるボルトが楽しくてくくと笑っていると、ボルトにどこでそんなことを覚えたんだよ、と額をコツンと小突かれた。

「そんなエロい顔で俺を見るなよ」

「エロくねえよ。いつもと同じだろ」

口を尖《とが》らせて、もう一度ボルトを見上げる。俺はいつだってボルトに抱かれたいと思ってるんだよ。上目遣いがエロく感じるなら、もっと多用してやる。制服でボルトがいつもより興奮するならそれもまたいいんじゃないかと思う俺は、絶対に清廉なんて言葉と一番縁遠い気がする。

ボルトが俺を抱きたいと思ってくれるならどんなことだってしたくなるんだ。

まだ眉間《みけん》に皺《しわ》を寄せているボルトの手を引いて、依頼受けようぜ、と依頼板に向かう。

本当はもっと早い時間の方がいい依頼があるんだけれど、俺が寮から出て来る時間に合わせてくれるので、依頼板の前はそこまで混みあってはいない。

二人でどれを受けようかと話し合っていると、「ボルトさん」と受付の方から名前を呼ばれた。

「先日の学園依頼の件で、ボルトさんにお伝えしたいことがあるのですが、もし時間があるのでしたら奥の部屋に来て貰《もら》えないでしょうか」

奥から出てきたギルド職員が、ボルトにそう声を掛ける。

ボルトと俺は目を合わせて首を傾《かし》げると、受付に近付いた。

「依頼はちゃんと遂行したはずだが？」

「はい、そこはこちらも確認しております。改めて学園の方からお礼をしたいという話が来ておりまして。既に奥に関係者がお待ちです。行き違いにならなくてよかったです」

「まあ……依頼受ける前だったから。ルゥイはどうする。一人で依頼受けてるか？」

「そうだな。話長くないんだったら書庫にいるけど」

呼ばれたのはボルトだから、とそう言うと、ボルトはわかったと頷いて、職員の後ろをついていった。

その背中を見送ってから俺も書庫へと移動を開始した。今日の依頼はボルトが出てきてからもう一度じっくり二人で選ぶとして、こういうポッと時間ができた時は読書だ。

ボルトが呼ばれた内容がほんの少しは気になったけれど、それは俺が知る権利はないから、と足早に書庫に向かう。なかなか空き時間がなくてここの書庫を堪能できていないから。

ワクワクと弾むように階段を昇り、書庫に足を踏み入れる。何を読もうか迷ったのは一瞬で、パッと目についた本を手に取った。だいぶ昔に書かれた冒険小説のようだった。どの本もまだ未読の物ばかりだから、どれを読んでも問題ない。

椅子に座り、手にした本をしばらくの間夢中で読んでいると、「ルゥイ」と名を呼ばれたので顔を上げた。本は半分ほど読み終わっており、時間的には一時間くらいが経《た》っていた。

俺を呼んだのはボルトだった。

席を立って本を棚に戻しつつ、「話終わった？」と声を掛けると、ボルトは「いや……」と切れの悪い返事をして来た。

雰囲気が何時《いつ》もよりも張りつめている気がする。顔つきが、さっきよりもきつくなっていた。報酬的な話じゃなかったのかな、と思いつつボルトの前に立つと、ボルトは俺の手をそっととり一緒に来るように促した。

ボルトと共に一階奥の部屋に足を踏み入れると、そこには理事長がいた。

俺が挨拶《あいさつ》代《が》わりに頭を下げると、理事長が俺にも椅子に座るように促してきた。

「ルゥイ君。先日の課外授業ではオーバンくんを助けてくれてありがとう。迅速な救助で彼も無事生還できたこと、心から感謝するよ」

にこやかに感謝を述べる理事長としかめっ面っぽいボルトの差になんとなく違和感を感じて、俺は戸惑《とまど》いながら「はぁ」なんて間抜けな答えを返した。オーバン君って誰だっけと思いながら。

俺が首を捻《ひね》っていたのに気付いたのか、理事長はブルム伯爵家の嫡男だよと教えてくれた。

「今ちょうどボルト君と追加報酬の話をしていてね」

「ああ」

ぶっきらぼうにそう返すボルトの雰囲気は、どう考えても追加報酬という顔じゃなくて。

俺は何やら不穏な空気に気を引き締めながら、理事長の話に耳を傾けた。

「少しだけ待っていてくれるかい？　兄がもう少ししたら合流できるから、できれば今のうちに顔を合わせて話をしたかったんだ」

「兄……って、統括代理でしたっけ？」

「ああ。今少しだけ北の方にいてね、どうやらちょっとだけややこしい事態になってるようなんだ。君と、ボルト君に関わる」

俺はボルトの方に視線を向けた。

俺とボルトが関わるって、ギルド依頼の関係かな。それとも理事長が出てくるっていうことは、この間の課外授業のことか。……でもそれにしてはボルトのこの表情はおかしい気がする。

うーん、と考えて、ハッと顔を上げる。

もしかして、前にここで俺の血筋を調べた内容のこと……これ、理事長は知ってるんだろうか。

統括代理は俺にすら何も言わなかったから他言とか絶対にしないとは思うけれど、でも、ボルトもフォルトゥナ国出身で、理事長と統括代理のお母さんに逃がして貰った、って。ってことはボルトの内情はギルドトップは知っているってことだろ。

これからどんな話がされるのかはまったく想像つかないけれど、どうやら平穏に依頼をこなしてボルトの宿屋にしけこむことはできそうにないな、と俺は溜息を呑《の》み込《こ》んだ。

先ほど出されたお茶のカップがちょうど空になったところで、目の前に統括代理が現れた。何度見ても見事な転移魔方陣だった。

「ごめんね、待たせちゃった？　ルゥイもおはよう」

にこやかに挨拶して、統括代理は理事長の隣に座った。

理事長が弟というけれど、見た目的には理事長の方がよほど年上に見える。そして統括代理はエルフ特有の尖った耳を持っているけれど、理事長にはそれがない。髪の色から目の色まで違っていて、改めて見比べても兄弟だと教えられない限り血が繋《つな》がっているとはわからなかった。いや、言われてすらなかなか信じられない。

エルフとハーフエルフの生態に関しては詳しく書物に載っていなかった。個人差があるっていう表記だけがあった。この二人を見ていると、個人差って成長度合いも入るってことなんだろうな。

そんなことを考えていたら、統括代理が深々と頭を下げた。

「この間は迅速な生徒の救出をありがとう。大事にならずに済んでホッとしたよ。あの行事はね、生徒の実地訓練と、冒険者と騎士の共同訓練を兼ねているんだ。だから、街ぐるみで行う大事な行事なんだよ。その行事にあんな大物が出たのなんて本当に久し振りだよね」

隣に座る理事長に、統括代理が視線を向ける。理事長も真剣な顔で頷《うなず》いた。

「そうだね。普通は実地訓練の前に騎士団が気合いを入れて大物を狩るし、大物魔物討伐依頼も増やして間引きしておくんだけれども」

「ちょうど近くに大きな魔素溜《だ》まりがあったから、きっと狩り終わったタイミングで発生しちゃったんだね。あの生徒も近くにボルトがいて幸運だったのか捕まって不運だったのか……」

ふぅ、と溜息《ためいき》を吐く二人は、そのタイミングと表情がそっくり同じで、そこで初めて兄弟だということを実感した。

「無事生徒を救出してくれた二人には、報奨金が出ます。二人のギルドの口座に振り込まれているから、確認してね。あの魔物の討伐報酬と同等額」

統括代理の言葉に頷きながら、じゃあどうしてボルトはこんな顔をしているんだろう、と首を傾げる。

ボルトはやっぱり俺を呼びに来たときと同じ、上機嫌とは程遠い顔つきをしていた。

「さてっと。これからは、ルゥイ君は学生としてじゃなくて、一人の冒険者として話を聞いてね」

統括代理はそう言うと、ピィ、と軽く口笛を吹いた。

と同時に統括代理の肩に光が集まって来る。

一瞬目の前が真っ白になり、それが収まってくると、統括代理の肩の上に青い鳥が止まっていた。

尾の長い鮮やかな青を纏《まと》ったその鳥は、凛《りん》とした顔でまっすぐ俺を見ていた。

「本当はこんな形で紹介するつもりはなかったんだけど」

『お初にお目にかかります。私は今はソレイル王国の一調薬師の元に身を寄せていますが、フォルトゥナ国出身の、蒼獣《そうじゅう》と呼ばれる聖獣です』

口を開いた鳥に、俺は驚きで目を見開いた。

帝王学の先輩方の話に出ていた聖獣が目の前にいる。

目を奪われるほどの綺麗《きれい》な青に、俺は驚きすぎて何の反応もできなかった。

『あなたには、微《かす》かに聖獣の気配があります。彼《か》の方と契約していた痕《あと》が見えます、が、その繋がりはもう、消えていますね』

「……は？」

聖獣と契約？

まるっきり覚えのない言葉に固まっていると、不機嫌なボルトが口を開いた。

「ルゥイが学園を卒業するまであと一年半ある。どうしてここで蒼獣様を連れて来るんだよ」

ボルトの言葉に、統括代理が申し訳なさそうに肩を竦《すく》めた。

「ちょっとね、王様が甥《おい》っ子《こ》を探し出しちゃったんだから仕方ないよ。王様が何を思って甥っ子を探しているのかはわからないけれど、王宮に住まう聖獣の話だと、自分は仮に王となっているだけだから、生きているのなら玉座は正当な血に返したいって話」

「今更かよ」

ケッとボルトが唾《つば》を吐くと、統括代理はそうだね、今更だね、と苦笑した。

「でも、どうやって甥っ子が生きているっていうことを知ったのかはまだ詳しくは判明していない。

俺はあの結果はその場で消したし、履歴は残っていない。弟にだけは伝えたけれど、それは学園で便宜を図ってもらうためだから……君もパートナーにすら言ってないよね」

統括代理に話を振られて、理事長は頷いた。

「誓って。誰にも口外していません。でも……やはり帝王学は余計なことだったかもしれない」

「今年は何人受けてたんだっけ」

「大公家の嫡子アローロ殿下とソレイル国第四王子のフォーディアル殿下とルゥイ君の三名」

「……それだけではちょっと押しが弱いかな。他にも何か要因がありそうだけど」

二人とも、またしても同時に同じような深い溜息を吐《つ》いた。

「それにしても、どうしてあの方は今更ルゥイに玉座を渡したいなんて言ってるんだ」

「ホントそれ！　自分でお兄さんを切ったんだから責任は取らなきゃ。あの前の王様ってめっちゃ穏やかでホンワカな人のいい王様だったのに。まあそのせいで陰でやりたい放題されてたのに気付かなかったんだけどね」

「一応大義名分はあったんだろうけど……その王位返上ってのはいまいち信用できねえ」

ボルトも腕組みして、険しい表情をしている。

これは、一体なんの話をしているんだろう。

どこかで似たような話を最近聞かなかっただろうか。

話についていけなくて、会話の内容が耳から耳へと通り抜けていってなかなか脳が理解せず、俺はただただ皆の会話を呆然《ぼうぜん》と聞いていた。

自分が兄王を切って玉座についた王弟。それが今頃になって甥っ子に玉座を返上したいと。

……しばしの時間を要して、ようやくそれが俺の故郷と言われているフォルトゥナ国のことだと思い至った。

ああ、そうか。フォルトゥナ国の王弟の話か。帝王学で殿下とアローロが話していた話と重なるんだ。

ここでそんな国の内情を聞いてしまうってことは……やっぱり俺は無関係じゃないのか。

ボルトに言われて理解しているつもりではいたけれど、今までは実感が伴わないせいかやはり別次元の話に聞こえていた。

『私たち聖獣は嘘を吐きません。ですから、彼の王がそう言ったというのは事実でしょう。心中はわかりかねますが』

「君もあの王様好きじゃないんだね」

『あの者は彼の方とその子に致命傷を負わせました。彼の方の怒りは感じなかったので聖獣たちは敵対しておりませんが、私は個人的に彼の方をお慕いしていましたので、あの者を許すことはできません』

その子、と言ったとき、俺はしっかりと聖獣と目が合った。

もしかして俺は、赤ん坊の時死にかけていたんだろうか。でも孤児院の大人は死にかけた赤ん坊とは言ったことがないから、拾われた時には普通にピンピンしていたはずだけど。

何もかもが俺を置き去りにして話が進んでいるので、訳がわからなかった。

俺の親を殺した叔父《おじ》が、俺を探して玉座を返したいとか。俺と聖獣が契約していたとか。フォルトゥナ国の王宮にも聖獣が住んでるとか。

ちょっとでいいから説明して欲しい。

多分統括代理も理事長もこの聖獣も、そしてボルトも、色々と知っているんだと思う。

でも、これだけはわかる。

多分、ボルトに守られてぬくぬくと暮らしていられる時期は、もうすぐ終わりなんだ。

◆◆◆

それは、混沌《こんとん》とした時代だった。

長く続いたフォルトゥナ国は、国を立ち上げた勇者の血を継いだ者が玉座を引き継いでいった。

フォルトゥナ国の王の横には、白い虎の聖獣がいつでも侍《はべ》り、ときに知恵を貸し、ときに導き、代々の王を助けていたという。

この時代に生を受けた二人の王子は、第一王子がとても穏やかな性格で、第二王子がとても腕の立つ稀有《けう》な才能を有していた。慈愛の王子と苛烈《かれつ》の王子。兄王子は国の民たちに平和をもたらしたいと願い、弟王子はその腕で兄を助けて民の危険を少しでもなくしたいと思っていた。

国王陛下と王妃は二人が力を合わせればとてもいい政《まつりごと》を施すと手放しで喜んでいたが、ごく一部の者たちはそれが面白くなかった。

とても穏やかで、あまり人を疑うことをしない素直な兄王子が上に立てば、諫言《かんげん》次第では傀儡《かいらい》になり得るとほくそ笑んでいた第一王子派は、切れ者と噂《うわさ》の第二王子が剣豪と呼ばれるほどに力を付けたことで持ち上げられた第二王子派の貴族たちを疎ましく思っていた。第二王子派の貴族たちも、第二王子は力だけだ、と陰で罵《ののし》る第一王子派の貴族たちに少なからず反発し、密《ひそ》かに二つの派閥が睨《にら》み合っていた。

国王陛下は穏やかながら目端の利く部下を持っていたため、穏健派の王として民に慕われており、その穏やかさを継いだ第一王子も民に慕われていた。逆に第二王子は自ら先頭に立って魔物を駆逐してきたことから、その強さを民は尊敬と共に畏怖《いふ》していた。

表面上はとても穏やかに見えた国だったが、陛下が突然の事故で命を落とした時、分があったのは第一王子派だった。後ろ盾の貴族たちがより玉座の周りを固めていたので、第一王子はすぐに即位した。

第一王子が国王になると、表向きは陛下の理想とした施政を継いだと思われたが、後ろ盾の者たちはその限りではなく、素直な国王陛下にたくさんの甘言を呟《つぶや》いた。

宰相《さいしょう》となった男も、陛下の後ろ盾の筆頭となったことで、まるで自身が王になったかのような態度を示し始め、聞こえのいい言葉しか陛下に囁《ささや》かなくなったのだ。

その言葉をまるっと信用してしまった陛下は、弟がその貴族たちのことを悪し様《あざま》に言うことに心を痛めていた。そこに付け込むように宰相が囁く。

「王弟殿下は王位欲しさにあのようなことを言い触らす」

「本来であれば自分が玉座に就くはずだったと陛下を恨んでいる」

事あるごとに、あたかも王弟となった第二王子自身がそう言っているかのように囁いた。

あまり疑うことをしなかった陛下は、その言葉も鵜呑《うの》みにし、少しだけ王弟から距離を置いた。

王弟からの諫言が聞こえない程度の距離を。

その後も陛下は宰相に全幅の信頼を置き、宰相が「東の地方で豊作なので税金の見直しをした」と言えば頷き、「西の地方で魔物が溢《あふ》れたので物資を送りたいので予算を」と言えば頷いた。

気付けば、即位してほんの数年で、穏やかだった治世は崩壊し、貧しい民の数が激増していた。

そんな最中、兄陛下は作られた出会いを経て宰相の娘と恋心を育て、婚約者として一年の時を経て婚姻を結ぶと、その半年後には、二人の第一子である王子が誕生した。兄王そっくりの鮮やかな赤毛の王子だった。

その生誕の祝いは、貧しく苦しい生活をしていた民にとっても唯一の慶事であり、こんな悪政を敷く陛下ではなく昔の優しい陛下に戻ってくれないかと、民はその慶事に望みを掛けた。

変わってしまった陛下が元に戻りますようにと。陛下自体は何ひとつ変わっていないのに。

長年遠ざけられていた王弟がようやく兄陛下にお目通りが叶《かな》った祝いの日。

王弟は、兄陛下の近くにあの聡明《そうめい》な聖獣が侍っていないことにすぐに気付いた。

いつからいなかったのか。あの聖獣が少なからず父王に色々と手を貸していたのは知っている。

では、兄王には。手を貸すに値しなかったのか。

王弟の頭の中に警鐘が鳴った気がした。

「久方ぶりだな、弟よ。元気そうで何より」

昔と変わらない笑顔で話しかける兄のくったくない笑顔は、まるで民の苦しみがわかっていない彼のような能天気さに映った。

玉座に座るその手には、まだ生まれてさほど経《た》っていない赤子が抱かれており、赤子はすやすやと健やかな寝顔を見せていた。

「私の息子《むすこ》を見てくれないか。どちらかというと、この顔つきは私よりお前に似ていると思ってな」

朗らかに笑う兄に、背筋が寒くなった。

「恐れながら申し上げます。これほどに華美で大規模な披露目の会……陛下は、民の苦しみがわかっておられるのか……?」

「まだこの玉座を諦《あきら》めていなかったのか！」

祝いの言葉よりも先にそんな言葉が出て来た王弟に、宰相の叱責が飛ぶ。宰相のその一言で、場の空気が一気に張りつめたものに変わった。ふと王弟が周りに視線を巡らせると、夜会の広間だというのにその場を警護していた近衛騎士が飾りではない実用性の高い剣を腰に下げていたことに、その時初めて気付いた。普段は謁見の間での警護では、装飾の多いそれほど殺傷力の高くない剣を下げるはずなのにだ。

嵌《は》められた、と王弟の臓腑《ぞうふ》が冷えたのは、宰相の言葉にとても悲しそうな顔をする兄が見えたから。

「元よりそんなものは望んでいない！」

「何をおっしゃる！　民が貧しいとは、あなた様の住む地域だけではないですか！　まだ王位を簒《さん》奪《だっ》しようと資金を集めておいでか！　逆賊になり果てましたか！　王弟殿下！」

「何を馬鹿なことを……！　民が貧しいのは、宰相が税で暴利を貪《むさぼ》っているからだろう！　兄上は、あなたは、どちらを信じるのか……！」

王弟の言葉に、陛下は悲しそうな顔をした。それだけで、宰相の言葉に信を置いているということが判明し、王弟は既に国は乗っ取られていたという事実にようやく気付いた。気付くのが遅すぎた。既に王は傀儡と化していた。もしくは、最初から……。

帯剣は許されていなかったが、目の前が真っ赤になるほどに怒りが湧き上がった王弟の手には、いつの間にか国宝とされる赤く美しい剣が現れていた。

その剣は魔力を帯び、まるで炎を纏《まと》っているかのように揺らめいていた。

その剣は、昔この国が興った時に、勇者が手にしていたと言われている、覇王の剣と呼ばれるものだった。

波乱の世になって初めてその美しい刀身を晒《さら》すと言われているその剣は、使う者を自ら選び、それ以外の者は決して鞘《さや》から抜くことはならないと言われたお飾りの剣のはずだった。

……それが今、皆の目の前にその美しい刀身を見せつけている。

王家に伝わる覇王の剣の伝承を知っている者は、ハッと息を呑《の》んだ。

「その判断は、本当に兄上のお考えか……！」

王弟の声に応える兄の声はなく、代わりに宰相が大声で指示を出す。

「王に剣を向けるとは……！　王弟殿下がご乱心だ！　切り捨てよ！」

宰相の声に飛び出した近衛騎士団が陛下と王弟の間に入り陛下を守ろうとしたが、王弟が振るったたった一撃で皆その命を削《そ》がれ、謁見の間に敷いていた絨毯《じゅうたん》が一瞬にして一面血に染まった。

その王弟の剣を繰る姿は、確かに剣豪と呼ばれるにふさわしい姿であり、返り血に染まったその姿は荒々しくも神々しく皆の目には映った。

ほんの瞬きの間に、王と王妃の首は玉座の下に転がり、宰相は上半身と下半身が切り離され、王の手の中にいた赤子もまた、その風圧のみで身体中の骨が砕け、瀕死《ひんし》となっていた。

剣を振るう王弟に表情はなく、その目は光を宿していない。

——その手に握られた国宝とまで言われた覇王の剣こそが、王弟を剣鬼と呼ばれるモノに変えていた。

悪政を強いる全ての者を血の海に沈めた王弟は、手元の剣の叫びを直《じか》に聴き、心の中で「やめてくれ！　もうやめてくれ！」と悲鳴を上げ続けていた。けれど、覇王の剣の思想に支配され、その手を止めることは、できなかった。剣豪である王弟だからこそ使える覇王の剣であり、王弟にそれだけの腕があったからこそ、起きた悲劇と言わざるを得ない。

次なる王にと期待された赤子をも手に掛けようと動く身体《からだ》に歯止めがかからなくなった時、剣を振り下ろした先には、昔父王に寄り添っていた白い大きな聖獣が、まるで赤子を護るようにその身を剣の前に割り込ませていた。

剣が肉に沈む感触が手に伝わる。

肉を抉《えぐ》り、貫通し、聖獣の腹には大きな穴があいていた。

『……その剣に負けるとは、まだまだだな……精進せよ、ラファエル』

懐かしいその声に、更に心が悲鳴を上げる。昔よく呼ばれたその響きは、今も同じような温かさを伴っていて——。

目の前の聖獣は赤子を咥《くわ》えると、開いた穴から流れた血をそのままに、忽然《こつぜん》とその場から消えた。

聖獣の血液の残滓《ざんし》がキラキラと宙を舞う。

「……どうして……虎白《こはく》」

王弟の口から、父王を支えた聖獣の名が零《こぼ》れ落ちる。

死臭に満ちた謁見の間に、王弟ラファエルの手に握られていた剣がガランと転がる。

辺りを見ればそこかしこと溢れる血の匂いにむせ返りそうになる。

ふと顔を上げると、そこには驚いたような顔をした兄の顔が、床から自分を見上げていた。身体のない、首だけが。

「私は……どうして……どうしてこんな」

血に染まった手で顔を覆い、ラファエルは暫《しばら》くの間、哀しげに叫び続けていた。

◆◆◆

目の前に広がっていたように見えた景色は、フッと陽炎《かげろう》のように消えていった。

何か夢でも見たような、そんな気持ちだった。

俺は蒼《あお》い鳥の聖獣から紡がれた一つの国の話を聞いていただけだったのに。

いつの間にかその紡がれる話が、まるで目の前で起こっているかのように、頭の中に鮮明な映像が流れていた。

目の前に立ったあの国の王弟、そしてその手に握られていた、まるで俺の髪の色のような剣……。

見たことがないはずなのに、俺は確かにその記憶を持っている気がした。

「その瀕死の赤子がルゥイ君で、ルゥイ君を連れて逃げたのが、虎白っていう名前の、前フォルトゥナ国国王と契約していた大きな白い虎の聖獣。彼は回復魔法を使えたはずだけど、腹に大穴が開いた状態でルゥイ君を回復させたせいで、多分その場で命を落としたんだよ」

統括代理は、ほんの少しだけ表情に憂いを載せて、視線を下に落とした。

『今、あの国では、彼の方……虎白殿をよく知らない若い聖獣が、あの者は覇王の剣の覇気に負けただけで奮起した心は正しいと、あの者と契約し傍《そば》にいます。私も、あの者が間違えたことをしたわけではないというのはわかっていますし、全てはあの剣が逸《はや》ったせいだということも理解してはいるのですが、慕っていた彼の方がそのせいで消えたのかと思うと倍返ししたい気持ちが湧き上がるのです。……取り敢《とあ》えずは、しませんが』

「ちゃんとまっとうないい施政をしてるんだけどね。なんとかお兄さんの二の舞にはなってないみたいだし。民は今の王様がどうやって王位についたのか全て知っているし、前王の人当たりのいい笑顔をよりどころにしていたところがあるから、今の王様は民受けが悪いんだよね」

「……それ、民受けだけの問題か……？」

とんでもなく壮大な話に、俺は思わず全然関係ないところを突いてしまった。

なんかもとを辿《たど》れば王様を操って国を好き勝手しようとしていた宰相が悪いんじゃないか。でもその宰相はヤバい剣で叔父《おじ》さんに真っ二つにされた。そして、王様の首も。ゴロンと。

そして全然実感ないけど赤子だった俺が全身骨折って。

「……なんで俺生きてんの？」

『彼《か》の方があなたを回復して下さったんです。回復魔法はお手の物でしたから』

「じゃあまず自分を回復してから俺を回復したほうが良かったんじゃねえの？」

『それではあなたが持たなかったのでしょう。なにせ生まれて間もない赤子。生命力もそこまでありません』

「じゃあさ、なんで俺はそんな瀕死の状態でコメート村近くにいたんだ」

今まで一番疑問に思っていたことは、蒼獣がいとも簡単に答えをくれた。

『私たち聖獣は光魔法が得意です。光魔法にはその者と紐《ひも》づいた場所まで一瞬で移動できる魔法があるのですよ。この地は彼の方がもともといた地。きっと無意識に守護樹の近くに跳んだのでしょう』

俺が蒼獣と話している間も、ボルトはずっと顰《しか》め面《つら》だった。

その事件はボルトにとっても人生の転機となるでき事で、きっとその心に小さくはない傷を残している。

かなり前のことのはずなのに、今頃になってこんな風に関わってくるなんて。

「そして、混乱の最中《さなか》、王弟殿下は自分の後ろ盾の貴族に王冠《かぶ》を被せられて、玉座に就くことになった。その手に覇王の剣があるからなるべくしてなった、と周りから説得されたけれど、本人は多分不本意なんだよね。人柄はね、悪い人じゃないんだ。誠実で実直な子だったから。ただねぇ……覇王の剣を屈服させられるほどの胆力がなかったっていうか実力がなかったっていうか……」

「それ実力以前の問題な気がするんだけど」

「そういう問題の剣なんだよねえ。剣の腕は俺なんかより全然いいんだけど、覇気っていうか不屈の精神ってのが基準に達してなかったっていうか。あの剣は諸刃《もろは》の剣でさ、意志があって、使う人を選ぶのがたち悪いんだ。一回俺がぽっきり半分に折ったんだけど図太く復活してくるし」

はぁ、と溜息《ためいき》を吐《つ》いた統括代理の言葉はとんでもない内容だった。王様、宰相とその場にいた全ての騎士の命を一瞬で刈り取った剣を半分にぽっきりと。笑えない。

この細身で優男風エルフの統括代理のどこに覇王の剣を折る力があるのか。そして、その不本意な王位簒奪を成功させた俺の叔父さんらしき人を「子」って。

フォルトゥナ国王家の内容よりも気になるじゃないか。

だってこれだけ話を聞いても、やっぱり自分が関わっているっていう実感がないから。

「もう刺客は放たれてるんだよ。王様からじゃなくて、その下の王様を操って甘い汁を吸いたい貴族から。それを調べて解決させるためにこの間ボルトを借りたんだけどね。ルゥイ君の育った村近くにいたのを片っ端から捕まえてもらったよ」

「おま……それ、ルゥイには言うなって言っただろ。ギルドの守秘義務はどうしたんだよ」

「ルゥイ君はボルトのパートナーでしょ。関係者だよ。俺の見立てではもうルゥイ君はちゃんと自分自身を守る力はある。ボルトは過保護すぎ。ちゃんとルゥイ君に伝えずにいて、もしルゥイ君が油断しているところを攫《さら》われたりして王様と同じ運命を辿ることになったらどうするの」

ハッとボルトは目を見開いた。そんなボルトを横目で見ながら、統括代理は容赦なく続ける。

「ちゃんとルゥイ君に全部話して、自分の身を守る術《すべ》を教える方が大事じゃないかなと思うよ。今は一緒にいない時間のほうが長いんだし。ボルト一人がただ守るだけって現実味がないよ」

統括代理の容赦ない言葉に、ボルトは苦悩の表情を浮かべた。

それで今日は蒼獣を連れて来たのか、とようやく納得した。俺に昔話をするためだけに連れてきたのなら、あまりに大げさ過ぎるから。

俺は大丈夫の意味を込めて口角を上げた。

「ボルト、心配してくれてありがと。ようやくちゃんと理解できた気がする。でも、俺の叔父さんとやらが俺に王位を返すとか言っても、俺がなるのは王様なんかじゃなくて、ボルトのパートナー一択だから」

「ルゥイ……」

それに、ちゃんとボルトが俺を強くしてくれたし、自分の身くらいは自分で守れるよ。

「だから、そんな顔するなよ」

そんな泣きそうな顔……。ボルトがそんな顔をするなんて、初めてだよ。

それにまだ、刺客に狙われたことなんて一度もないから。

そう口を開こうとした時、統括代理がフッと表情を和らげてパンと手を合わせた。

その音で、周りにまとっていた雰囲気が一瞬で変わった。

ホッと息を吐くと、ボルトもまた同じように少しだけ力を抜いたのがわかった。

「でもね、ルゥイ君が村長さんを経由しないで学園に学費を納めたのが功を奏してルゥイ君がここの学園に通っていることはまだバレてないんだ。村の皆は学校に行くのを諦《あきら》めて冒険者になったって思ってるから」

その言葉に、俺とボルトは顔を見合わせた。

ただ金を懐に入れられないための措置が、思わぬ幸運をもたらしたなんて。

「それにここでボルトとパーティーを組んで、一緒に活動していることもむこうのギルドにはバレてはいないから安心して。あの村の冒険者があんまりにも最底辺だったから、皆ルゥイはボルトに遊ばれて捨てられたと思ってるみたいでさあ。相手側が聞き込みしてもそういう情報しか出てきてないよ。だからこそ、刺客はコメート村周辺しか探れてないんだ。俺たち冒険者ギルド側としてはいいのか悪いのか悩みどころだけど」

うわあ、と微妙な顔をすれば、ボルトも苦笑して肩を竦《すく》めた。

「ってことは、あの村ではボルトが新人を食ってぽいする人だと思われてた訳だ……」

「まあ、もう行かねえからどう思われようと関係ないけどな」

俺の呟《つぶや》きに、ボルトがケッと唾《つば》を吐きそうな勢いで答える。そうだね。俺もあの村にはもう足を踏み入れたくないからいいか。

孤児院の俺が世話した子供たちはちょっと気にかかるけど、統括代理と理事長の話ではそろそろあの村も色々粛正されるってことだろ。だったら、きっと子供たちの状態もよくなる。っていうかあれ以上悪くはならない気がしないでもないけれど。

「でもじゃあなんで俺があそこにいるっていう情報が叔父さんの耳に入ったんだろ……」

首を傾《かし》げると、ボルトが肩を竦めて、口を開いた。

「元はと言えば、ルゥイが赤ん坊の時に着ていた服が裏流通経由で高値で取引されたことが原因だな。転々と色々な国を回って、最後にフォルトゥナ国まで流れ着いたらしい。あの貧しい孤児院が、ルゥイが着ていた高級衣類を売ってその金を懐にしまっていたんだ。今まで時間が掛かったのは、その服がずいぶんいろんな国を回った末にフォルトゥナ国に流れたからなんだよ」

ボルトが調べたというその内容は、俺にとって納得しかなかった。

「あー……あそこはやるな。そういうこと絶対に。服の持ち主とか子供たちには絶対還元されねえやつだ」

うんうん頷《うなず》いていると、ボルトが嫌な顔をして、俺の頭を無造作に撫《な》でた。

「納得すんなよ。そのせいで窮地に立たされるんだから」

「でも赤ん坊の服なんてそんな長くは着ることもできねえし、妥当なんじゃねえの。一国の王子なんていったら赤ん坊だっていい生地の服着てたんだろうし」

「まあな。高級品ではあったたな。王家の紋章も裏地についていたけど、もともとあの国が島国だったからか、フォルトゥナ国の王家の紋章を知っている人の手に行かなかったのが、今まで身元がばれなかった理由だ。でも流れ流れて最近フォルトゥナ国の紋章を知っている奴《やつ》が裏オークションでその服が売られているのを見つけて、フォルトゥナ国に売りつけたことで、ルゥイが生きてるかもしれねえっていうのをフォルトゥナの奴らに気付かせるきっかけになったんだ」

ボルトは諦めたように溜息を吐いてから、そういう裏事情を教えてくれた。

内容的にはとても笑えるようなものじゃないけれど、そういう事情をボルトの口から聞けたということが、嬉《うれ》しかった。

思わず笑みを浮かべると、ボルトがスッと目を細めた。その顔は二人でいるときによくする表情で、視線に感情をぎゅっと閉じ込めたような、そんな温かい目だった。

「本当は、俺の胸に納めておいて、ルゥイが気付く前に全部片付けたかったんだよ。俺自身の落し前ってのもあるし。でもな……きっとルゥイはそんな大人しく俺に守られてるようなタマじゃねえだろ。だったら、この際だから、全部教えとく」

そのほうがルゥイも判断しやすいだろ。そう言って口元を緩めるボルトは、最初の頃に俺を見ていたような保護者的な顔はしていなかった。

もう後ろで守られてるだけじゃないんだって感じたのが嬉しくて、口元が緩んだ。

「タイミング的によかったのか悪かったのか……あの孤児院が、すでに孤児院を出て行った子供の管理を一切していなかったってのが、今回の救いだったな。ルゥイの足は辿れてねえし、村の奴らは全員ルゥイが学園の金を集めるのは無理だと思ってる。しかも村ではルゥイ、魔物討伐は一切してなかっただろ。無理して魔物に食われたって皆が信じていて、陰で笑ったな」

そうだね。俺今ここで立派に学生してるし。村の皆がそう思ってるっていうのは確かに面白い。誰にも挨拶《あいさつ》しないで出てきたからなあ。

こみ上げる笑いをそのままに、俺は隣に座るボルトの腿《もも》の上に手を置いた。

「ボルトに自分で学園に金を持って行けって言われてよかった。俺一人だったら村長に預けて安心してたと思う。そしたら結局は移動の金もなく、ここに来ても納金されてなかったって言われて、ここで野垂れ死んで終わってたってことだよな。実際今俺が野垂れ死んだって村全体が信じてるとしたら、村長が言いふらしてた説もある」

「あり得るから笑えねえよ……」

「それにしても……フォルトゥナの奴らは俺を探して一体どうしたいんだろ。いまさら」

溜息を吐くと、統括代理がそうだねえ、と頬杖《ほおづえ》をついた。

「あの王様はルゥイ君に荷が重い玉座を押し付けたいんだよ。でも、後ろについてる貴族たちからしたら、ルゥイ君は自分たちから権力を取り上げる厄介者って感じなんだよね」

統括代理がなんてことないようにとんでもないことをサラッと口にした。

俺が玉座。

俺が王様とか。

「……俺、今までずっと孤児院で育ってきてギリギリの生活しかしてねえんだぞ……？　玉座を押し付けるとか、何考えてんだよ。それ、無謀以外の何物でもないだろ……」

呆《あき》れて呟くと、理事長が「いや」とニヤリと笑った。

「案外面白いかもしれないよ」

「いやいやいや、無理でしょ。帝王学の授業受ける度に思うけど、俺、ホント庶民感覚が身に染みてるんすよ。あの上の人たちの考え方なんて既に思考の次元が違い過ぎて無理」

「授業を受け持っている講師はとても褒めていたよ、視野が広いし、わからない分野でもとても素直に受け取るから、吸収力が素晴らしいと」

「それはそれ、単なる授業の内容でしょ。全然違いますよ。……って、もしかしてこういう事態を想定して俺に『帝王学』を受けろなんて条件出したんですか……？」

したり顔の理事長は、表情も変えずに「そこらへんは想像にお任せするよ」と逃げた。くそ。

俺は顔つきを険しくしながらボルトの方を向いた。

正直、俺がここにいるってことを調べるのは、そこまで難しくはないと思う。学園の名簿を手に入れて調べれば一発だ。学園の試験に受かったことはあの村の奴らは知ってるし。それにあの村以外の冒険者ギルドで聞き込みすれば、名前くらいはすぐに調べが付くだろう。

ただ、村長が俺の金を横取りするつもりで「俺が金を集められなかった」という噂《うわさ》をばらまいたんであれば、腹が立つけれどなんだかいい方に作用していたようだ。感謝する気にはなれないけれど。今更金は貯《た》まってたから学園に行ってるなんて、自分が宣言したことをひっくり返すような無様なことを、あの村長は言い出せないだろうし。

ボルトが俺の様子を窺《うかが》っているのが、バッチリ重なる視線でわかる。

王様無理。王様の息子《むすこ》はあの時死んだ。

話はそれだけで済むことなんだと思っていたけれど、ボルトが言うには、今まで俺の正体がバレなかったのがむしろ奇跡に近いんだそうだ。

あの寂れた村で拾われたからこそ、俺の出自がバレなかったと。

あそこにいい思い出はボルトと出会ったこと以外何一つないのにそう言われたら、喜んでいいのか悩むよ。

笑顔から一転、難しい顔をしていると、ボルトが腿の上に置いた俺の手の上に、自分の手を重ねた。

「ルゥイのこの髪は、あの王族特有の色だ。探せばどこかにはいるかもしれないけれど、赤毛というと大抵赤茶系かもっと薄い色を差す。ここまで鮮やかな赤毛はなかなかない」

ボルトが俺の髪をそっと手に取る。

「そしてその瞳《ひとみ》。それな、あの王族に何代かに一人生まれてくる『奇跡の瞳』と呼ばれるものみたいなんだ。その瞳を持って生まれると、何かしらの特出した力を持っている、と王族に近しい血を持つ者の中では言われているし、実は先王もこの色彩の瞳だったんだ。突出した力があったのかどうか、今となってはわからないけれど。……今はまだ気付かれていないが、他国の知識のある奴らとも関わるんだったらこれから先は気付かれない方が難しい、と思う」

ボルトが俺の瞳を覗《のぞ》き込《こ》むと、ボルトの金の瞳に俺の顔が映る。じゃあボルトは今、俺の瞳越しに自分の顔を見ているんだろうか。胸がほかほかするような、俺を心配してくれる優しい顔が。

「俺がルゥイの出自に気付いたのは、単に先王と面識があったからだから、そこまですぐには気付かれないとは思うが、ルゥイも少し警戒しておけよ」

「ん」

俺の父親とかなり近い位置にいたボルトにしても、こんなところに死んだはずの王族がいるはずがないという固定観念が邪魔をして、いまいち確信は持てなかったらしい。長年死んだと思われていた王の息子が生きているなんて、俺の目を見てその血を確信するまでは思わなかったって。それこそあのギルドでの邂逅《かいこう》は奇跡的な出会いだったって。

奇跡的な出会いっていうのは、確かにそうかもと思う。俺、ボルトがいなかったら、一人でここまで来ても学園にすら入れなくて落ちぶれて、気付いたらそこら辺で魔物の餌食になってるか、フォルトゥナ国の刺客に殺されて終わっていたという最悪な未来が待っていたかもしれないから。ボルトの口からそう言われると、本当に出会えたのは奇跡だなと思う。

「ルゥイ君に理解してもらったところで、これからの方針なんだけど」

統括代理はまたしても両手をパンと打ち合わせた。皆の注目がそっちに戻る。

これからの方針とか言われても、俺にはどうしたらいいのかさっぱりわからない。ここから離れてもっと別の国に身を寄せるとか？　冒険者ならそれもアリなんじゃないかな。ボルトが頷いてくれれば。逃げるみたいになるけれど、悪くはないと思う。学園が中途半端になるのはちょっと名残惜しいけれど、今は携帯端末の魔道具もあるし、アルフォードとも連絡先を交換したから、いつでも連絡は取り合える。

そんなことを考えていると、理事長がにっこり笑った。

「うちの学園を卒業はしてもらうよ。大丈夫、私がしっかりと管理するから、学園から情報を漏らすことはしないと誓う。私のパートナーにもこちらに常駐してもらって、怪しい者は片っ端から狩って貰《もら》おう」

「ギルドからも情報は漏らさないように気を付けるよ。いまのところ俺以外は誰一人知らないから、これから先もそうするね。うちの母にも伝えていないしね。ボルトは……ルゥイ君の不利になるようなことはしないだろうし」

理事長が物騒なことを言い出し、統括代理も朗らかに宣言して、ボルトは当たり前のことのように頷く。

しかもこの二人はボルトが逃げるときに手を貸してくれた人の子供だ。それだけでも信用に値する。頼りになる人が周りにいることがこんなに心強いなんて、初めて知った。

その幸運を嚙《か》みしめていると、理事長が慈愛の笑みで頷いた。

「あと一年と半分、学生として頑張りなさい」

「はい」

「学園を卒業したら、その先はどうするか、それはルゥイ君次第だよ。ちなみにね、騎士団から君へのスカウトが来ている。もし騎士団に入りたいときは言ってくれ。ボルト君と二人でも大歓迎だそうだよ」

「ちょ、何勝手に勧誘してるんだよ。ルゥイ君はギルドの花形ゴールドランクだよ⁉　手放せるわけないじゃん！」

「学園側としては、たとえ兄さんの言葉だとしても、生徒には今後苦労して欲しくないと思うんだよ。冒険者ギルドは安定した職じゃないだろう。こればかりは何とも言えないよ」

「ちょっと……これに関しては全面闘争の構えを取るからな」

「勿論《もちろん》受けて立とう」

俺の卒業後の行き先に関する兄弟の睨《にら》み合《あ》いが始まったところで、ボルトが「お前ら」と口を挟んだ。しっかりと二人に厳しい視線を向けている。

「決めるのはお前らじゃなくてルゥイだろ」

正論だ。流石《さすが》ボルト。

「とりあえず、騎士はパスでお願いします。自分じゃない奴の失態を延々上から叱られる覚悟はないんで」

真顔で返せば、ボルトの肩が揺れた。

そっと顔が近付いて来て、ボルトが耳元で口を開いた。

「もしかして、あの森にいた時、ルゥイかなり真剣な顔をして騎士たちを見てるなと思ってたが、そんなことを考えてたのか……？」

「ああ。だってどう考えてもあの嫡男が悪いのに、あの騎士が叱られてたんだぞ？　ああ、無理、って思うじゃん。ボルトは思わないのか？」

「俺の場合は……上の者が下の者の失態をカバーするのは当たり前だっていう環境で育って来たからな……あれが普通だと思ってた。そしてルゥイが騎士団に入りたいのかとちょっと思った」

「あー……なるほど。騎士はそうなるのか。じゃあ、俺は騎士はいいや。自分のことだけで精一杯だもん」

げんなりした顔で答えれば、ボルトはさらに肩を震わせた。

さっきまでの憂いの表情はどこにもなく、いつも通りのボルトの笑顔が好きだな、と思う。でもやっぱり騎士にはなりたくなくて、もしボルトが騎士に戻りたいと思っていたらどうしよう、と真剣に考えてしまった。

統括代理の肩の上では、蒼獣が兄弟の言い合いなんか関係ない、とでも言うように毛づくろいをしていた。

羽に顔を埋《うず》める仕草はなかなかに可愛《かわい》らしくて、思わず顔が綻《ほころ》ぶ。こんな小さくて無害な生き物を今までこんなに近くで見たことがなかった。今までの生物は全て出た瞬間に討伐の対象だったから。

そんなことを呟《つぶや》けば、俺の小声が聞こえていたらしい統括代理が苦笑した。

「無害そうに見えて、かなり物騒だからね。聖獣は大抵が大物の魔物をいとも簡単に殲滅《せんめつ》できるから」

「え……っ、でもどうやって?」

青い身体《からだ》に視線を向けると、ボルトも理事長もスッと蒼獣から視線を逸《そ》らせて口を閉じた。

蒼獣はくちばしで器用に羽を掻《か》き、羽から顔を上げた時には、一枚の青い羽根を咥《くわ》えていた。先がくるんと丸まっているから、外から見える羽根ではないのかもしれない。

色合いも、根元が鮮やかな青で先に行くにつれて白くなっている。

綺麗《きれい》だな、と目を細めると、蒼獣はそれを咥えたまま飛び上がり、バサリと俺の頭の上に乗った。

乗った感覚はあるのに全く重さを感じないのが不思議だった。

ひらり、とその羽根が目の前に落とされる。ふわりふわりと落ちた羽根は、慌てて手を出した俺の手のひらの上に音もなく収まった。

『それは幸運のお守り。あなたの身を守る手助けとなるでしょう。私の憧《あこが》れの虎白殿の契約者。もう繋《つな》がりが切れて残滓《ざんし》しか残っていないのが悲しいですが、彼《か》の方《かた》が慈しんだあなたを、私も慈しみたいと思います。あなたが危険に見舞われたなら、必ず助けに行きましょう。その羽根に魔力を通せば、私にはわかります。どうぞ、なくさないようお持ちください』

穏やかな声で囁《ささや》くと、蒼獣は光となって俺の頭から消えていった。

残ったのは一枚の羽根。

それを見ていた統括代理が、フッととても優しい目をした。

「あの子も粋なことするね。あのね、その羽根は幸運アップの羽根なんだよ。金具をつけてアクセサリーにするといいよ。何なら俺が作ってあげようか。君の身を守る大事なアミュレットだ」

「アミュレット……」

「うん。効果は絶大。なんていうんだろうな、ピンポイントで、最終的に一番いい道を選び取る、的な効果。トラブル回避能力が上がるっていうのかな。持っていて絶対に損はないよ」

少し具体的すぎる内容に、フッと笑いが零《こぼ》れる。

俺は羽根をくるくるさせながら、ふと思った疑問を口に出した。

「……なんであの大きさの鳥からこんな大きな羽根が取れるんすか？」

蒼獣の大きさは統括代理の顔くらいの大きさだった。でも貰った羽根は片手に収まるか収まらないかくらいの結構大きなもの。

首を傾《かし》げていると、統括代理がたまらないとでもいうように噴き出した。

「聖獣ってね、身体の大きさを自在に変えることができるんだよ。蒼獣は小山くらいにはなるからその時の大きさの羽根なんじゃないかな」

「小山……」

あのシュッとした身体つきの蒼獣が小山くらいになるなんて、想像もつかなかった。

その後すぐにでき上がったアミュレットを、俺は少しだけくすぐったく思いながら、ブレスレットとして上腕部に着けた。服の下に着ければきっとなくすことはないだろうから。

「……こういうものを贈ってもらうのって、ボルト以外では初めてだから……統括代理、ありがとうございます」

「ふふ、また何か贈ってあげたくなっちゃうよね。ボルト」

「次からは全部俺が贈るからお前は渡すな」

「やだやだ。ボルトったら嫉妬深いんだから」

大笑いする統括代理を見ながらボルトにぎゅっと抱きしめられて、俺はこれが幸せっていうものなんだろうな、なんて噛みしめていた。

奥の部屋から出て来た時には、依頼を受けるにはかなり遅い時間になっていた。

依頼板に残っていた依頼はどれも半日で終わるものではなくて、ボルトが諦《あきら》めたように「飯食いにでもいくか」と呟いた。

ギルド併設の食堂ではなく宿屋の食堂に向かった俺たちは、煮込み料理を注文し、ちょっと遅い昼飯を食べてからそのままボルトの部屋に入った。

装備を外して身軽になると、ボルトと共に椅子に落ち着いた。

「あいつらもああ言っていたが、ルゥイは今は学生であることを楽しめばいいから。煩わしいことは俺が何とかする」

「煩わしいことって、刺客とかのこと？」

「ああ、まあそうだな。ギルドの活動も、卒業までやめとくか？」

顔を覗き込んでそんなことを呟いたボルトに、俺は目を見開いた。

いつどこで狙われるかわからないから、って思って言ってくれてるのはわかる。

わかるけれど。

「でも」

「金は心配するなよ。俺に任せとけ」

「そうじゃなくて」

「違うのか？　学園で使う物の用立てに先に渡しておくが」

「だから、違うって。ボルトは俺と会いたくねえの？」

ガタッと音を立てて椅子から立ち上がりテーブルの上に身を乗り出すと、ボルトは少しだけ苦い顔をした。

馬鹿だな、と苦笑しながら呟いて、俺の額を指ではじく。

「んなわけねえだろ。誰が学園休みの日に会わないって言ったんだよ。依頼なんぞ受けなくても、会えるだろ。むしろ、依頼受けねえほうがいいかもしれねえ。俺もルゥイも今まで遊んだことがなかったから。これを機に沢山遊べばいいんじゃねえの」

ボルトの言葉に、半眼になる。

「……理事長に何か言われたのか？」

「言われなくても思ってたよ。でも、ルゥイは俺からの金は理由がないと受け取ってくれねえし、俺と討伐に向かう間中ずっと楽しそうだし」

「楽しいもん。魔物討伐スカッとするし、ボルトが一緒だし、金も稼げる。最高のデートだろ」

「ルゥイ……」

それがデートなのかよ……と遠い目をするボルトに、俺は笑ってみせた。

むしろ学園をやめてボルトと共にもっと違う国に行くっていうのもいいんじゃないかな、と本気で思う。冒険者ギルドは世界中にあるから、職には困らないし。勉強はもう少しやっていたい気がするけれど、やろうと思えばギルドの書庫で沢山の本を読めるから、それで満足だし。

「学校、楽しいんだろ」

俺の考えていることを見透かされたのか、ボルトが一言ポツリと零した。

そしてその言葉は、俺の胸にずしんと重く響く。

「……うん」

違う、と言いたかったけれど、口を開いた瞬間に顔を赤くして喚《わめ》くアルフォードと目を輝かせながら勝負を挑むドウマ、揶揄《からか》うシェンさんの顔が浮かんで、言葉が出てこなかった。それに、一度目にその質問をされた時ははっきりと頷《うなず》いてしまっていた。あれもこれも本当の気持ちだけど、今更つまらないなんて、学校に行くよりボルトと共に逃げたいだなんて言っても、ボルトは呆《あき》れるだけだろう。


これだけ広い世界。

たった一人の人族《オレ》を探し出すのなんて、かなり難しいんじゃないかと思わなくもないけれど。

携帯端末型魔道具をいじるようになって、情報なんていうものは案外簡単に集まるんだということを知ってしまった。冒険者ギルドだけじゃなくて、情報があるということは、その情報を集めて発信しているところだってあるってことだ。

もしかしたら、この間ボルトが仲裁に入った時みたいに、有無を言わさず駆り出されて、それを不正だと言われたら。

ああいうときに不正だと指摘されたら、まず冒険者ギルドがその不正をしたと言われるギルド員を子細に調べて、本当に不正をする人物かどうかを検討するんだそうだ。そして不正を指摘した相手のほうも同じくらい調べて、どっちの情報も全世界の冒険者ギルドにチェックされるらしい。

その際、職員にはランクと名前が徹底されることになるので、どこに行っても何をしてもギルド員から注目されてしまうんだとか。

そして疑わしい時は、どれだけ出自や過去を隠していても、独自の情報網で出身地などまで調べられてしまうらしい。この間俺が出自を調べたあの魔道具は、そういう時に効力を発揮するそうだ。

そしてデータはギルド内で公開され、晒《さら》される。

そこまでしないと、ギルド員たちの不正はなくならないんだそうだ。しかもそれでも抜け道はあるらしい。この間のゴールド野郎がやったように。

ないとは思いたいけれど、もし冒険者ギルドから情報が漏れたら、俺とかボルトなんて即座に見つかる。

そこまで考えて、血の気が引いた。

先程まで感じていた温かい気持ちは、一瞬で霧散した。

……今この状態で、もしもボルトの正体がフォルトゥナ国に判明してしまったら、どうなるんだ。

統括代理は自分が管理しているから漏洩《ろうえい》はないようなことを言っていたけれど、もし酒に酔った職員がポロリと酒場で漏らしたら。そこにたまたまあの国の王位簒奪《さんだつ》の話を詳しく知っている人がいたとしたら。その情報をその人があの国の中枢に高く売ったりしたら。

そんなことあるわけないとは思いたいけれど、全てのギルドを統括代理がちゃんと見ていられるかというと、それはできていないというのが、俺の村のことで証明されているから。

「もしもボルトの正体がフォルトゥナの奴《やつ》らにばれたら、ボルトはどうなるんだ？　逃げないと処刑だったんだろ……？」

そっとボルトの袖《そで》を握って問えば、ボルトは俺の手に自分の手を重ね、あっけなく答えた。

「即処刑だな」

「だめじゃん！　今回の騒動で一番危ない橋を渡ってるの、ボルトじゃねえか！」

もー！　と顔を顰《しか》めると、ボルトは朗らかに笑った。

「俺はルゥイが無事ならそれでいいし、ルゥイが楽しいと思うことをさせてやりたいからな」

「ボルトの首が床に転がったら俺の精神が無事じゃねえよ！　立ち直れねえ自信ある！　絶対にやり返した後にボルトの後を追う」

前の仲裁だって、あのゴールド野郎が何か仕掛けて来たら、ボルトの立場がすごく危うくなって不正の冤罪《えんざい》をふっかけられたり嵌《は》められて不正の片棒担がされたりしたら、その時点で統括代理やギルド統括が庇《かば》うこともできなくなるんじゃないか？

公平を謳《うた》うギルドは、たとえ自身が命を助けたボルトでも不正をしたらもう助けられないんじゃないか。それなのにボルトはあの時、一人で全て背負って、囮《おとり》になったような状態だった。

「せっかくボルトが学費を払ってくれたけど、もう俺学校辞めてもいいんじゃないかと思うよ」

「辞めるなよ。学園楽しいんだろ。だったらできる限り楽しめよ。俺の分まで」

そんで、楽しいことを教えてくれ。そう呟き、ボルトは俺の身体を抱きしめた。

そのぬくもりに目を細めて、そして俯《うつむ》く。

「……むしろ、俺が離れた方がいいのかも」

「あ？」

ぽつりと呟《つぶや》けば、一トーン下がったボルトの物騒な声が真横から聞こえてきた。

「だって、狙われてるのは俺だろ。だったら、ボルトから物理的な距離を取れば、ボルトはもう安心だろ？」

「だめだ」

ぎゅっとボルトの腕に力が入る。

これって前とまるっきり逆バージョンな気がするけれど、でもそうするのが一番ボルトが安全だから。それこそボルトの言葉を借りると、ボルトが無事ならそれでいいんだから。

「パーティー解消……」

「しねえよ。するわけねえ。できるわけねえだろ。ここまで来たら一蓮托生《いちれんたくしょう》だ」

「俺はボルトが無事ならそれでいい」

「くそ、反論できないこと言いやがって……俺の気持ちも察してくれ」

「ボルトこそ。この言葉を言われた時の俺の気持ちをわかれよ」

きっと俺も、ボルトにそう言われたときは、今のボルトみたいな顔をしていたはず。悔しそうな、苦しそうな、辛《つら》そうな、そんな顔。

「そんな辛そうな顔でパーティー解消なんて言われたって、きいてやれるか」

「ボルトだって辛そうな顔してるじゃん」

「俺はルゥイに振られる間際だから当たり前だろ」

「振らないよ。大好きだよ。離れたって一生好きだ」

「だったら、離れるなよ……」

囁《ささや》くような声は、ほんの少しだけ震えていて。俺の声も同じように震えている。

ボルトに離れるなと言われるなんて、なんて甘美なんだろう。

本当は手を離すのが一番安全だってわかっているのに、一緒に危険な道に進んでくれるボルトが嬉《うれ》しい。

立ち向かえるだけの強さが欲しい。

ボルトのことを包み込めるだけの強さが。

今はまだ、ボルトに包まれている方だけど。

改めてボルトと共に進む覚悟を決めた俺は、まるで神聖な儀式をする気持ちでボルトに口づけた。

二十、神殿の義式

冒険者ギルドは、どう頑張っても大きな組織なので職員もピンからキリまでいる。俺の育った村の冒険者ギルドが最底辺のギルドで、今のペルラ街のギルドはかなり上級の部類だ。

実質トップに近い統括代理が頻繁に出入りすることで、しっかり隅まで目が届くらしい。でも、いくら転移魔方陣を使える統括代理でも、全国に無数にある支部全てに顔を出すとなると難しいらしい。

まあ、いくら寿命が長いと言っても身体《からだ》は一つだからな。

だから統括代理がすることは、その国ごとに提出される支部の場所と支部数と登録冒険者のだいたいの数と名簿、そして魔物分布がまとめられた資料に目を通すくらいで、なかなか末端まで手を伸ばせないらしい。もちろんおかしいと思えばすぐ向かうし、自身が立ち入ったり手駒を送り込んだりと色々とやるらしいけれど。

どうやらトップが冒険者ギルド設立時から代わってないことによる弊害で、なかなか次世代のトップまで上り詰める程の人材が育たないんだとか。皆、上が代わらないから安心して自分の仕事だけをしているって感じで。

っていうか設立って何百年も前じゃなかったっけ。その当時からトップが代わらないって、普通に考えるとおかしいと思うし、ありえない。エルフの寿命ってどれくらいだったっけ。

設立者は、当時この大陸を人の住めない土地にした魔王を討伐した張本人だという話だ。それじゃあ誰もその地位に取って代わろうなんて思う奴はいないよ。それどころか、そんな強いトップがいるから安心、なんて二番手三番手で満足してしまうと思う。

だからこそ、と統括代理は自分の所属する冒険者ギルドを「大事な情報は胸に秘めて、ギルドに漏らしちゃだめだよ」と笑いながらこき下ろす。

悔しいけれど、末端までの管理徹底は難しい、と。

ボルトの横でベッドに転がりながら、溜息《ためいき》を呑《の》み込《こ》む。

「ボルト、俺さあ」

「ん……？」

まどろみ半分のボルトが、間延びしたような声で相槌《あいづち》を打つ。その声がなんだか俺に気を許してくれているみたいでホッとする。

「道が拓《ひら》けるって言われて、ちゃんと自分の家を手に入れて、ちゃんとお金のある暮らしができるようになるのかなってあの時思ったんだよ。それ以外にどんな道があるのかちっともわかってなくて」

当時五歳。道が拓けるなんて言われても、具体的にどんな道があるのかなんて、わからなかった。

周りにいたのは、親のいない孤児院以外居場所のない子供をこき使う大人と、自分の家と商売があって、俺たちを自分たちの下に見る村の人たちだけだ。その村の家のある子供たちは、俺たち孤児を見て親のない子、家のない子、と親と同じようにさげすんでいた。

だったら、もし俺に孤児以外の道が拓けたら、家を持って金を持って、孤児じゃない暮らしができるのかなって。ガキらしい単純な考えで。

「そのためには安定した収入があって、ちゃんとした職に就かないとだろ。そうなると、やっぱり上級学園を卒業しないとだめなんだって。だからあの旅の人は『上の学校に行けば道は拓ける』って言ったんだって思ったんだ。だから下級学校に行ってた時は、ちゃんと勉強して上級学校に行けば全てうまくいくと漠然と思ってたんだよ」

職を得て、家を買う。たったそれだけだけど、その安寧のために勉強するのはありなんじゃないかなって思ったんだ。

ベッドに寝転がって見つめるボルトの顔は、俺を気に掛けてくれているのがよくわかるもので、ちゃんとまっすぐ俺を見て、話を聞いて、俺を受け止めてくれるボルトが愛《いと》しいな、と嬉しくなる。

「そうだったのか……？」

「うん。でも、思ってたのと全然違うっていうかさ。……俺、安定収入を貰《もら》ってどっかの文官にでも落ち着いて、のんびり暮らしていければいいって思ってた。剣技なんていう特技が自分にあるなんて知らなかったし、俺が誰の子かなんて考えたこともなかったから」

「ああ、まあな」

「でもさ、ボルトに逢《あ》って、一緒に組んで、今まで想像していたのと全く違う道が拓けて……安定収入なんて目じゃない胸躍る毎日があって、大好きなボルトとこうしていられて。もしかして、あの旅の人が言ってた言葉って、こっちのことなのかな、なんて思ったんだ」

「ルゥイ……」

俺の首の下で支えていたボルトの腕に力が入り、俺の頭がボルトの肌に押し付けられる。しっかりと鍛えられたボルトの身体は、ぜい肉なんてどこにもないくらいにしっかりと硬くて、最近筋肉は付いてきたとはいえまだまだひょろっとしている俺の身体とは全然違っている。

「ボルトは、俺の親に忠誠を誓ったんだろ」

「ああ、でも、すぐにその忠誠は相手がいなくなって意味をなさなくなったし、縁が切れたのはすぐにわかる。今は誰にも忠誠を誓っていない身だ」

「もし、忠誠を誓ったら、どんな風になるんだ？」

「その人物を主君と仰いで、主がいるからこそ力を発揮できる、と思うようになる。実際に俺の前職は騎士だったから、忠誠を誓うことで力を増幅できる感じだったな」

「じゃあ今よりもっと強かった？」

「いや、あの頃は弱かった。強さで言ったら、今の方が強い。でも」

ボルトが言《い》い淀《よど》む。でも？　と続きを促すと、ボルトの唇が俺の頭に触れた。

苦笑している口元が少し震えているような気がした。

「あの頃の方が、心はずっと純真でまっすぐだったな。……要するに甘ちゃんだったんだ。今のルゥイよりも幼かったし、騎士たりうる期間も物凄《ものすご》く短かった」

なにせ誓ってすぐぐらいにあの反乱があったから、とボルトは吐息のような言葉で付け足す。

「それでも、王が討たれてその命が散った時、繋《つな》がっていた縁の糸が切れたのが感じ取れたし、まだ育つ前のか細い糸だったはずなのに、切れた場所からは見えない血が流れ出ているような気がした。フォルトゥナ国から逃がして貰っている時、俺はずっと泣いていた」

「忠誠の儀って、そんなに強い絆《きずな》なんだ」

「そう、なのか？　ま、純粋に主《あるじ》を慕っていないとそもそも儀が成功しないけどな。あの方は俺にも優しくしてくださったから、単純に好きだった、それだけだ」

「……」

ボルトの口から俺の親の話を聞くと、自分で振ったくせにずるい、と思ってしまう。未《いま》だにこんなにボルトの心を占めているのがずるい、と。ボルトがそれだけだ、というならそれを信じるのが最善なのはわかっているけれど。これはきっと嫉妬だ。

ぎゅ、とボルトの身体に抱きつくと、ボルトがふぅ、と呆《あき》れたような溜息を吐《つ》いた。

「何なら、一緒に神殿に行くか？　心を繋ぐための儀式なら、いつでも喜んで行くぞ。それでルゥイが安心するならな。何なら今から行くか？　神殿はいつでも開いてるから」

「違う。そんなんじゃないんだって」

身を起こそうとして腕に力を込めたボルトの身体を、くっつくことで阻止する。

そんなんじゃないんだ。儀式で俺に縛り付けたい訳じゃないんだ。ただ、俺が嫉妬してるだけだ。

こんな気持ちを持つことができて、こんな風に愛して愛されている今を考えると、確かに俺の未来は変わったんだ。いい方に。これ以上ないくらい、毎日が楽しいから。

「じゃあ、もう疲れたろ。たくさん可愛《かわい》く喘《あえ》いだんだ。もう寝ろよ。明日も早いぞ」

「うん……」

優しく髪を撫《な》でられて、俺はボルトにくっついたまま目を閉じた。

快感で心地よく疲れた身体は、人肌と体温で、すぐに微睡《まどろ》みに堕《お》ちていった。

◇◇◇

次の日、本当に早朝に起こされた俺は、ボルトに付いてきて欲しいと言われて宿を出た。

いつもは通らない道を進むボルトの後を歩いていくと、暫《しばら》く進んだ先にこぢんまりとした建物が現れた。宿屋の大きさにも満たない、石造りの建物だった。

「ここは？」

「入ってみればわかる」

くすっと笑って俺の手を引くボルトは、躊躇《ためら》いなくその建物の中に入っていった。

中に入ると、小さめの部屋に一人の老人が立っていた。

「よくぞおいで下さいました。どうぞそのまま奥へお進みください」

老人に笑顔で迎え入れられて、首を傾《かし》げる。

ボルトはひとつ頷《うなず》いて、俺の手を引き奥に進んでいった。

暫く長い回廊を歩く。歩くほどに違和感が大きくなる。なんだここ。

「なあ、ボルト。この建物、こんなに長かったか……？」

「いや、外から見ると小さい建物だ。面白いだろ、ここ。ダンジョンみたいで」

「ダンジョン……ここ、ダンジョンなのか？」

俺の言葉に、ボルトはふはっと噴き出した。

「いや、ダンジョンじゃない。が、ダンジョンみたいに何が起こるかわからない場所ではあるな。

……ルゥイは、俺に何を望む？」

「ボルトに望むこと……？　これ以上の何を望めばいいんだ？　ってその質問、今必要なやつか？」

「そうだな、必要だ。俺は、ずっとルゥイと共にいたいと思ってる。そういうことだ」

ずっと一緒に？　それは俺も一緒だ。

そう思った瞬間、石造りだった壁に白い蕾《つぼみ》が現れ、その蕾が一斉に咲き乱れ、その開いた花が壁を伝って石の回廊に広がっていった。

次々蔦《つた》が伸び、蕾ができて花が咲いていくその光景は圧巻の一言で、突如でき上がった壁一面に咲いた花に、俺はしばらく絶句し、そして見惚《みと》れていた。

ハッと我に返ると、目の前には、荘厳な扉が現れていた。さっきまでは単なる石の回廊だったのに。

もう一度左右に視線を動かして、石の回廊だったはずの場所を見回す。

白い花はふわりと優しい香りを振りまいていて、さっきまでの回廊とは何もかもが違っていた。

薄暗かったはずなのに、その薄暗さも気にならない。

「ほんとにダンジョンじゃねえの……？」

俺の呟《つぶや》きを拾ったボルトが、もう一度噴き出した。

「ここは、様々な儀式を執り行う神殿だ」

「え……神殿……？」

俺がボルトを見上げると、ボルトはすごく優しい目をして、俺を見下ろしていた。

「ここの扉から中に入ると、儀式が受けられる。俺も昔忠誠の儀を神殿で受けた。その時は一人だったけれど、ちゃんと儀が成功したかは自分でしっかりとわかるようになっている。だからこそ、今俺は誰にも忠誠を誓っていないというのも、この身体が知ってる。婚姻の儀も、成人の儀もここで受けることができる場所だ」

ボルトの言葉に、あっけにとられる。神殿って、こんなに変な空間なのか？　俺が成人の儀を受けた場所と、天と地の差があるんだけど。

「俺、成人の儀ってなんか村の端っこの方にある小さい洞穴に連れていかれて受けたけど」

「その洞穴が神殿と同じ状態だったんだろ。人の営みのあるところにはこういう場所が必ずできるらしいから。詳しくは知らねえけど」

「ふうん」

ボルトの言葉を聞いて、改めて周りを見回してみる。

壁一面の花は一斉に咲いて、仄《ほの》かに甘い香りを運んでくる。風など吹いていないはずなのに、その香りはこの場に停滞することもなく、不快な感じは全くしない。暗がりだったはずなのに、花の色で周りが明るく感じる。それだけで、雰囲気までまるっきり変わってしまっていた。

嫌な感じは全くない。それどころか、心が静まるというか、落ち着くというか。

ほぅ……と息を吐いて最後にボルトを見上げると、ボルトは俺に手を差し出した。

その手が何を意味しているのか。

ボルトはとても穏やかな表情で俺を見下ろしていた。

「ここで、この花を手折って二人で中に入ることができるなら、一緒に入って欲しい。扉が開かなければ、俺たちはまだその時じゃない。俺が一人で中に入れば、その場でルゥイに忠誠を誓う。どうする？」

俺を見下ろすボルトの視線は、いつもよりも優しくて、だからこそその言葉につい顔を顰《しか》めてしまう。

「それ、俺が決めるのか……？」

「当たり前だろ。俺は、そのどれをも望んでいるからな。忠誠を誓えというなら、喜んでお前の騎士になろう。俺の手を取って一緒に入ってくれるっていうんなら、一生涯お前だけを見続けよう。ルゥイと一緒にいたいんだ。俺が、ルゥイの横に立って」

ドクン、と心臓が大きく跳ねる。

優しい表情で、けれど真剣な瞳《ひとみ》で手を差し出す最愛の人が、今までと違う何かに見える。

俺は冒険者のボルトしか知らないはずなのに、目の前のボルトはとても優秀な騎士に見える。

この手を取って、中に入れば。

(——この手を取らなくても)

そんな選択肢は俺の中にはないけれど。

どちらにしても、ボルトは俺との繋がりを得ようとしてくれている。

俺がボルトの横に立ちたいと望んだように、ボルトも俺の横に立ちたいと望んでくれている。

それが、とてつもなく、心を温かく満たす。

泣きたいような、笑いたいような、そんな複雑な気持ちで、とても綺麗《きれい》なボルトの金の瞳を見上げた。

そっと手を重ねると、その金の瞳が隠れるように、ボルトがフッと目を細めて嬉《うれ》しそうに微笑《ほほえ》んだ。

「花を手に取れば、扉が開くから」

教えてもらって、白い花に手を伸ばす。

一本、二本。

もういいかな、とボルトを見上げると、ボルトも花に手を伸ばした。

一本だけ折り取って、そっとその花にボルトがキスをすると、扉が音もなく開いた。


入るぞ、というボルトの声に背中を押されて、扉の中に足を踏み入れる。

そこは、扉の外とはまた別次元のような雰囲気の場所だった。こっちこそがまさにダンジョンのようなそんな……。

足元も見えない暗さの中、手に持った花が優しい光を放っている。回廊が明るくなった気がしたのは、錯覚じゃなかった。

花を掲げると、奥の方で俺たちを呼んでいる音が聞こえたような気がして、ボルトを見上げた。ボルトは俺の手をしっかりと握ったまま、まっすぐ前を向いていた。きっとこの顔は同じ音を聞いている。

同じ歩調で、呼ばれるままに歩を進める。

あそこまで進まないと、と綺麗な鈴の音が囁《ささや》く。神殿のことを何一つ知らないのに、どこに向かえばいいかが知識として頭に入ってくる。

これが儀式か、とようやく脳が理解した。

成人の儀とはまた違う感覚が、スッと身体《からだ》を抜けていく。

そこからボルトに対する愛《いと》しいという感情が新たに生まれてくる。

ああ、好きだな、と思うたびに、足下が光り輝いていく。

青い光に照らされ、ボルトは俺を見下ろしながら口を開いた。

「一生涯、ルゥイを愛し、慈しみ、守る」

「これから先も、ボルトと共に走り抜けたい。共に立って、共に同じ方向を向いていたい」

二人同時に、心に湧き上がる言葉を紡ぐ。

すると、身体の中で何かが熱く弾《はじ》けたような気がした。

それと共に手に持っていた花がキラキラと光に変わり、宙に消えていく。

ギュッと心臓を摑《つか》まれて、それが光となってパッと弾ける。溢《あふ》れ出す熱と、愛しいという気持ちに、息が止まりそうになる。その後、そこからふわりと次々に力が湧き上がってくる。

これは、ボルトに心臓を預けたということだろうか。

ということは、俺もボルトの心臓を預かったということか。

そう実感した瞬間、確かにボルトとの見えない繫《つな》がりができたんだということがわかった。

なるほど、儀が成功したのがわかるっていうのはこういうことか。

どくどくと脈打つ心臓と、今もまだ熱を発し続けている光の源を手で押さえて、深く息を吸った。

手を引かれたまま不思議な部屋を出ると、あれだけあった壁一面の花はなくなって、最初に歩いていた回廊と同じ石畳の廊下が現れていた。

後ろを振り返ると、今出てきたばかりのはずの扉もどこにも見当たらなかった。

受ける資格がなければ受けられない神殿の儀式。なるほど、儀を受けられないというのは物理的にってことか。扉が現れてくれないとあの儀式の間に入ることができないもんな。

納得しながら手元を見下ろす。

手折った花は既に神殿の中で光となって消えてなくなってしまった。多分何かの魔素でできた花なんだと思う。

色々と気になることだらけだから、来年も学園に通えるなら『魔素の本質、基礎と応用』の選択

授業を取ろう。魔法関連はそんなに興味がなかったから取らなかったけれど、こうして目の前で奇跡を見せられると、すごく興味が湧いてくる。

そんなことを考えていると、「ルゥイ?」と顔を覗《のぞ》き込《こ》まれた。

あまりに近い距離に、心臓が跳ねる。

「どうした、ぼんやりして。受けた傍《そば》から後悔してるとか?」

ニヤリと笑いながらそんなことを言うボルトに、違うと首を振る。

「あの花、魔素でできてたろ。この扉も消え失せるってことは魔素かなってすごく気になってさ。来年は『魔素』に関する選択授業を取ってみようかなって」

素直に答えると、ボルトはぶはっと噴き出した。

そして、俺の頭を手でガシガシと掻《か》き混ぜる。

「そうだな。来年取れよ。しっかり学べ。それでこそルゥイだ。ちゃんと教科書は俺が買うからもう遠慮するなよ。俺らはもう伴侶《はんりょ》だ」

「伴侶」

「今の、婚姻の儀だぞ」

「……ああ、ええと」

婚姻の儀、と言われて、俺は足を止めた。

そんな自覚はなかった。

ただ、ボルトと一緒にこれからも過ごせるんだとかそんなことしか考えていなかった。

確かに魂単位での繋がりはできた気がするけれど、どんな繋がりなのかはまったく気にしていなかった。

「無自覚か……」

「いや、うん……なんていうか、ずっとボルトといられるなら、そういう形に拘《こだわ》らないっていうか、でも、ちゃんとここが繋がったのはわかるから大丈夫」

俺が胸を叩《たた》くと、ボルトが盛大に溜息《ためいき》を吐《つ》いた。

そして、ちょっと待ってろ、と手を離した。

何をする気だろう、とボルトを見ていると、ボルトは振り返って、一人何もない壁の方に消えていった。

「ボルト!?」

一瞬にして消えたボルトの姿を目で探すけれど、視線の先はどこまでもただ回廊が続くだけ。

さっきまでの壁もなければ扉もない、花もない状態で、ボルトだけが忽然《こつぜん》と消えた場所に手を伸ばしても、何の感触もなかった。

でも、感覚として、ボルトがまだ近くにいるのがわかる。足を踏み出そうとして、先程のボルトの言葉を思い出した。

待ってろ、とボルトは言っていた。

じゃあ俺が今やることはボルトを探すことじゃなくて、待つことだ。

深呼吸して、待ちの態勢に入る。

すると、いきなり全身に何かがまとわりついたような感覚が一瞬だけして、スッと引いていった。

よくわからないその感覚に鳥肌の立った腕をさすりながらその場に立っていると、程なくしてボルトが何もない空間から現れて来た。それはまるで統括代理の転移の魔方陣魔法のようで、ついつい辺りに魔方陣が描かれてないか探してしまう。

「ボルト、一体何をしてきたんだ。なんか変な感覚がしたけど」

「あ？　何って、ちょっと引き返してルゥイに忠誠を誓ってきたんだけど」

「はぁ!?」

なんて事のないようにちょっとそこまで、というノリで忠誠を誓ってきたというボルトに、思わず素《す》っ頓狂《とんきょう》な声を出してしまう。

「今！　二人で未来を誓っただろ！　なんで忠誠まで誓ってくるんだよ！」

「俺がそうしたかったからに決まってんだろ」

「なんでだよ！　普通は伴侶に忠誠なんて誓わねえだろ！」

「一般常識ではそうかもしれねえけど、俺は誓いたかったんだよ。いいじゃねえか、二重の繋がりなんて。ルゥイもう逃げられねえぞ。俺の誓いでがんじがらめだ」

ニヤリと笑うボルトに、なぜだか泣きそうになる。胸がとてもぽかぽかして、そしてぎゅっと締め付けられる。

「んなの上等だ。それを言ったらボルトだってそうだろ。俺からもう逃げられねえじゃねえかよ」

「逃げる気ねえから」

「俺も逃げる気なんかねえよ！　でも、でもさ……」

ボルトの使い古した外套《がいとう》を掴まえて、握る。

俺は、ボルトが仕える程の器ではないだろ。

たとえ出生は訳ありかもしれないけれど、俺自身は単なる孤児で、独り立ちもボルトがいないと上手《うま》くいかなかった半端者で、まだまだ隣にも並び立つことができないくらいの未熟者なのに。

ぐっと下唇を噛《か》むと、やんわりと親指で撫《な》でられ、外された。

「俺はな、今はこんな流れ者やってるけどな、生まれと育ちは騎士なんだ。騎士ってのは、主《あるじ》に仕えて主を守ることで最大限の力を発揮できるんだよ。俺が万全になるためにルゥイに忠誠を誓ってきたまでだ。ただルゥイのためだけに強くなって、ずっと、天が二人を分かつまで守りたいってだけなんだよ。だから気にするなよ」

「俺は、王様になる気はないよ」

俺の呟《つぶや》きに、ボルトの指がおでこに飛んできた。

ピンポイントの痛みに、思わず目を見開く。

そこまで痛いわけじゃないけれど、デコピンされた驚きで一瞬全てを忘れた。

「王様になるルゥイに忠誠を誓ったわけじゃねえ。俺を見くびるなよ。そのままのルゥイにこの身を捧《ささ》げたんだよ。そこ全然違うから。履き違えんなよ」

瞬きして、拗《す》ねたような顔のボルトを見上げる。

王様の血を継いでるらしい俺、じゃなくて、そのままの孤児として育った俺。

なんだか、その言葉に笑いがこみ上げてきた。

ふは、と声に出して笑うと、さっきのもやもやが薄くなった気がして、あまりの嬉しさに俺は場所も気にせず背伸びしてボルトにキスをした。

◇◇◇

学園の寮に戻ると、俺は珍しく自分からアルフォードの部屋に行った。

相変わらず部屋の中はたくさんの物で溢れていて、そのすべてからアルフォードと両親の良好な関係が見える。

俺が顔を出したことに驚いたアルフォードは、目をまん丸にしたあと、周りを見回してから、申し訳なさそうに口を開いた。

「……僕の部屋、座れる場所がベッドの上くらいなんだけど……」

「二人でベッドの上に座って向かい合うってのは流石《さすが》におかしな絵面だよな」

笑いを堪《こら》えながら、俺は話があるからとアルフォードを部屋に連れて来た。

二人で座ると、買ってきたお菓子を出して、アルフォードに勧める。

「せっかくルゥイが遊びに来てくれたのに部屋に招けなくてごめん……」

「いいよ。あの部屋がすごく大事な部屋なのは知ってるから。それよりも忙しくなかったか？　いきなりでごめん」

「ルゥイならいつでも来てくれていい。ただし部屋は借りることになるけど。何か話があったんだろう？」

「ああ。ボルトと婚姻の儀を受けて来た」

「へー、婚姻の……ぎ……？」

アルフォードは、にこやかに俺の言葉を繰り返し、動きを止めた。

手からポロリと焼き菓子が落ちそうになっていたのでそれをさっと拾い、アルフォードの前にある袋の上に戻すと、そんなことも気にならないくらいに驚いた顔のアルフォードがこっちを凝視していた。

「え、聞き間違い……？　婚姻の儀？　って、え？　待って。学生が婚姻って、ルゥイが、既婚？」

言葉でもパニックしていることが窺《うかが》えて、思わず笑ってしまう。

「神殿に行って、ボルトと婚姻の儀を受けてきたんだ」

「わ……わぁぁ……」

どう反応していいのかわからないらしいアルフォードは「婚姻の儀、婚姻の儀……」と呟いた後、泣きそうな顔になって、俺の手を取った。

「おめでとう、ルゥイ。嬉《うれ》しくて泣きそうだ」

ぎゅっと手を握りながら、祝ってくれる。

口元が笑っているのに眉尻《まゆじり》が下がっているという複雑な表情で、アルフォードはやったな、おめでとう、よかったと手をぶんぶん上下に振った。

「ちょっと気が早い気がしないでもないけど、ボルトさんとルゥイがちゃんと将来を見据えて儀式を受けるのはすごくいいことだと思う」

「そう言ってもらえると嬉しいな。なんかくすぐったい……」

嬉しくて呟くと、アルフォードが俺以上に嬉しそうに笑った。

そしてふと気付く。

「こういうことって、学園側に報告しないといけないのか？」

そういう規則はなかったような気がするんだけど、と首を捻《ひね》っていると、アルフォードも一緒に首を捻った。

「そういえば婚姻報告の義務は規則にないな。入学時にもらった冊子にも載っていなかったと思う。誰かこういうことに詳しい人はいないかな」

アルフォードの呟きと同時に、部屋がノックされた。

部屋のドア越しに声を掛けると、訪問相手はドウマだった。

ドアを開けると、ドウマが部屋に入ってくる。

一瞬にしてそこまで狭くないはずの部屋が狭くなった気がした。

「ルゥイが帰っていてよかった。明日の朝、稽古《けいこ》に付き合ってくれないか？　上級剣技の試験があるんだ。皆スキルをどこまで使いこなせるようになったかっていう試験なんだけど、なかなか威力が上がらなくて。ルゥイに見て欲しいと思ったんだ。ただとは言わない。明日の昼は食堂で何でも好きなものを奢《おご》るから」

「乗った」

一も二もなくその申し出に乗った俺は、ついでとばかりにドウマに席を勧めて、俺自身は机のほうの椅子に座った。

「ドウマに訊《き》きたいことがあったんだよ」

「訊きたいこと？」

でかい図体をできる限り小さくして座り込んだドウマは、俺の言葉に眉間《みけん》に皺《しわ》を寄せた。

「婚姻の儀を受けた場合、学園に報告しないといけないのか？」

「は？」

ドウマは俺の質問が理解できなかったのか、間抜けな声を上げた。

「……え、待て待て、婚姻の儀？　誰が？　学生？　俺の知ってる奴《やつ》か？」

「俺」

自分を指さしてドウマに答えると、ドウマはさらに間抜けな表情になった。

「ルゥイが？　婚姻……？　誰と？　相手もこの学園の奴？　え、報告？」

この様子ではわからないんだなと小さく溜息を吐く。

そして、一瞬おいて、二人の反応に笑いがこみ上げてきた。

ドウマにも一応ボルトと婚姻の儀を受けたことを伝えながら、理事長には報告した方がいいかもな、と一人頷《うなず》いた。

二十一、人生の転換とはかくも容易く

理事長も統括代理もなんだかんだと頑張ってくれているらしく、俺は概《おおむ》ね平和に二年を終了することができた。

一緒に帝王学を受けていたアローロ殿下とフォーディアル殿下も何事もなく卒業、または自国に戻り、三年次は俺も帝王学から解放された。……はずなので、空き時間を今度は魔素関連の選択授業にしようと画策している。

心配されていたフォルトゥナ国からの刺客は、半年間、特に気配はなかった。

それは学園からも冒険者ギルドからも情報は漏れなかったということだ。村の方では未《いま》だに俺が村の外で野垂れ死んだことになってるので、そっちは放置している。

アルフォードと俺はまたAクラスになる。

二年後半になってからのアルフォードの頑張りは、目を見張るものがあった。一緒に勉強をする俺もそれにつられるようにして、学力が上がった。もう成績でも馬鹿にされることはないので、楽と言えば楽。そう呟いたらアルフォードに「成績がよくて楽なんていうのはルゥイくらいだ」と苦笑されてしまった。

あの講師、どうやら獣人でも一、二を争う調薬の腕らしく、それにふさわしい人になりたいと言って、アルフォードはひたすら様々な勉強をしていた。もう離れることは考えていないらしい。

とはいえ、まだ両親にはあの講師と婚姻することは許してもらえていないんだそうだ。しかもその理由が、相手の種族が違うからアルフォードが苦労するだろうことが目に見えているから、という子を想う気持ちからの反対なので、二人とも両親の反対を押し切ることができないでいるらしい。天涯孤独の俺とボルトの立場がどれだけ気軽だったかが、アルフォードたちのやり取りを見ていてわかってしまった。

前にシェンさんが「養子でも貰《もら》えば」発言を何とか形にして両親に提案しても、二人の付き合いをハッキリと了承はしてくれないんだとか。

アルフォードにしても、やっぱり領地を治める貴族としての色々なしがらみとかを理解しているからか、中々上手いこと進まないらしい。

長期休暇中、講師を連れて領地に帰っていたアルフォードは、げっそりとして寮に帰ってきた。お土産《みやげ》、とフランティーノ領名産の果物を沢山抱えて。

言い合いをしながらも、こうやってアルフォードに沢山の土産を持たせてくれる両親だからこそ、アルフォードも無理やり講師とどうにかなることができないでいる。

「本当に色々考えて提案したんだ。でも、それでも両親は僕たちのことを認めるのは難しいって。スタント先生、僕と一緒になれるなら、あの最高峰の調薬の腕をフランティーノ領のために存分に振るうとまで言ってくれたのにやっぱり難しいって。それなのに両親はスタント先生の好物を用意してくれたり、ちゃんと居心地いいように部屋を整えてくれたりって先生を歓迎してくれるんだ。ほんとどうしていいかわからない」

「そこらへんは難しいだろう。実際に領主の横に伴侶《はんりょ》として獣人族が立ったりしたら、その地の領民がどう思うかとか、色々あると思う。騎士団だってな、獣人族の身体能力の高さから団長クラスになってもいいはずなのに、この国ではまず近衛《このえ》と第三騎士団までは獣人を入れる制度がないからなれないんだ。上のお方たちの考えが反映されているらしくて。お前の両親もその辺を考えて反対してるんだろうな」

「っつうか、アルフォードの両親ってあれじゃねえの。アルフォードが獣人の番《つがい》だなんだとまわりから悪意あることを言われてアルフォードが傷つかないようにって反対してるような気がする」

ドウマの言葉に顔を顰《しか》めたアルフォードは、俺が思ったことを言った瞬間、泣きそうに顔を歪《ゆが》めた。図星だったらしい。しかもそれをアルフォードはしっかりと察知していて、更に板挟みになってるみたいだった。両親に愛されてるってのも中々大変なんだな、と心の隅で思う。

「スタント先生は気長に待つって、ちゃんと認めてくれるまで僕の隣にいてくれるっておっしゃっていて、だからこそ余計に申し訳ないというか。しかも、笑いながらいいご両親じゃないかなんて言うんだ。大事にしろって。先生にそう言われたら、反対を振り切ることなんて絶対にできないじゃないか」

「アルフォードは裏切る気だったのか？」

顔を顰めて変なツッコミを入れるドウマの後頭部を取り敢《と》えず叩《たた》いて黙らせる。

「っつうかドウマなんで俺の部屋に来てるんだよ、狭いだろ」

「夜の手合わせを頼もうと思って来たんだよ。長期休暇で身体《からだ》が鈍《なま》ったかもしれないだろ」

「騎士団がゴロゴロいる実家に帰ってたんだろ、そいつらと手合わせしたらよかったじゃねえか」

「したさ！　でも強いと思っていた上二人の兄は、ルゥイの相手をしているとどうしても手ぬるく感じるし、父は忙しくてなかなか相手して下さらないしで、俺はもう発狂しそうだったんだよ！」

「知るか！」

どうやらドウマは、俺の朝の訓練に付き合っている間に、兄たちよりも腕が上がっていたらしい。俺のせいだとか。解せぬ。俺のお陰、と言って欲しいくらいだ。

アルフォードと二人で話すのにちょうどいい広さの俺の部屋は、ドウマが来たことで途轍《とてつ》もなく狭く感じる。毎回のことだけど。

「アルフォード、俺は親がどんな感じなのかわからないから何とも言えないけど、俺としてはアルフォードの調薬の腕が埋没する方がよほど勿体《もったい》ない気がする。あと、あの講師の腕」

「それは僕だって思ってるよ。スタント先生が一領地に収まっていいわけがない」

「アルフォードの腕もだっての。獣人族の最高峰っていったら、世界最高峰だろ。そんな相手と毎週調薬してんだろ。そっちがどう考えても勿体ない。アルフォードの領地でもいいし、ここでもいいから、調薬だけはやめないで欲しい。だってアルフォードの回復薬、他にはない美味《うま》さなんだもん」

「……ほんとに？」

勿体ない勿体ない、と零《こぼ》すと、アルフォードの曇っていた顔が一瞬パッと輝いた。

アルフォード本人も調薬が本当に好きなんだよなあ。やめさせたくないし、やめないで欲しいと切実に思う。

ままならないよな、と溜息《ためいき》を呑《の》み込《こ》んで、お土産の果物に手を伸ばした。

◇◇◇

明日から三年。

俺とボルト、講師とアルフォードで、街で待ち合わせして進級できた祝いに美味い飯でも食べに行こうという呼び出しがあったので、俺とアルフォードは普段着で街に繰り出した。

いつもの装備はしておらず、腰に剣だけを下げている。アルフォードが綺麗《きれい》な服を着ている横で薄汚れた服で飯を食うのも悪いから、服も比較的まともなものを身につけているので、アルフォードの隣に並んでもそれほど違和感はないはず。

待ち合わせはいつもの冒険者ギルドではなくて、一本隣の通りにある食事処の前。

三年で取る選択授業の話をしながら人通りの少ない路地を歩いていると、奥の路地の更に遠くの方から何かの唸《うな》り声《ごえ》が微《かす》かに聞こえてきた。人間ではない唸り声に、咄嗟《とっさ》に腰の剣に手を添える。

「ルゥイ？」

剣の柄《つか》に手を掛けて足を止めた俺をいぶかしく思ったのか、アルフォードが不安げな声を上げた。

こういうものに下手《へた》に手を出すと、とんでもなく厄介なことに巻き込まれるということは、孤児時代に学んでいる。もしあの唸り声が獣人や人だった場合は確実に面倒事。でも、もし街中に魔物が出現したら。

そんなこと、あるんだろうか。街の周りには魔物を寄せつけない樹が均等に植えられているから、外から入ってくるということはほぼない。あの貧しい村ですら、村の中に魔物が出てきたことはない。それなのにこんな大きな街に魔物なんて、出るだろうか。

動きを止めながら考えていると、更に大きな唸り声が路地の向こう側から聞こえて来た。今度はアルフォードにも聞こえたらしく、ビクッと身体を揺らした。

辺りにはあまり人通りはないとはいえ、まばらに街の人たちが歩いている。こんなところであんな唸り声は、ちょっといただけないかもしれない。

しかも強い魔物と同じような圧迫感が路地から発せられていて、それが物凄《ものすご》いスピードでこちらに移動して来ているのがビンビンに感じられる。足音が聞こえないのが一層不気味だった。俺一人で対処できるかもわからない。それくらい強い。それだけはわかる。

「アルフォード……大通りに逃げろ……っ！」

叫びながら咄嗟に剣を抜くと、途轍もなく重い手ごたえと、ガキィン！ という金属がぶつかり合う音が響き、初手の攻撃をギリギリで防げたことを理解した。

あれだけ遠くだった唸り声は、瞬く間に目の前に現れていた。アルフォードが逃げる間もない。アルフォードの方に視線を向けることもできないけれど、その場で動けずにいるのだけはわかった。考える前に身体を動かし、アルフォードに意識が行かないようにだけ気を配る。

俺がとっさの攻撃を受け止めた相手は、白い肉食の獣のような外見の魔物だった。

いや、魔物じゃなかった。魔物の気配とは何かが決定的に違った。

その獣は、まっすぐ俺を見ていた。丸く大きかった瞳孔《どうこう》が、キュッと小さくなる。

『ようやく見つけた』

確かに、その獣は言葉を発した。

「聖獣……？」

頭の中に悪い予感が過《よぎ》る。

聖獣がいるのはどこだったか。

年若い聖獣が、誰かについている、と蒼獣《そうじゅう》は言っていなかったか。

フォルトゥナ国の、王宮に。

ジワリと剣と手のひらの間に流れる手汗が気になった。

ふとそんなことを考えて気が散ってしまった瞬間、鞄《かばん》の紐《ひも》ごと胸元に食いつかれ、地面に押し倒された。

青空と、聖獣が目に入る。太い前足の爪で腕を押さえられていて、力が入らなかった。

そこに飛び込んできたのは、真っ青な顔をして、手に調薬用にと持ち歩いている短剣を握ったアルフォードの姿。

「馬鹿。逃げろ……っ」

聖獣は煩わしそうに俺を押さえていた前足でアルフォードを払うと、アルフォードの服がその爪で裂かれて引っかかる。と同時に、目の前に光が渦巻いた。

ああ、これは、魔法だ。

二十二、聖獣アクシデント

目の前の光がなくなった瞬間、石畳の上で蹲《うずくま》るアルフォードと聖獣の顔が目に入ったので、自由になった腕に即座に強化魔法をかけてその聖獣を渾身《こんしん》の力で殴りつけた。

聖獣が短く鳴き、俺の上から地面を滑り、壁に激突して動かなくなった。よし。

俺もすぐに立ち上がって、アルフォードに近付いた。

「アルフォード、大丈夫か！」

急いで荷物から回復薬を、と思ったら、肩にかかっていたはずの荷物がなくなっていた。

「ルゥイ……」

青い顔でへたり込んでいたアルフォードが俺の声に弱々しくも反応したことで、ホッとする。よかった。とりあえずは無事だったか。

それにしても、ここはどこなんだろう。

自分が今立っているところを見回すと、見たこともないような暗い建物の中だった。

確実にあの見慣れた路地ではない場所だったので、あの時感じた魔法が転移か何かの魔法だというのを理解する。まずい、荷物はあの路地に置いてきてしまったか。あの中に携帯端末とかポーションが入っていたのに。

溜息を呑み込んでから、まだ放心している様子のアルフォードの前に膝《ひざ》をついた。

アルフォードの服には血が付いていた。

「怪我《けが》してるじゃねえか！　くそ、こんな時に荷物を路地に放置って最悪だ」

顔を顰めてアルフォードの傷を確認しようと腕を取ると、アルフォードはようやく俺の顔をまっすぐ見た。その瞳《ひとみ》にはしっかりと光が戻ってきている。

「だい、じょうぶ。ルゥイの傷のほうが酷《ひど》いだろ」

「俺の傷？」

自分の身体を見下ろすと、普段はしているはずの装備がなかったからか、胸の部分ががっつり爪で裂かれて、出血していた。

「あー……高めの服、着てくるんじゃなかった……。もう縫っても使えねえじゃんこれ。でもこれくらい掠《かす》り傷《きず》だから気にすんな。それよりもアルフォードだよ」

アルフォードの服もかなりボロボロになっていて、爪に抉《えぐ》られた脇腹あたりが大分深そうに見えた。押さえている腕の間から、今もまだ血が流れている。

「ごめん、勝手に荷物漁《あさ》る」

アルフォードが頷《うなず》くのを確認すると、俺はアルフォードの鞄から回復薬を取り出した。その回復薬をしっかりと一本飲ませ、もう一本を傷に掛けて、傷が塞《ふさ》がったのを見ると、ようやく人心地ついた。

アルフォードも綺麗に塞がった腹を見て、安堵《あんど》の表情をうかべる。少しだけ手が震えていたので、俺はそっと背中をさすった。

「あの魔物は……？」

アルフォードが辺りを見回しながら訊《き》いてきたので、聖獣が飛んで行った方を指さした。幸いにもまだ聖獣は起き上がってこなかった。俺の拳《こぶし》一撃で沈むってちょっと弱いんじゃないか。蒼獣のほうがまだ強そうだ。

「あっちで寝てる。でもあいつ、魔物じゃなくて聖獣っぽいんだよ」

「……っ、聖獣が、どうして」

正体を教えると、アルフォードは息を呑んだ。

本当にな。どうして聖獣が俺たちを襲ったのか。

多分あれだ。あの聖獣、フォルトゥナ国の王様が契約したっていう聖獣だ。それ以外に考えられない。でも、それをアルフォードに伝えたら、否応なく巻き込んでしまう……とそこまで考えて、もうすっかり巻き込んでしまっていることに気付いた。ごめん。

「これは、俺のせいだな」

「どうしてルゥイのせいなんだ」

「後でゆっくり教えるよ。それよりもこいつが寝てる間にここを抜けるか」

「まだルゥイの傷を回復してないだろ！」

アルフォードの手を引いて進みだそうとすると、アルフォードが慌てて鞄から追加の回復薬を取り出して、俺に渡してきた。

「こんなかすり傷にアルフォードが作った最高のハイパーポーションを使うのは勿体《もったい》ない」

「こんなものいつでも作ってやるから自分の身体《からだ》をないがしろにするな！」

俺の何気ない呟《つぶや》きに、アルフォードは眉《まゆ》をきりりと上げて俺の顔を引っ張った。元気そうなその声に、ホッとする。

部屋を出たところで、後ろからグルル……という唸り声が聞こえて来た。

ああ、もう起きたのか。

アルフォードを背にして聖獣の方に振り返ると、聖獣がムクリと起き上がるのが目に入った。

『待て、お前たちどこに行く気だ』

話しかけてくる獣に、やっぱり聖獣だったか、と落胆の溜息を吐《つ》いた。

「どこって、帰るに決まってんだろ」

『帰ったところで殺されるだけだ』

「お前に？　じゃあここでも同じじゃねえか」

『私じゃない。愚か者の放った暗殺者があの路地にまだ二人ほど残っている』

「あー……ようやくお出ましか。思ったより遅かったよな」

半年近く待ったのに全く気配すらしなかったから、かなり油断していた。そもそも暗殺者を向かわせるくらいなら、俺の居所をもっと早くつかめよ、と怒鳴りたくもなる。

呆《あき》れた表情を浮かべていると、聖獣が何やら複雑な表情で俺を見つめてきた。その目には、俺に対する敵意は欠片《かけら》もなかった。

聖獣は、今度は手を出そうとはしなかった。

そして、前足で煩わしそうに自分の背中を払う。

カラン、と聖獣の背中から矢のようなものが落ちた。

フン、と鼻を鳴らし、一歩前に出たところで、聖獣の身体がふらついた。

『丁寧に致死量の毒まで塗ってあるとは。天上の尊き者よ、その慈悲深き御心で我が体に蔓延《はびこ》る毒を消し去れ、解毒《アンチポイズン》』

聖獣が聖魔法と思われる詠唱を唱える。解毒の魔法だった。

『お前に当たらなくて何よりだった。そして、強引に連れて来たこと、申し訳なく思う。そちらの者も、すまなかった。巻き込んでしまった』

聖獣は、アルフォードに向かってペコリと頭を下げた。

聖獣がもう一度聖魔法を詠唱すると、フワッと温かい風が身体を包み、俺の胸元の傷が綺麗さっぱり消え去った。

冷静になれば、目の前の聖獣はきちんと話のできる奴《やつ》だというのはわかる。

わからないのは、いきなり拉致《らち》されたのと、どうして聖獣に毒矢が刺さっていたのか。

……もしかして、俺を狙っていた矢を身体で防いでくれたんだろうか。そうじゃなかったら、一緒にいたアルフォードまで連れて来ることはなかったはずだ。いやでも、叔父《おじ》さんの聖獣だし……。

あ、ってことは、殴られて吹き飛んだのは、毒のせいか……。弱いなんて思って悪かったな、と少しだけ申し訳なく思う。でもいくら何でもいきなりすぎる。

そんなことよりも、俺たちは戻らなければならない、と思う。なにせ、ボルトたちとの待ち合わせ直前に拉致されたのだから。

「アルフォード、携帯端末持ってるか？　俺、路地に鞄を落としてきちまったらしくて、あの鞄の中に端末入れてたから今持ってねえんだよ」

「あるけど……助けを呼ぶ？」

「流石《さすが》にフォルトゥナ国まで迎えに来てくれなんて言えねえだろ」

肩を竦《すく》めてそう言った瞬間、アルフォードは目を丸くした。

「フォルトゥナ国!?」

「ああ。多分ここ、フォルトゥナ国の王宮だと思う」

予想を口にすれば、聖獣が肯定した。

『その通りだ。この建物は王専用の物。あの愚か者どもに入る権限はない』

「フォルトゥナ国……あの聖獣様は一体……」

「多分フォルトゥナ国の王様付きの聖獣だと思う」

「え……？　王様付き……って、聖獣が本当に存在するだけでも信じられないのに……」

アルフォードの反応に、ああ、世間一般ではこんな感じなんだな、と一年前の自分の反応を思い出していた。多分、帝王学を受けていなければ同じ反応だっただろうし、蒼獣に会っていなければ俺もお伽噺《とぎばなし》だと思っていた。

けれど、聖獣は目の前にいるわけで。

『私はフォルトゥナ国の王と契約している聖獣だ。お前を探すよう王から頼まれていた』

「聖獣がルゥイを探していた……って」

アルフォードが不安げに俺を見る。

俺は自分の生い立ちをアルフォードに伝えていなかったから、アルフォードにとってはこの状況は全く訳がわからないと思う。

というか、このまま見逃してもらえるなら、伝える気はなかったのに。戻る気なんてさらさらなかったし。

ふう、と溜息《ためいき》を吐くと、俺はチラリと聖獣に咎《とが》めるような視線を送ってから、アルフォードをまっすぐ見た。

「なんか、俺、実はここの国の前の王様の子供らしくて」

「は……？」

簡潔に真実を伝えると、アルフォードは怪訝《けげん》そうな顔付きになった。

ま、そうだよな。突拍子もない話だよな。俺も自分が孤児だと言っていたし。

「でもって、ここの王様、えっと、俺の叔父にあたるのか、が、俺を探していたらしくて」

「……」

「それと同時にその叔父さんの臣下の奴らが俺の命を狙ってて」

「ルゥイ……」

「その事実をギルドのトップと理事長が隠してくれてたんだけど、どこからか俺の居場所が割り出されたらしくて」

「待ってくれ、ルゥイ……」

「とうとうあの街に俺がいることを突き止められて、見つかって、今に至る」

制止の声を振り切って最後まで簡潔に教えると、アルフォードはまるで頭痛がするとでもいうようにこめかみを押さえた。

「情報が……多すぎて」

「まあ、そうだろうな」

混乱しているらしいアルフォードを宥《なだ》めるようにポンポンと肩を叩《たた》くと、アルフォードは俺が教えたことを繰り返し呟いてから、盛大に溜息を吐いた。

「こういうことでルゥイは嘘を吐かないからな……嘘であって欲しかったけれど」

「ごめん」

謝るな、と険しい顔をしたアルフォードは俺を見て口を尖《とが》らせた。こんな状況だけれど、アルフォードのその顔で少しだけ俺の心が和んだ。

『主《あるじ》の命令は、お前のことを探し、無事連れて来いということだった。しかし私が発見した時には既に周りを囲まれていたのだ。片端から屠《ほふ》ってはいたが、残党の攻撃を防ぐためにこうしてあの場を離れる以外にどうすることもできなかった。咄嗟《とっさ》の出来事ゆえ、二人に怪我をさせてしまい本当に申し訳なかった』

聖獣が目を伏せる。

本当に申し訳なく思っているように感じて、ああ、あの毒矢はやっぱりこの聖獣に放たれた物じゃなくて、俺に向かって放たれた物だったんだということがはっきりした。身を挺《てい》して庇《かば》ってくれたのはありがたい。けれど。

「んじゃさ、さっきの魔法で俺らをあの場所に帰してくれないか？　待ち合わせしてたんだよ。明日から学校もあるしさ。学費も全額納めてもらってるから、サボるのもったいねえんだよな」

いきなり連れてこられても、困るんだよ。

かといって、自力であの国に帰るなんて、多分金銭的理由から無理。現金は持ち歩いていないし。

さっと連れ帰ってくれるに超したことはないよな。

ああ、とそこで思い出した。

「そういやこの国にも冒険者ギルドってあるんだっけ。あるんだったら、俺の貯蓄で二人くらい帰る旅費はあるかも。あー……でも値段だけじゃなくて何日かかるのかも訊いておけばよかった」

「あの、ルゥイ、そういうことを今ここで言う場面か……？」

「だって、あの二人、絶対待ってるぞ。俺らが姿を見せなかったら心配するだろ。特にあの講師はどうなるかわかったもんじゃねえ。多分、アルフォードを巻き込んだ俺にブチ切れる。だいぶ強いらしいから、もしかしたら俺勝てねえかもだし。絶対に大事になるに決まってる」

アルフォードがここにいることは俺のとばっちりだから、確実に責任は俺にある。しかもアルフォードの服、腹が丸出しに切り刻まれているから、これをもしあの講師が見たら、どうなるかわかったもんじゃない。それはちょっと怖い気がする。

そう言って震えるそぶりで腕をさすると、アルフォードがフッと表情を和ませた。

「なんか……思った以上にルゥイが冷静で、僕もなんだか落ち着いたよ」

「そりゃよかった。目下の悩みは俺の貯蓄で二人分の旅費が賄《まかな》えるのかってことと、帰る道がまったくわからねえってことかな」

肩を竦めると、聖獣がフンスと鼻を鳴らした。

『お前たちを帰すことはできない。みすみす殺されに行くようなものだ。お前の剣の腕は認めよう。しかし……』

「でも、俺ら待ち合わせしてるんだよ。あいつら怒らすと怖いからさ」

『主の命令はお前の保護だ。ここまで来たからにはお前を戻すことはできない。申し訳ないが、その約束は諦《あきら》めて欲しい』

「俺を保護したところでどうなるもんでもねえだろ。俺はあの場所で暮らすのが性に合ってるんだよ」

『お前を帰すことはできない』

「お前頭固すぎだろ」

グル、と聖獣の喉《のど》が鳴る。

頑《かたく》なな聖獣の言い分に、思わず舌打ちをしそうになった。

こんなことなら、統括代理から転移の魔方陣を習っておけばよかった、と本気で後悔した。授業では転移の魔方陣は習わないから。

アルフォードはふぅ、と息を吐くと、鞄《かばん》の中から携帯端末型魔道具を取り出した。

もうそろそろ待ち合わせの時間。二人とも心配していると思う。けれど。

「なんて伝えたらいいんだろう……」

端末片手に、アルフォードは固まってしまった。

「ちょっと用事できたから、今日はキャンセルで……？」

「その言い訳通じるかな」

「無理だろうな……」

そりゃあ、今フォルトゥナ国にいるから遅れる、なんて伝えられないよな、と二人で唸《うな》っていたら、アルフォードの端末が震えた。

講師かららしい。

アルフォードは困ったような顔をしながら、端末を繋《つな》いだ。

「あの……」

『アルフォード、今どこだ？』

はい直球来た。

アルフォードの視線が俺と聖獣を交互に移動する。

「ええと、あの……」

『ルゥイは一緒にいるのか？　今、路地でルゥイの鞄を見つけて、ボルトが』

講師のその声が聞こえてきて、心臓が止まりそうになった。

俺はアルフォードの手から半ばひったくるように端末を取り、口を開いた。

「俺は大丈夫。ただちょっと野暮用ができちまったから、今日の約束は無理っぽいんだ。手が空いたら連絡入れるからさ、相棒にもごめんって謝っといて」

『おい、ルゥイ、お前の荷物が落ちてた時点でその言い訳は通じ……』

講師が言い終わる前に、俺は通話を切った。

そしてすぐに端末の作動を停止させて、アルフォードに返す。

「ごめんアルフォード。向こうに俺たちの無事を伝えることはできたから、暫《しばら》くの間は連絡取らないでいてくれねえか？」

頼む、と手を合わせると、アルフォードは困ったような顔をして、手の中の端末に視線を落とした。

「まだ、何かあるんだ……」

ある、と頷《うなず》くと、アルフォードは溜息を吐《つ》いて、わかった、と頷いた。

部屋の隅には、聖獣が陣取っている。

梃子《てこ》でも動かない気らしくて、俺たちから目を離さない。まあ、目を離した瞬間アルフォードを連れて逃げる気満々だけど。

ただ、荷物も剣もない状態で無事逃げられるかどうかというのは考慮していない。王宮ってことは警備は厳しいんだろうし。

どこからどうやって俺たちの国に帰ればいいのか、という知識も全くないから、逃げたとしても地の利がある聖獣から逃げ切れる気がしない。

しかもここは俺に刺客を放つ張本人がいる場所だ。捕まったらまず命はない気がする。

でも。

ボルトの顔が頭に浮かぶ。

この国から出る時、ボルトは逃げるように出国したと言っていた。

ってことはだ。もしボルトに助けを求めて、本当にボルトがここに来たとしたら。

講師の言葉を聞いて、ふと気付いてしまった。

例えば、統括代理に頼めば、すぐにここまでボルトたちを運んでくれるかもしれない。もしかしたらあの講師も魔方陣魔法を使えるかもしれない。でもそれは必ずボルトが横にいるわけで。

端末で助けを呼ぶことや、場所を教えるのは絶対にだめだと気付いた。答える前に気付いてよかった。だってボルトが来たら。

——即処刑じゃないか？

あっけらかんと答えたボルトの声が頭を巡り、血の気が引く。

ボルトがここに来てしまったら、謀反人として、公的に捕まるってことじゃないか。

「俺の、相棒がこの国に来るのだけは絶対にダメだ」

「ああ、ボル……」

サッとアルフォードの口を手で押さえる。

きっと前王に忠誠を誓っている時点で名前は上層部に知られているはずだから、少しでも疑われて、ボルトまで狙われるようなことになったらそれこそ悔やんでも悔やみきれない。

本名ではないけれど、愛称をそのまま名前にしたと言っていた。だったら、ボルトと呼ぶ家族の姿を見たことがある奴《やつ》がいるかもしれない。ここは敵地だ。

俺は、この聖獣の前でボルトの名を口にしただろうか。口にしていないと祈りたい。

アルフォードは俺に口を押さえられたまま、じっと俺を見ている。

多分、これの説明をしようとしたら、この聖獣に全て聞かれる。それは、だめだ。

「ごめん、今は説明できない」

ポツリと零《こぼ》すと、アルフォードが首を横に振った。

俺の手を外して、「いいよ」と口もとを緩める。

「訊《き》かない。だから言わなくていい」

アルフォードのその言葉に、俺は知らず張っていた肩の力を抜くことができた。

今は逃げることはできない、ということで、俺とアルフォードは部屋の椅子に座って、勝手に寛《くつろ》ぐことにした。


改めて周りを見回すと、見たことのある魔道具や知らない魔道具がゴロゴロ転がっている。

そこらじゅうに置かれている魔道具はとてつもなく気になるし、本来ここは誰かを閉じ込めることが目的の場所じゃないのがわかる。

聖獣はここを王専用の建物と言っていなかったか。

ということは、この魔道具は全て、王の物ということになる。

アルフォードと共に選択授業で魔道具技工の勉強はさわり程度はしたけれど、見る限りどれも自ら弄っている途中に見える。まだでき上がっていない物、部品と共に置かれている物、気になりすぎて困る。

アルフォードも落ち着いてくると、周りの魔道具に目を向けていた。たまに「あれ、初期型の通信用魔道具じゃ……」とか「あんな小型化された結界魔道具なんてあるのか……？」なんて呟《つぶや》いているから、俺なんかよりよほど魔道具に精通しているっぽい。

聖獣はじっとその場に座って、俺たちの視線を咎《とが》めもしないので、心行くまで魔道具に視線を向けながら、これからのことを考えようと思った時、扉の向こうから声が聞こえた。

『世を照らす尊き光よ我の願いを聞き届け給え。開錠《オープン》』

声と共にカチリ、と開錠される音がした。

俺とアルフォードがドアに視線を集中させると、ガチャ、とドアが開き、美丈夫とも言える立派な体躯《たいく》の男が入ってきた。

髪の色が、俺とほぼ同じ赤。そして、心なしか顔も似ている気がした。

「ルゥイの……叔父《おじ》さん」

アルフォードがポツリと呟く。いや、そこはフォルトゥナ国の国王とか言っとこう。俺の叔父さんとかじゃなくて。

噴き出しそうになって、ごまかしのために咄嗟《とっさ》に心の中でアルフォードにツッコむ。

「不躾《ぶしつけ》な招待で申し訳なく思う。私の名はラファエル・グランデ・ノヴェ・フォルトゥナ。よく無事で戻ってきてくれた、リオン」

「誰だよそれ」

知らない名を呼ばれて、思わず突っ込むと、王様は驚いた顔をした。

リオン、って誰。俺は赤ん坊のころからずっとルゥイだ。

「発言をよろしいでしょうか、フォルトゥナ国国王陛下」

帝王学で習った王族への対応を思い出して、口を開く。本当はこんな風に訊くのも不敬に当たる場合もあるっていうのは習っていたんだけど、さっきの一言でこれ以上ない程に不敬なので、諦めることにした。

「かしこまることはない。ここには作法を咎める者もいない」

「ありがたき幸せにございます。国王陛下は、どうして今になって私をこの国に連れて来たのでしょうか」

王様の顔には俺を咎める色がなかったので、質問してみる。

一番訊きたかったことだ。

まっすぐ王様の顔を見ると、きりりとした武人風な顔が、少しだけ歪《ゆが》んだ。

「リオン、お前の祖国はここだ」

「私は今までノルデン国の国土しか踏んだことはありません」

「それでもだ。お前の祖国はここだ、リオン」

「それに私は、リオンという名じゃありません」

アルフォードがハラハラしながら俺たちを見ている。俺が不敬だと王様に言われるんじゃないかと心配しているんだろう。

まあ、不敬なんだろうな。王様の呼ぶ名前を否定して、頭を下げない俺は。

でも、こっちとしてもなんで今更、という思いが次々湧き上がってくる。

「そもそも、私がそのリオンだったとして、国王陛下は私をどうしたいのですか？」

「もともとは兄の玉座、それを正当な持ち主に返そうと思うのはおかしなことか？」

「そんなものを返されたところで私の迷惑になるとは考えないのですか？」

俺の言葉に、王様は目を丸くした。

なんだよその反応。俺が玉座を欲しがるとでも思ったのか？　王様が自分で欲したように。

「玉座が、迷惑……」

「私の居場所がわかったのなら、きっともう私の今までの暮らしも調べているんでしょう。教育もままならない、爵位すらない、平民の、その最下層の孤児として生きて来た私が、どうすれば玉座に座ることができると？　もしや乗っ取られると思って命を狙ったと」

王様はきつく目を閉じると、眉間《みけん》の皺《しわ》はそのままに俺を見据えた。

「そのことに関しては、炙《あぶ》り出しは終わった。それ相応の処分を下すので、安心するといい。私はただ、己の罪を償いたいだけだ」

「玉座を辞して？」

「そうだ。玉座を辞して、正当な者をその地位に付けることが、私の最後の使命だと思っている」

迷惑です。

多分俺の顔にはそう書いてあると思う。アルフォードの顔色具合から、かなり表情に出てしまっているると思う。

「罪を償いたいと思うのなら、そのままそこに座って、国を富ませることを考えたらどうですか。底辺の血の繋《つな》がりしかないゴロツキを王位に就かせるよりもよほど建設的だと思います」

「お前はゴロツキなどではないだろう」

「冒険者なんて、ゴロツキとそう変わりないです。それ以下もありうる。そんな奴に国を渡した瞬間、この国は傾きますよ」

王様の罪悪感を薄れさせるためだけにここに縛られるなんてごめんだ。

それに、俺を暗殺しようとした奴らにはとても魅力的に見えるだろう玉座は、俺にとっては迷惑以外の何物でもない。

冷めた目で王様を見ていると、王様は「グライ」と口を開いた。

ずっと静かに佇《たたず》んでいた聖獣が、ガウ、と鳴く。

『残してきた残党は二人だけだ。後にノルデン国に向かって、始末する』

「ああ。頼んだ」

『主《あるじ》の方はどうだ。全て炙り出したのか』

「ああ、勢力の大きなものは排除する。しかし、こちらに鞍替《くらが》えした者まで排除すると国が立ちいかなくなる」

『主の最も嫌いな裏切りをした者でもか』

「ハラワタは煮えくり返りそうだが、やむなし」

『主は……落ちてくれるなよ』

「耳に痛い言葉だな。この国が獣人に見限られて久しい……」

聖獣はフンと鼻を鳴らして、一瞬にして光となって消えた。

今のが俺たちをここに連れて来た魔法なんだろう。

それにしても、と残った王様を見て溜息《ためいき》を呑《の》み込《こ》む。

獣人に見限られた国って。終わってるってことか。

見限られるほど何をしたのか気になる。けれど、訊いてしまうとこの国に興味があると思われる。

俺は玉座に収まる気はない。

帝王学の授業を受けていなければ、「王様なら食うに困らないかな」なんてちょっとは迷ったかもしれないけれど、王様の心得と忙しさと行動と、常に人に見られているという緊張感、それと責任を考えると、金銭以上に大事なモノがガリガリ削られていきそうだ。

それよりも気になるのが、俺たちの目の前でこんな弱音を吐く王様だ。

わざと聞かされていると思っていいんだろうか。

多分そうなんだろうな。剣の腕がいいのは聞いていたけれど、この人も一応小さいころから色々習っているだろうから。駆け引きとかは素人の俺なんかよりも絶対に遥《はる》か上をいっているのはわかる。

　ってことは、これは同情的な感情を引き出して、俺にうんと言わせようとしているんだろうか。俺はそこまで温くはない。初めて会った身内だという男に同情なんて、微塵《みじん》も抱かない。むしろ引く。しっかりやれと尻《しり》を蹴《け》り上げたいくらいだ。

　溜息を呑み込んだところで、ふと何か違和感を感じて王様から視線を外した。

　どこかで微《かす》かに破壊音がしたような気がした。

　それは王様も感じたみたいで、俺たちの方を交互に見ると、「ここは安全だ。ここにいてくれ」と言い置き、踵《きびす》を返した。

　王様が部屋から出ていくと同時に、ドアからカチリと施錠される音がした。そして、浮かび上がる魔方陣。施錠の魔方陣だった。しかも丁寧にこれを掛けた人しか開錠できない類いのものだ。

「ルゥイ……」

　アルフォードが俺の裾《すそ》を掴《つか》んで、その手をきつく握る。

　何も訊かないでいてくれたのはありがたい。

　もう人がいないから言っても大丈夫だとは思うけれど、何かの魔道具が仕掛けられていないとも限らないので、ボルトのことは迂闊《うかつ》に口に出せない。

「どうしてこうなったんだろ」

「ホントにな。本来だったら今頃は美味《うま》い飯を奢《おご》りでたらふく食ってたところなのにな」

「うん……スタント先生、心配してないといいな」

「そりゃ心配してるだろ。滅茶苦茶心配してると思う。乗り込む手段があるなら。手っ取り早く乗り込んで来るだろうよ」

「ここから出るのも難しそうだしね……あの施錠、せめて他人の魔力でもいいならすぐに開錠できるのに」

「ホントにな。でも外にも色々仕掛けられてるだろうから、むしろここの方が安全かもしれない。退路がないだけで」

どうする？　と視線で問えば、アルフォードは眉《まゆ》をひそめた。

「うん。でも……無理やり壁を壊したりするのはやめろよ、ルゥイ」

「ご丁寧に剣まで置いてきちまったから実際にはできるかどうか……」

剣があれば壁の一つや二つ壊せそうだけどな。

ああ、身体能力向上の魔法を纏《まと》って壁を殴れば行けるか、と拳《こぶし》を握りしめたところで、アルフォードが実にタイミングよく俺の手に自分の手を重ねた。

「この拳はなに」

「いや、これでぶち壊そうかと」

「手が傷つくだろ!?」

ジト目で見られて、真顔で見返す。

閉じ込められて助けを待つなんて、俺の性に合わないんだよ。

そう呟くと、アルフォードは「それは知ってるけど」と口を尖《とが》らせた。

「取《と》り敢《あ》えず僕たちを害そうとは思っていないみたいだから、状況を見て行動しよう」

「……そうだな」

落ち着いてきたアルフォードの声に内心安堵《あんど》しながらも、俺は渋々アルフォードの言葉に頷《うなず》いたのだった。

二十三、王宮最奥からの脱出

多分、暴れて逃げ出すなら今だ。

でも、俺一人なら多少傷つこうがどうとでもなるけれど、隣にはアルフォードがいる。

アルフォードは、俺が孤児だと知っても、本気で心配してくれるようなお人好しであり、俺の大事な友人だ。今まで友人と呼べるような間柄の人がいなかったから、ただ話をするだけでも楽しくなるということが本当に得がたいことなんだと、アルフォードと友人になったことでわかった。

……ボルトの場合、俺がすぐに不純な気持ちを持ってしまったから、純粋な友人になることは難しかったんだ。

せめてアルフォードだけでもあの恋人講師の元に返してやりたい。

そう思いながら顔を上げると、アルフォードは創作途中の魔道具を手に取って、感嘆の声を上げていた。

……もしかして、魔道具が気になるから俺を宥《なだ》めてこの場にとどまったとか、言わないよな……？

まさかな、と観察していると、さっきまでの顔色の悪さはどこへやら、未完成の魔道具で目が輝いている。まさか、な。

そのアルフォードは目をキラキラさせながらパッと顔を上げた。

「ルゥイ、これすごいよ。絶対これ簡易結界だよ。結界の魔道具は作れる人がいなくなって久しいって聞いてたけれど、ここまででき上がってるなら成功したも同然だよ」

「結界の魔道具？」

「うん。一度父と共に視察した時に、小さな村にこれが設置されていたんだ。これで魔物が外から入ってくるのを防いでいるんだって父から教わって。構造が知りたかったけれど父が教えてくれなかったから、こっそり下町の魔道具技師に会って見せて貰《もら》ったことがあるんだ。今では作れる人がいないから、絶対にこれにだけは悪戯《いたずら》するなって。その技師も壊れたら直せないんだって。僕が見せてもらったのは、古すぎて作動停止した物だったけれど、どうして魔物も入って来られない程の結界が作れるのか、その技師にも謎らしいよ」

大興奮で言葉も多めに話し始める。

まさか、な。

半眼になりながら、相槌《あいづち》を打つ。

「……へえ。でも作りかけがここにあるってことは」

「ここは、天才的な魔道具技師の部屋なのかもしれない」

「ってことはあの王様、魔道具技師なのか？」

「ここがあの王様の部屋だというのであれば、あるいは。もしくは、お抱えの技師がいるとか」

やっぱりアルフォードの目がキラッキラに輝いている。

アルフォードのその様子に、一瞬だけ今いる状況を忘れそうになった俺は、気を引き締めるため、深呼吸した。

暫《しばら》くの間、二人で魔道具を弄《いじ》り倒していたけれど、ふと、アルフォードが顔を上げた。

「スタント先生の声が聞こえなかったか？」

そんな声は全く聞こえなかったので首を横に振ると、アルフォードは困ったような顔になって
「でも」と辺りを見回した。

「今、『どこにいるんだ』って」

「俺は全く聞こえなかったけど」

「でも、すぐ近くで言われたような感じが……ほら、『アル無事か⁉』って……！　僕は大丈夫です！　今はよくわからない魔道具技師の部屋にいます！　ここの国王陛下しか入れないという場所らしくて」

アルフォードにはなにやら声が聞こえているらしく、キョロキョロしながらも、誰かと会話をしているかのように言葉を発する。俺にはアルフォードの声しか聞こえていないけれど。

アルフォードは、目の前に講師がいるわけじゃないのに、身振りを加えて説明し始めた。それ絶対に見えてないからな。

「この部屋は魔方陣で鍵《かぎ》が掛けられていて、国王陛下しか開けられないみたいです。合流は、難しいかと。スタント先生はどこに……へ？　フォルトゥナ国王宮？　え、待って、暴れてるって……」

アルフォードが目を剝《む》く。やっぱりあの講師はアルフォードを取り戻しに来たのか。でも、どうして俺たちがここにいることがわかったんだろう。やっぱりボルトが何か助言でもしたんだろうか。

願わくば、ボルトはここにいないで欲しい。

そう思いながら、俺は身体強化の魔法を自身に掛けた。

「んじゃ、このまま大人しくしてないで合流しねえとな。俺が付いてて何やってんだって怒られそうだ。っつうか俺が元凶な訳だけど」

せーの、と気合いを入れて、入り口横の壁に拳を叩《たた》きつける。一発目でひびが入ったので、すぐに出られそうだ。

アルフォードが驚いているうちにもう一度身体《からだ》の中で魔力を巡らせて、二発目を叩きつけると、壁は破壊音と共にあっけなく崩れ去った。

「思ったより脆《もろ》かったな」

「ルゥイ！　馬鹿！　手に血が滲《にじ》んでるじゃないか」

殴った方の手は、いつになく強化された筋力と硬い壁に耐えきれなかったらしく、皮が裂けて骨が見えていた。弱いな、俺の手。今度身体強化して素手で殴るときはまず皮膚を強化しないとだめだな。

そんなことを思いながら血を振り払っていると、アルフォードが鞄《かばん》から取り出したハイポーションをザーッと惜しげもなく手にかけた。

一瞬で傷口が塞《ふさ》がり、痛みがなくなる。

「サンキュ。流石《さすが》アルフォードの回復薬は治るスピードが違う」

「褒めても何も出ないからな。無茶しすぎだろ。やめろって僕は言ったからな」

「でもほら、俺らここから出られるわけだし」

壁に開いた大穴を指さすと、アルフォードが盛大に溜息を吐《つ》いた。

二人で穴を通り部屋の外に出る。

長くて暗い廊下を駆け先へ進んでいくと、またしても魔方陣の描かれた扉があった。

もう一度有無を言わさず物理的に押し通ると、後から付いてきたアルフォードは何かを言いたげな瞳《ひとみ》で俺をじっと見ていた。出られたんだからいいだろ。

建物の外には生け垣があり、綺麗《きれい》に花が咲いている。でも、警備兵は一人も見えない。生垣は迷路のようになっており、その先には王宮と思われる建物が見えた。

俺とアルフォードは、生け垣の横に伸びている長く続くレンガ造りの壁沿いを走り、王宮に入れる場所がないかを探した。

「ま、待って、体力が、持たな……」

一向に王宮に入れる場所が見当たらない中、とうとうアルフォードが息切れして足を止めた。

無駄に広い王宮の壁は、なかなか入り口らしきところを発見するに至らない。

「無駄に広すぎるだろ、この王宮」

「王宮は……ある程度、その威光を示さ、ないと、いけないからな」

息切れしつつアルフォードが答える。

「こんな中で講師と会話するなんてすげえな」

「直《じか》に話したわけじゃないから……」

はぁ、と息を吐いたアルフォードは、鞄からスタミナポーションを取り出すと、一気に飲んだ。

空になった瓶を鞄にしまいながら、少しだけ顔を顰《しか》め「味に改善の余地あり」と呟《つぶや》いた。

「不味《まず》いの？　アルフォードが作るのに不味いって、想像つかねぇ」

「一本やる。ルゥイはスタミナ減ってなさそうだけど」

「まあ、準備運動にもなってねぇな」

「僕は冒険者にだけはなれない気がするよ」

「ならなくていいって。適材適所ってもんがあんだろ」

苦笑しながら貰ったスタミナポーションを飲み干すと、口の中に甘い味が広がった。

「え、美味《うま》いじゃん」

「甘すぎだよこれ。もっとさっぱりさせたい。でも甘さを抑えるとなると、苦みとえぐみが前面に出るんだよな……」

「それはあとで考えるとして、行くぞ、アルフォード」

考え込みそうになったアルフォードの手を取り、足を動かす。

それでもやはり、身体を動かすことが苦手なアルフォードに合わせると、いまいちスピードが上がらない。

「あ、そうだ。アルフォードを抱っこして走ればいいんだ」

「え、なんでそう……待て、考え直せ！」

文句を言われる前に、アルフォードを抱き上げる。

身体強化魔法は持続中なので、アルフォードを抱き上げたところで、全然重さは感じない。

　気合いを入れて走り始めると、アルフォードがおかしな悲鳴を発しながら俺にしがみ付いてきた。こんなところをあの講師に見られたら半殺しにされそうだなと思いつつ、非常事態なので仕方ない。アルフォードを抱えて、魔物よりも早い全速力で足を動かす。生け垣をジャンプすると、建物の二階程度の高さなのにアルフォードは悲鳴を上げた。

「ルゥイ……！　こ、怖いから、降ろしてくれ……っ！」

「無理だな。だってさっさと講師にアルフォードを渡してえもん」

　涙目で俺の首にしがみつくアルフォードを抱えたまま、ようやく見えた壁の端を見据えながら走っていると、いきなり後ろに大きな存在感を感じて、足を止めた。

　振り返らなくてもわかる。後ろに聖獣がいる。

　威圧をひしひしと感じる。アルフォードも感じているのか、少しだけ震えていた。こういうのは耐性が大事だから震えるのは仕方ない。

　振り返ると、案の定そこには先程俺たちをここへ連れて来た聖獣がいた。

『なぜ逃げる。あの部屋にいれば安全なのに』

　俺たちをからかっているわけじゃなく、本気でそう訊《き》いているような声音だった。

　ちょっとだけ溜息《ためいき》が出る。

「あのな。いくら安全だって監禁は精神衛生上よろしくねえだろ。しかも無関係のこいつまでいるのに」

『今まさに王宮内部の反逆者を炙《あぶ》り出している最中だ。それが終われば自由にしてやれるのだから、それまでの辛抱だというのに』

「それ、十五年とかの年月をあの王様を騙《だま》し通してきた奴《やつ》なんだろ。すぐに見つかる奴なんて下っ端もいいところじゃねえの。本当にバックにいる奴が捕まるのかよ」

『我らも同じような年月をかけて、見極めて来たつもりだ』

「本気で見極めたいなら、この城に獣人を連れてくりゃ一発なのに」

溜息と共にそう零《こぼ》すと、聖獣はふと口を噤《つぐ》んだ。

じっと俺を見るだけで、返事はない。

一体この国は何をして獣人に見限られたんだよ。

それよりも、と抱きかかえたままのアルフォードに視線を戻した。

ジトっとした目を俺に向けている。もう降ろしてくれ、と訴えられている気がする。

アルフォードに自分で走らせたら進めないのはわかっているので、ぐっと抱え直す。

そんなことよりも、俺たちには行かなければならない場所があるんだった。

その場所を知っている奴に訊くのが一番手っ取り早いんだけど、と視線を巡らせると、ちょうどいい奴が目の前にいた。

「ひとつ訊きたいことがあったんだ。あのさ、侵入者がいる場所ってどこ？　俺らそこに行く途中だったんだよ」

俺が聖獣に向かって質問を投げかけると、聖獣とアルフォードの目が丸くなった。

「ルゥイ!?　訊く相手間違ってるから！」

「だって他に人いねえし。一番知ってそうだろ」

「そうだけど！　お前はたまに驚くほど豪胆だな！」

「褒めてない！」

心なしか、聖獣が溜息を吐いている気がする。

俺たちをここに連れてきた時より、覇気がなくなっている気がする。

疲れてるんじゃないか。でもまあこの王宮に身を寄せているならそれも当たり前か。

『侵入者か。私もそこに行かなければならないのだが、まずはお前たちを主《あるじ》の定めている場所に送り届けないといけないのだが』

「あの魔道具技師の部屋？　行っても大穴開いてるからすぐ出てくるぞ。そんな無駄なことをするより、侵入者の所に連れてった方が事態は早く収まると思うんだけど」

『……ああ……確かにあれは、酷《ひど》かったな……魔道具のいくつかが瓦礫《がれき》の下に消えていた……どうやって穴を開けた』

「え、手で」

『……あの、重い拳《こぶし》か……』

俺に殴られて気絶したことを思い出したのか、聖獣は目を伏せた。

そして、俺たちにもわかるように溜息を吐くと、諦観《ていかん》したような瞳を俺に向けた。

『あの建物を破壊されたら敵《かな》わんからな……仕方ない……』

声もさっきよりさらに覇気がなくなっている。

『侵入者は王宮入り口付近にいる。付いてこい』

そう言うと、聖獣は俺たちの横を走り抜けた。

アルフォードを抱えたまま、俺もその後を付いていく。

足に身体強化をしているので、聖獣に置いていかれることはない。アルフォードは真っ青になっているけれど、少しだけ我慢してもらおう。

よくわからない建物を抜け、通路を横切り、広い庭らしきところを抜けると、ようやく俺たち以外の人物のいる場所に出た。よほど奥まった場所に詰め込まれていたんだな俺たち。

騎士の鎧《よろい》を身に着けた人たちは皆、聖獣が走っているのを見ると、敬礼して足を止め、その後ろを走る俺たちを見ると、困惑した様子で、俺たちに攻撃を仕掛けるべきかそのまま見送るべきか悩んでいるようなそぶりを見せた。戸惑《とまど》うその間に走り抜ける。

『この先だ』

聖獣はそう言うと、跳躍し、綺麗に手入れされて並んでいる木を蹴《け》り、宙に舞った。

狭い通路の先に、騎士が詰め掛けていて、道が閉ざされていたから、その頭上を飛び越えたのだ。

そこから先は並木道の先に大きな門が見える。あそこが正門か。

次々と現れる騎士たちの向こうからは、かなりの喧騒《けんそう》が聞こえてくる。

ぐっと足を踏ん張り、アルフォードに「ちょっとだけ我慢な」と声をかけると、聖獣の真似《まね》をして、俺も地面を蹴った。

並木のちょうどいい太めの枝を足場にして、再度跳躍すると、足元にはかなりの数の騎士がひしめいているのが見えた。その先には半分に破壊された王宮の門がある。

待て、待ってくれ。

地面に足を付けながら、少しだけ戸惑う。

なんであんなに奥にいたのにここの破壊音が聞こえた気がしたんだ？

王様も反応していたから、気のせいだったわけじゃないはず。

おかしな煙の出ている場所を目指しながら、聖獣の作った道を走る。

「陛下！　お下がりください！　獣人どもが乱心すると危険極まりありません！」

「陛下！　どうか、我々の後ろに！」

入り乱れる騎士たちの向こう側から、覇気の込められた王様の声が騎士たちを一喝した。

「黙れ！　攻撃を停止せよ！」

途端にシン……と騎士が動きを止める。

そこにすかさず爆破音が聞こえて来て、ケーンという甲高い鳴き声が聞こえた。

聖獣と共に騎士たちの前に躍り出ると、戦闘不能に陥った騎士たちがゴロゴロ転がるすぐ近くに、十数人の獣人とボルトがいた。

俺の姿をすぐさま発見した講師とボルトは、王様と騎士たちをそっちのけで俺たちの方に走り出した。

聖獣の咆哮《ほうこう》に固まっていた騎士たちは、まだ身動きがとれないようだった。

ちなみに、もろに咆哮を浴びてしまったアルフォードも俺に抱きかかえられながら青い顔で硬直している。効果抜群だ。

流石《さすが》というか、講師率いる獣人たちは今の咆哮が全く効いていないし、ボルトもまた平気な顔をしている。俺もほぼ効いていないから、俺よりも強いボルトに効くわけがないのは知っていたけれど。

「ルゥイお前、何アルを抱っこしてるんだよ！」

俺を見つけた瞬間、講師がこっちに矛先を向けてきた。講師に何か言われることは覚悟していたから、何事もなかったような顔で講師たちに近付いた。

「仕方ねえだろ。聖獣の速さについていくには身体強化するしかなかったんだから」

「返せ！」

「言われなくても。……ごめんアルフォード、俺のいざこざに巻き込んで」

「ううん。ルゥイが無事でよかった」

俺に向かってガルガルと歯を剝《む》いた講師に、神妙に謝ってその腕にアルフォードを渡す。ようやく動けるようになったらしいアルフォードは、講師の腕に収まると思いきや、自分の足で地面に立った。

王様が俺の方をじっと見ている。

そして、サッと腕を上げた。

「この者たちは、私の客人だ。手を出すことは禁じる。いいな。私の客人だ」

騎士たちは悔しそうに獣人たちを睨《にら》みながらも、王の後ろに下がった。

二十四、フォルトゥナ国の魔窟《まくつ》

「王様自ら出て来てくれるとは殊勝な心掛けだな。俺らの仲間の番《つがい》を拉致《らち》した事の弁明は勿論《もちろん》聞かせてくれるんだろうな」

獣人たちの中でもひときわ身体《からだ》の大きい獣人が前に出て、王様に向かって言い放つ。周りが「陛下に向かってなんという口の利き方……！」と憤慨しているが、きっと獣人にとっては礼を尽くすような間柄ではないから敬意を払わないんだろう。

それよりも心配なのは、ボルトが十八年前に処刑されるところだった家の血筋だというのが気付かれないかということ。

その頃から王様についている重鎮とかもいるだろうから、正直俺の一番の心配はボルトについてだ。

俺に寄り添ってきたボルトは、王様の後ろの方にいるこの国の奴らに注意深く視線を巡らせ、そっと一言「無事でよかった」と呟《つぶや》いてから、フッと表情を緩めた。

そうだよな。心配かけたよな。道端に荷物だけ置かれてるとか、何事かと思うよ。

「心配かけてごめん。ちょっと聖獣に助けられて拉致られた」

「どっちだよ」

「両方。アルフォードもその場に置いておくと危険だからって連れてこられたんだ」

「危険って……とうとうお待ちかねの奴らが来たとか？」

「そのまさか。毒矢が射られたところを、あの聖獣に庇《かば》われたんだ」

「じゃあこれはなんだ」

ボルトにボロボロの胸元を指摘され、俺はアルフォードの方を見る。すると、アルフォードも脇腹のボロボロの部分を指摘され、講師にギャンギャン騒がれていた。多分あの服で獣人のこの国に対する印象は最悪になったんじゃなかろうか。

「連れてこられる際に、ちょっと抵抗しちゃって。アルフォードまで巻き込んだことに腹立てて、一度殴って眠らせたんだけど起きちゃってさ。アルフォードが鞄《かばん》持ってたからその傷はハイポーションで治したけど……あー、なんか段々と思い出して腹立ってきた」

チラリと聖獣を見れば、王様の隣で周りを威嚇《いかく》していた。主にこの国の騎士を。

獣人たちは人族には威嚇をしても、聖獣に対しては違う表情を向けるので、獣人にとっても聖獣というのは特別な存在なんだというのがわかる。

そんな特別な存在を思いっきり身体強化して殴りつけちゃったことは知られない方がいいのかな。


それにしても、皆どうやってここまで来たんだろう。

王様の後を歩きながら、俺たちの周り……というかアルフォードを囲む獣人たちに視線を向ける。

ボルトもしれっと俺の隣を歩いているから、まだ正体はばれてないとは思うけど、本当にここまで来て大丈夫なのかな。

かといってここで訊《き》いていい話じゃない。そんな雰囲気でもないし、話が筒抜けになるのもいやだった。

多分周りを歩く重鎮的な奴《やつ》らの中に、ペルラ街に刺客を放った奴がいるだろうから。

気を抜かず、皆と共に歩を進める。

この一瞬で俺たちを追ってこられるなら、もしかしたら俺たちは王宮に入らないでそのままその力を使って逃げ帰った方がいいのかもしれない。けれどそれをすると、また俺は刺客に狙われることになる。俺だけじゃなくて、今度はアルフォードまで。下手《へた》したらアルフォードを盾にされたりもするかもしれない。そこまでされると、多分ここにいる獣人たちは敵対する。

ここで決着を付けるしかないんだ。俺の場合は。

——ボルトだけでも向こうに連れ帰ってくれないかな。

そんなことを考えていたら、ボルトに腕をトンと突かれた。

「余計なことは考えるなよ」

小さな声だったけれど、その声音からはかなりボルトが怒っているのが感じられた。

重鎮と騎士たちも俺たちを警戒しながら、周りを取り囲むようにして謁見の間に入る。

部屋に入ると、王様は玉座に近付き、でも座ることなく俺たちを振り返った。

アルフォードは講師に腰を抱かれた状態で立ち、周りの獣人たちは頭を下げることなく王様を睥《へい》睨《げい》している。

若干アルフォードが戸惑い気味の表情をしているけれど、事前に王様と会っていたからか、そこまで慌てている様子はなかった。きっと隣に講師がいることが大きいんだと思う。

逆に俺は、ボルトがここにいることが、少しだけ怖かった。

逃げ出した、と言っていた。本当は処刑されるはずだったと。前の王様に忠誠を誓っていたから。

そのことを覚えている王弟派の貴族の巣窟《そうくつ》なわけで。ボルトが逃げ出してから十八年という歳月は、長いようでいて、短い。

俺はぐっと手を握りしめた。


先程王様と対峙《たいじ》していた熊の獣人が、先頭に立ち、腕を組む。

どちらも睨み合い状態で、謁見の間の空気は緊張を孕《はら》んでいる。

「大人しく付いてきてやったんだ。弁明とやらをしてみろ」

フン、と熊獣人が鼻を鳴らすと、周りを囲んでいた偉そうな奴らが表情を変える。

そうでなくてもまったく頭を下げない俺たちに厳しい視線を投げかけていたから。王様が「客人」と言ったから手が出せないだけの、緊張を孕んだ状況。

そんな中で、獣人たちは誰一人、態度を変えなかった。ある意味豪胆だ。

「我が望んだ者はそこの者のみ。我が聖獣がその者を連れて参る際、そちらの番の者が我が聖獣を悪と勘違いし攻撃を加えたとのこと、暴れられると目的を達することも叶《かな》わぬので、連れて来たまで。心配をかけたことは詫《わ》びよう」

「ほう。じゃあ連れ帰っても問題はないと」

「無論」

思わずホッと息を吐く。これで、アルフォードの無事は確保されたも同然だ。どうせならすぐに連れ帰って欲しいところだ。なにせ俺を殺そうとした敵の本拠地。

視線をアルフォードに向けると、アルフォードとバッチリ視線が合った。

ぐっと眉根《まゆね》を寄せて、その視線が「お前はどうなるんだ」と言っている。アルフォードはあの魔道具技師の部屋で王様の言葉を聞いていたから、早々に俺が消されることはないっていうのは理解しているると思うけれど、王様一人で周りの奴らを止めることができるのかどうかはわからない訳で。

炙《あぶ》り出しは終わったと言っても、手を染めた者もまだ周りに置いているのは確かだ。

ということは、いつ何が起こるかわからないということで。

俺たちを安全な場所で保護してくれてはいたけれども、そこを俺たちは自分から飛び出して来たし、正面から堂々と俺たちを取り返しに来てくれた獣人たちとボルトのお陰で隠しておくこともできなくなったわけで。

俺は正直ボルトと共にあの街に帰ることができるのであれば何でもいいんだ。アルフォードはちゃんと獣人たちに守ってもらえるようだから。

それだけなのに。

「リオン、ここへ」

王様がそう口を開いたことで、周りにいた偉そうな奴らが騒めいた。

だから、俺はリオンじゃない。

視界の隅に映るボルトの横顔が少しだけ歪《ゆが》んだことから、ボルトは俺の本当の名前を知っているんだということに気付く。

でも、俺の認識ではリオンなんて知らない名だ。

該当するのは王様と似たような赤毛の俺くらいだけど、これだけは譲れない。俺の名は、ボルトが呼んでくれる「ルゥイ」という名前だけだ。

返事もせずに立っていると、王様の後ろの方で待機していた奴が一歩前に出て来て、「恐れながら我が君」と声をかけた。

「前王の御子《みこ》リオン様は既に身罷《みまか》られたのでは」

チラリとこっちを見ながら、その見た目だけは頭のよさそうな男はそんなことを王様に進言する。

王様は少しだけ目を細めて、その男に視線を向けた。

「虎白が付いていていた。彼《か》の聖獣がその手の中の小さき命を散らせるはずがあるまい」

「しかし」

「リオン」

男の言葉をぶった切るように、王様はもう一度俺の名前じゃない名で俺を呼んだ。

男はスッと一歩下がり、失礼いたしました、と頭を下げた。

「ようやく探し出すことができた。我が兄の忘れ形見をこうしてこの王宮に迎え入れることができたこと、嬉《うれ》しく思う」

さっき会った時に見せた表情など錯覚だったかのように、王様は尊大に、それでいて俺を懐かしむような慈悲深い表情で俺に手を差し出した。

これ、前に出なきゃいけないやつ？　俺どうせなら獣人たちと共にここをトンズラしたいんだけれど。

その思いが通じたのか、講師が俺の顔を見て口元に手を当てた。

きっと俺のこの複雑な心境、心の機微に聡《さと》い獣人たちならわかってくれると思う。そう思って目で訴えていると、発言を失礼いたします、と壁際で控えていた貴族らしき奴が声を発した。

「発言を許す」

「ありがたき幸せ。では僭越《せんえつ》ながら。そちらのリオン殿下と思《おぼ》しき者は確かに先代とも始祖様とも見まがう赤毛。しかし、それ以外の確定される証拠はあるのでしょうか。魔道具で調べているわけでもなし」

実は調べてるんだよ、なんて軽口は叩《たた》けない。このまま間違いでしたで通して欲しい。

その願い空しく、王様は「では、魔道具を持ってこい」とその男に言い放った。

「血筋を見極める魔道具は、魔石の消費が激しく、おいそれと使うことはできないと……」

「こういう時に使わずいつ使うというのだ。すぐに持ってこい」

俺は溜息《ためいき》が零《こぼ》れそうになるのを必死で堪《こら》えた。

せっかく統括代理がないことにしてくれた内容を、ここで大々的に皆に知らしめようとするなよ。

壊れてたりしないかな、なんて願いは空《むな》しく、すぐにあのギルドでも見かけた魔道具が用意されてしまった。

アルフォードを確保した獣人たちはすぐに去るかと思ったら、腕を組んで王宮の奴らのやることをじっと見ている。居心地悪そうに目を逸《そ》らす奴はきっとすねに傷のある奴だろう、と当たりをつけていると、その魔道具を持ってきた騎士が、険しい表情で口を開いた。

「恐れながら陛下、一言よろしいでしょうか」

「なんだ。魔道具の不具合はないはずだが」

「そのテストを、あのリオン殿下の横にいる者に試してみたいのですがよろしいでしょうか。あの者、もしや私の知る罪人かもしれません」

俺とボルトは、その一言で居住まいを改めた。

警戒を最大級にし、身体強化の魔法を密《ひそ》かにかける。ボルトもそっと腰の鞄に手を添えている。ボルトの鞄は容量が見た目よりもかなり大きいマジックバッグなので、剣はあの中にしまわれている。俺は武器はないけれども、身体強化していればきっと武器がなくても何とかなる、かもしれない。

「どういうことだ」

王様が騎士の言葉に視線を動かした。

「私の見間違いでなければ、あの者は前王が倒れた時に処刑されているはずの、コーレイン騎士爵子息ボルトレイト・コーレインであります」

皆の注目がザッとボルトに集まる。

ボルトの正式名を聞いたのが初めての俺は、その名前に違和感しかなかった。

流石《さすが》に王様も驚いた顔をしている。

「近衛兵《このえへい》！　罪人をひっとらえろ！」

誰かが叫んだ。瞬間、周りにいた騎士がザッと動く。

騎士たちがボルトに剣を向けた瞬間、俺の中の血がザワリと湧きたつ。

あんな騎士にボルトが負けるわけがないのは知っている。けれど。

「ここにいる俺たちは全員、国王陛下の客人だと言ったのは国王陛下本人だろ」

俺が口を開くと同時に、ボルトが口元に笑みを浮かべて、周りに威圧を放つ。威力の高いその威圧に皮膚がビリビリして心地よい。

「今ここでボルトを摑《つか》まえるということは、国王が招いた客人を罪人扱いする、ということで相違ないな。そいつがどれだけ不敬なことかわかるか？」

俺のはったりに、周りが戸惑《とまど》ったように足を止める。

咄嗟《とっさ》の出まかせだけれども、それなりに周りには通じたらしい。ボルトの威圧も効いているのか、騎士も一歩を踏み出せないでいる。

俺は周りをぐるりと見回して、最後、王様に視線を向けた。

「俺に、本当にここの王家の血が流れているってんなら、お前らが罪人だって指さした瞬間不敬になるわけだ。ボルトは俺の伴侶《はんりょ》だからな」

「な……っ！」

ボルトを知っていた騎士は、慌てたように俺とボルトを凝視した。流石にこの事実は王様も想定外だったらしく、驚いた顔をした。

「それでも俺に王位を渡そうとするわけ？　叔父《おじ》さん。俺をその席に座らせたら、ボルトは王配っつうの？　みたいなのになるぜ」

実際にボルトは処刑されるはずだった罪人なんだ。逃がしてもらって今も元気だけれど。

俺たちは実際に神殿で繋《つな》がりを得ている。それに、ボルトは俺に忠誠を誓ってしまった。王様が俺を兄の子供と認めている限り、ボルトにもおいそれと手は出せない訳だ。

ああ、あの時一緒に神殿に行っていてよかった。心からそう思ったのは、初めてだった。ずっとこれまでと変わりない生活をしていたから、婚姻の儀を受けたっていう実感もなかったんだけれど。

「……あの時の、子供が……」

王様がポツリと漏らした言葉は、思った以上に謁見の間に響き。

「罪人は罪人！　もしや亡き前王御子様の名を騙《かた》り、その赤毛と共謀しこの国に復讐《ふくしゅう》をしに来たのではあるまいな……！　コーレイン……！」

王様が何も言わないのをいいことに、誰かが「行け！」と叫んだ。途端に騎士たちがボルトに群がる。

ボルトは口元に笑みを浮かべたまま、鞄《かばん》からスッといつも持っている愛用の剣を取り出した。一振りで騎士五人の剣を一気に弾《はじ》く。

その攻撃は俺と獣人たちにも及び、一気に謁見の間は乱闘の場となった。

どこから現れたとツッコみたくなるほどの騎士たちであふれ、王様の姿も見えなくなる。

俺も騎士たちに囲まれたけれど、騎士の一人から剣を奪うと、それで応戦し始めた。

目指すは一番腹の立つ、あの騎士。

手近にいた騎士の肩を踏みつけ飛びあがると、部屋の隅のほうで喚《わめ》いているあの騎士を見つけたので、そのまま目の前に飛び降り、鞘《さや》に入ったままの剣を騎士の腹に叩きつけた。

手ごたえは十分だった。きっと肋骨《ろっこつ》の何本かはいったと思う。白目を剝く騎士を確認した俺は、今度こそわらわらと出てきた騎士たちの相手をし始めた。

広いはずの謁見の間は、気付けばボルトの姿も人波に紛れ見えなくなっている。

獣人たちも相応に暴れているらしく、時おり咆哮《ほうこう》が聞こえてくるし、時折騎士が宙を舞う。

そこで、何かの魔法の詠唱が聞こえてきた。

途端に身体《からだ》に黒い影がまとわりつき、動きが制限される。

「『影縛《バインド》』。衛兵、そのまま御子様の名を騙ったガキを連れて来い」

その詠唱を唱えた奴《やつ》と思しき声が、思ったよりも近くから聞こえてきたことに眉《まゆ》を顰《ひそ》めつつ、どうにか拘束が解けないかと抵抗する。けれど身体を動かそうとすればするほど拘束してくる影に、思わず舌打ちする。

「ルゥイ！」

ボルトの切羽詰まった声を聞いたときには、その魔法を使った男の所に引《ひ》き摺《ず》られていた。

力任せに引きちぎることのできない影が、腕や身体をガチガチに固める。ああ、これはダメだ。俺がボルトの枷《かせ》になる。

無理やり立たされ、首に腕を回される。ぐっと喉《のど》を締められ、息が苦しくなる。

「お前ら馬鹿か！　王が望んだ後継者にそんな仕打ちして、あとでどうなるかわかってんのかよ！」

「ルゥイ！　なんてことを……！　お前たちは、国王陛下のお言葉をそれほど簡単に覆してしまえるのか……！」

あの声は講師か。隣でアルフォードも声を上げている。あの憤慨はアルフォードらしいなと思うと、少しだけ焦りが消えた。

視界すら影が覆っていて周りは見えなくなっていたけれど、俺が拘束されたのを機に、乱闘が止まったのだけはわかった。いや、ボルトたちが抵抗を止《や》めただけか。

やっぱり俺は今、足手まといでしかないらしい。

「この者はコーレインが替え玉としてあげた偽物だろう。陛下、ご決断を」

勝ち誇ったような声が、耳障りすぎてイラッとする。

どこかで誰かが床に倒され、押さえつけられた音がした。

あれはボルトのいた方向か。

自分の不甲斐《ふがい》なさに歯嚙《はが》みしかできないのが、辛《つら》い。俺を見捨てろ、ボルト。獣人たちと逃げろよ。

そう言いたくても、顔を覆った影が声すら塞《ふさ》いでいる。こんな魔法があることに憤りを感じて、胸の奥が怒りで熱くなっていく気がした。

闇を打ち消すのは光。でも俺は、光魔法をほぼ使えない。っていうか攻撃系魔法はほぼできない。膨大にあると言われた魔力は、結局体内か魔方陣を描く指先じゃないと魔力を乗せることができなかったから、こういう魔法で来られるとひとたまりもない。自分が弱すぎて怒りが倍増しそうだ。

「コーレインを連れて行け！」

「ふざけるなよ、俺らの仲間をむざむざ殺させるために差し出すかよ！」

講師の声にも、俺を捕まえている奴が鼻で嗤《わら》う。

「動けばこの小僧がどうなるかわかっているのか」

俺はどうなってもいい。どうとでもなる。それよりも早くボルトを連れて逃げてくれ。早く。

奥歯を噛みしめて願う。

「やめろ」

突如玉座から威圧が放たれた。王様の声には、大型の魔物も動きを止めるのではないかという威圧が込められていた。穏やかな声のはずが、耳に入った瞬間心が冷えた。湧き上がった怒りの炎も一瞬で鎮火するほどの威圧だった。

ボルトや獣人の比じゃないそれは、俺を拘束していた男にまで作用していた。男が肩をビクッと震わせると同時に身体を拘束していた影が消える。そうか。こういうのは魔法を使った者を攻撃すれば消えるのか。いいことを知った。

自由になった身で、俺を捕まえていた男の腹に拳《こぶし》を入れ一瞬で床に沈める。

視界を動かすと、中央付近で騎士たちに抑えつけられていたボルトが見えたので、足に魔力を乗せて跳躍し、そのまま騎士たちを蹴散《けち》らす。

ボルトもすぐに立ち上がり、周りを牽制《けんせい》するために鋭い視線を向けた。

その頃になると、獣人たちも次々身体の自由を取り戻していった。

「この者たちは私の客人だと言ったはずだ。そこの者も罪人などではない。お前たちは、その私の客人に切りかかり、摑まえ、地べたに這《は》いつくばらせるなど、どういう了見だ」

王様が威圧を込めた声で静かに話す。

ああ、あの威圧の半分は、その手に握られているあの剣の仕業か。

いつの間にやら、王の手には美しくも禍々《まがまが》しい一本の剣が握られていた。

周りにいた偉そうな顔をした奴らが、一人残らず震えている。騎士たちもだ。

「へ……陛下、その剣を……おしまいください」

「なぜだ。お前たちがなぜ私に命令をする。私は兄に、臣下の暴走を止めろと諫言《かんげん》し、聞き入れてもらえずやむなくこの手を染めた。お前たちも兄の臣下の所業を見てきて憤っていただろう。それと今、何が違う。まったく同じことの繰り返しだろう。あの時、これから皆で国をよくして行こうと言ってくれたその言葉は偽りであったか」

震える臣下を見る王様の目は、どこまでも冷え切っていて、自分の座る玉座にすでに希望も何も持っていないのが、今日が初対面の俺にもよくわかった。

「何もかもが昔と変わらない。兄もひとつ足りない、私も王として立つには足りない。その足りないものを補えると思っていた臣下たちは揃《そろ》って私を傀儡《かいらい》にしようとする。私が傀儡になれば、兄を傀儡にしようとしていた者たちの代わりにお前たちが立つだけだ」

「そ、そんなことは……」

「ないなどと言うなよ。結局は私と兄が代替わりしただけで、何一つ国はよくならない。始まりがそもそも間違っていた。私は、ここに王として立った時からすでに敗者だったのだ」

今まで大きな顔をしていた者たちが震えあがっている。前に王様がその剣を手にした時は王の陣に与《くみ》していた者たちは、自分たちが王の前に立ちはだかったことで、ようやくその怒りを知った。

「私は、この国をよりよくできるのであれば、傀儡でも構わないと思っていたが、もう、その考えは捨てた」

王様の手にある剣がキィィィンと鳴る。

なぜかわからないけれど、なんとなく理解した。

今、目の前の王はその手の剣と対峙《たいじ》していると。

ボルトの近くに寄り添うと、ボルトは息を呑《の》んで王の手を見ていた。正しくは、その剣を。

もしかして、ボルトも惨劇の現場を目撃したんだろうか。あの時の子供、と呟《つぶや》いた王様が思い出したのは、どの場面なのか。

この謁見の間全体を血の海にし、一人佇《たたず》む王を、その眼で見たんだろうか。

そっとボルトの腕に手を添えると、ボルトは俺を守るかのように一歩前に出た。蒼白《そうはく》な顔で。

「リオンは、紛《まが》うかたなく兄の子だ。私は、この席をリオンに譲ろうと思っている。兄とその臣下をこの手にかけ、血に染まった玉座など、国民の誰も求めない。兄を不甲斐《ふがい》ない王だと罵《ののし》ったが、私こそが不甲斐ない王だ。この国は、唯一古代から生き残っている国。であるはずなのに、東の小国となり果てているのは、きっと私たち王族が不甲斐ないからなのだろう」

王様はゆっくりと歩を進め、入り乱れた人の間を通り、ボルトの後ろにいた俺のところまで来た。

俺の瞳《ひとみ》を覗《のぞ》き込《こ》む赤い瞳は、奥の部屋で会った時よりもさらに感情が消えていた。あの時はまだ、もう少し温かみのある表情をしていた気がする。けれど、この目の前にいる王様は……。

「リオン、どうか、この国をよりよい国にしてくれないか」

「え、やだ」

思わず本能で答えてしまった。

皆が身体をこわばらせているせいか、俺の声は思った以上に響いてしまった。

一瞬だけ、静寂が辺りを覆う。

少しだけ眉をよせて、王様がさらに続けた。

「お前が、正統な王の血筋だ」

「っつうかさ、俺の親がそうなら、その王の弟である叔父さんだって前の王様の血を引いてるから正統ってことだろ。血が繋がってんじゃん。何が正統で何が不当だってんだよ」

呆《あき》れていつもの口調が出てしまうけれど、王様は気にもせず表情に影を落とした。

俺はボルトを押しのけ一歩前に出て、王様を見上げた。

「私はこの身を血に染めてここに座った」

「俺は孤児院出なんだけど。まともな生活なんて、ここ数年しかしたことねえんだけど。冒険者がまともな分類に入るなら、だけどな」

俺たちの会話に口を挟む奴は誰一人いなかった。

むしろ講師なんかは呆れたような顔をこっちに向けている。アルフォードも何か得体の知れないものを見ているような目で俺を見ていた。ちょっとだけその目つきは胸に刺さる。

後ろから小さく「ルゥイ」とボルトに呼ばれたけれど、大丈夫と横目で頷《うなず》く。

「私は唯一誇れたのは、剣の腕だけだ。それでも、この『覇王の剣』に呑まれて負けてしまった。私にはここに立つ資格はない」

「俺が初めて剣を持ったのなんて数年前だぜ。誇れるものなんて何もねえよ。しいて言えば、子供をあやすのは得意だったな。うっせえチビがいたんだよ。泣き止ませないと大人に怒鳴られてたからな」

フンと鼻を鳴らせば、横からボルトが苦笑する気配がした。

「あ、でも去年冒険者ギルドでゴールドランクになったのと、ボルトとのことが神殿に認められたのは自慢だ。ゴールドになったのもボルトのおかげだし」

胸を張れば、王様はまたしても一度黙った。何を言ったらいいのかわからないようだった。

「……しかし」

「しかしとか言い訳すんじゃねえよ。叔父さんが王様なんだろ。いい国にしてえんだろ。んじゃそういうことを考えられるならそれはいい王様ってことじゃん。私利私欲で動く奴らなんてその剣で切っちまえばいいんだよ。武力が得意なんだからよ」

『我に口答えするな』

剣のことを口に出した瞬間、王様の口調が変わった。

剣からじゃなく、王様自身からさっき皆を凍らせた覇気が迸《ほとばし》る。

間近な距離で、不覚にも俺はその覇気を一身に受けて、一瞬動きを止めてしまった。

致命的だ。

『我はこの世を制するためにここに在るのだ。世の中が一つにまとまれば、戦《いくさ》はなくなり、真の平和が訪れる。我を手にした者がその頂点に立つことが我の使命。首を垂れよ』

まっすぐ目の前にある王様の目は、先程とは全く違う紅に染まっていた。

その瞳を間近で見上げると、フッと目の色が一瞬だけ元に戻る。

「グライ……っ、私を、止めろ……っ」

苦しげにそう言った途端にまた瞳が深紅に戻る。

でもその一瞬で硬直は解けた。もう同じ手は食わない。

『我は世を平和に導く者なり』

同じ口から、異なる声が謁見の間に響く。

それはとても異様で、俺は顔を顰めることくらいしかできなかった。

王様が剣を構えた。

『　　　　　　　　　　　　　　　　　　』

王様の口が何事か発音する。きっとこれは剣の意思。

それが耳に入った瞬間脳が警鐘を鳴らし、ボルトに抱きつくようにして、全身で後ろに飛んだ。

けれど、剣の斬撃が俺の腕を掠《かす》って壁を抉《えぐ》る。

その一撃で、腕に着けていた蒼獣《そうじゅう》に貰《もら》い受《う》け統括代理自ら加工を施してくれた青い羽根のアミュレットが宙を舞った。

熱い痛みと、それ以上の怒りが身体中《からだじゅう》を駆け巡る。

ボルトが俺の後ろにいてよかった。

掠ったのは、俺の腕だけだった。

横目で確認して、ガッと頭に血が上る。

この剣は今、一番俺が聞きたくない言葉を平然と言った。

二十五、覇王の剣

『まずは死にぞこないの逃亡騎士から切り刻んでやる』

確かに覇王の剣はそう言った。

どこか歪《いびつ》な殺意は、俺じゃなくてまっすぐボルトに向けられていた。

既に王様の目には自我が見当たらず、意識が乗っ取られているのがよくわかる。

視線を王様に向けたまま、俺は足元に落ちた羽根を拾った。

魔力を通せば、応えてくれるんだったよな、蒼獣。

握りしめて、魔力を羽根に流す。

すると、その羽がフッと光を帯びた。

『やはりあの者は剣に打ち負けたのですか』

少しだけ高い声と共に、目の前に大きな青い羽根が広がった。

この間よりも大きな姿で、蒼獣は目の前に現れた。まるで俺たちを守るように羽を広げて。

蒼獣は俺とボルトの前で羽根を広げたまま、王様の後ろにいた聖獣と口論し始めた
『その剣を早く手放してしまえ、と前にも言ったでしょう。どうしてそのまま持っているのです？』

『一度手放させたら、前王の二の舞だ。覇王の剣を持たない王は張りぼてだと笑いながら傀儡にするような輩《やから》が蔓延《はびこ》っている』

『グライ、どうしてあなたが付いていながらこんなことになっているのです』

『主《あるじ》に手を出すなと厳命されていて、見ていることしかできなかった』

『そんなこと言い訳にすぎません。彼《か》の者たちの愛したこの国を何度荒らせば気が済むのですか』

『その剣に言え。何度封じても主の激昂《げっこう》で現れるのだ。これに関しては我は何も手出しできない』

蒼獣は、今度は王様が手にしている剣に目を向けた。その視線を受けてか、剣の殺気が一時蒼獣に向く。

『うるさいぞ。そこをどけ』

覇王の剣で聖獣を追い払うようにしながら、王様の口から剣が言葉を紡ぐ。

『逃げ出す奴《やつ》など、一番使えない』

剣の言葉は、確実に俺の怒りのボルテージを上げていく。

蒼獣は全くひるむことなく、バサリと一度羽を羽ばたかせた。

『いいえ。あなたは全くわかっていない。この者に寄り添う騎士はあなたを唯一正当に扱うことのできたあの男に一番近しい強さを持っている。そのことに気付かないほど耄碌《もうろく》したのですか？　そんなポンコツならもう一度折れてしまえばいい。あなたなどより優秀な剣など、どこにでもおりますので』

ふん、と鼻を鳴らしながら蒼獣が言い切ると、王様の身体からより強い怒気が発した。

それを身体で防ぎながら、蒼獣は幾分優しい口調で俺に声をかけて来た。

『ルゥイ、今のうちにどこへなりとも行きなさい』

「無理だな」

剣を煽《あお》ったのはわざとのようだ。ボルトを連れて逃げるための時間稼ぎらしい。

でも、逃げるのは俺じゃない。

「蒼獣がボルトを連れてってくれ。俺は、こんな状態で逃げるなんて無理だ」

だって、さっきからグツグツと怒りが湧いてくるから。

この状態で逃げても、後悔しかしない。

あの剣と、ボルトを殺そうとしているこの国だけは。

『ルゥイ』

「あの剣は、俺がへし折る」

『どうやってですか。あなたは今、まともな武器もない』

蒼獣の咎《とが》めるような言葉に、俺はニヤリと笑った。

「あいつは、より優秀な剣士の元に来るんだろ」

あの王様はダメだ。すっかり気弱になってる。だからこそあの剣は余計に怒っているんだと思う。だったら。打ち勝てば、きっと自我を取られることもない。負ける気がしなかった。早くこの手に来いよ。叩《たた》き折ってやる。

「ルゥイやめろ！」

『……やめなさい。貴方まで取り込まれたらどうするのです』

二人の制止の声を無視して、蒼獣の羽根の下から前に進み、俺は自ら王様の前に出た。

何も感情を映さないその瞳を覗き込むと、俺はありったけの威圧を込めて口を開いた。

「そんな気弱な王様に縋《すが》りついて満足なのかよ！　こんな腐った国、俺が全部ぶち壊してやるよ！　なあ、『覇王の剣』！」

「ルゥイ！」

後ろからボルトの悲鳴のような声が聞こえてくる。

でも、この国は本気で壊したほうがいい。ボルトの敵であるこの国は。


手に、いきなり硬い感触が現れた。

王様の目が正気を取り戻す。

そして、俺の頭には、声がガンガンに響いてきた。

『お前が覇王となるのにふさわしい力を我に見せよ』

視線を下げると、今まで王様の手にあった剣が、しっかりと俺の手の中に収まっていた。

「は、覇王の剣が……！」

周りにいたこの国の重鎮たちの俺を見る目は、恐怖に染まっていた。今度は俺が皆殺しをするんじゃないかと。

後ろからは、獣人たちの警戒する気配もする。

そして、目の前の人物からは、安堵《あんど》の気配が。

肌に突き刺さる周囲の気配に、俺は嗤《わら》った。

「何がお前にふさわしい力だってんだよ。ここにいる奴らを血祭に上げりゃいいのか？」

『お前なら我をひと振りすればそれもできよう』

剣から感じる歓喜の気配に、いらだちが募る。

ギュッと剣を握り直し、身体強化用の魔力を身体中に行きわたらせる。

「私を、殺せ。私が兄にそうしたように」

王様が、自分の手から剣が消えたことに安堵の表情を浮かべたまま、両手を開いた。まるで自分を切れとでもいうように。

王様と連動するように、剣も『目の前の者を切れ』と発破を掛ける。

『共に天下をとれ』

『不要な者は切り捨てろ』

『覇王になれ』

グルグルと頭の中で剣の声が響き渡る。

黙れ。うるせえ。

じわじわと侵食してくる覇王の剣の気配に、息が詰まりそうになる。

大丈夫だと思ったけど、少しだけきついな……。

ぐっと奥歯を嚙《か》みしめ、その不快な侵食に耐えていると、後ろに誰か立つ気配を感じてハッと顔を上げた。

後ろから抱き込まれて、剣を持つ手に大きくて大好きな手が重なる。

「一人で無茶するんじゃねえよ」

耳元に落とされる大好きな声に、俺の中の気配が少しだけ引いて身体が軽くなった気がした。

「ボルト……」

「よく耐えたな。俺にも全部聞こえてる。なるほど、陛下はこの声に悩まされていたのか。確かにうるせえな」

ボルトの言葉に、俺と王様が目を見開く。

こんな声が聞こえてるって……。

重なっている手に視線を落とし、そして肩越しにボルトを振り返ると、目が合った瞬間ボルトが苦笑した。

「そんなに驚くなよ。俺とルゥイはちゃんと繋《つな》がってるだろ。おかしなことなんて何もない」

「繋がってるって……」

「二重に繋がってるよ。一緒に神殿に行ってきただろ。あの繋がりはこういうところでこそ効力を発揮するもんなんだよ」

確かに、婚姻の儀と忠誠の儀を受けたけれど。

──こんな危ない剣に対峙《たいじ》する時まで繋がっているとは思わなかった。

「危ないから離れてろっていうお願いは……」

「聞けねえな」

ボルトの声に、心臓が跳ねて、胸がぎゅっと絞られる。

確かに感じる繋がりに、湧き上がるのは喜びだった。

こうして手を重ねている間にも、剣は叫び喚《わめ》いている。

『覇王となれ！』

せっかくボルトに惚《ほ》れ直しているところに水を差された気分になる。

『力を見せよ』

ぐわっと手にした剣から何かが流れ込んでくる。

今までのただ騒いでいる状態とは違う、身体の中から支配しようとするその気配に、身体を硬くした。


『覇　王　と　な　れ』


耳元でガンガン大きな声で叫ばれているような五月蠅《うるさ》さと頭の中で訳のわからない感情が爆発しそうな熱さが身体の中をじわじわと蝕《むしば》んでいくような錯覚に陥り、口から唸《うな》り声《ごえ》が漏れる。

これに負けたら、俺もここで大量虐殺をして、この剣に血を吸わせてしまうのはわかっているのに、身体が言うことをきかないし、耳鳴りが酷《ひど》くて周りの音が聞こえない。

「くそ……っ」

悪態を吐《つ》いた瞬間、剣を握る手が大きな手にぐっと握りしめられた。

「ルゥイ」

耳鳴りで音が聞こえないはずなのに、その声はすんなりと俺の耳に入ってくる。

「ルゥイ。大丈夫。俺がいる。俺が支えるから」

優しい声音で、ボルトの声が胸に響く。重なった手から、ボルトの体温が感じられて、まだ剣に自我を奪われていないことを自覚してホッとする。背中にあるボルトの気配が、ぬくもりが、俺を現実に引き戻してくれる。考えることを放棄しようとする脳を活性化してくれる。

でも、違う。違うんだよボルト。

俺は支えて欲しいわけじゃない。ボルトの存在が全身で感じられるからこそ、そう思える。

それが、嬉《うれ》しい。

「……お互い、背中を預け合える、そんなのになりたいんだよ……っ!」

心のままに叫ぶと、ほんの少しだけ身体の自由が戻ってきた気がした。

ボルトは俺の手の上から剣を握ったまま、俺の耳元で口を開いた。

「なあ、『覇王の剣』よ。ルゥイは俺のものだから、ルゥイの身体を好き勝手するのはやめてくれねえか?」

俺の中で暴れている剣に語りかけるボルトの声音は、穏やかそうに聞こえるけれど、かなりの怒気が込められていた。

ああ、確かに。この身体はもうボルトにしか何一つ許す気はない。

それがこんな風に侵食されるなんて最悪だ。

必死で顔を動かしてボルトに視線を向けると、ボルトの額には汗が滲《にじ》んでいた。

ボルトの中でも剣の意識が暴れているんだと気付いた瞬間、カッと頭に血が上った。

こいつ、ボルトの中で何しやがる。

ボルトは、俺の大事な人で、俺の唯一で、俺だけのボルトだ。

怒りが湧き上がった瞬間、フッと身体の中で一切の抵抗がなくなった。

怒り心頭のまま、俺は剣に渾身《こんしん》の言葉を投げかけた。

「うるせえばーか！」

剣の覇気は周りの奴らにも影響していたらしく、重苦しくて静かな空気の中、俺の声は謁見の間中に響き渡った。

「誰が王様になんかなるかばーか。そういうの俺にできると思ってんのか！　おい剣！　お前さ、王様になる奴の資質も見ないで覇王になれとか、ぬかしてんじゃねえよ！　力だけで玉座乗っ取ったところで、まともな王様になんざなれるわけねえだろうが！」

ボルトの手ごと腕を振り上げ、力任せに覇王の剣を振る。

すると、王様の横を剣の風圧が抜け、玉座がバラバラに崩れ落ちた。ついでに壁も。

高そうなカーテンが掛けられた細工の美しい壁は、俺の今の一撃で無残にも瓦礫《がれき》と化した。瓦礫の向こうには、王の執務室なのか控えの間なのか、豪華な内装の部屋が丸見えになっていた。

「そんな浅はかな考えで『覇王の剣』なんて名乗ってんのかよ、恥ずかしい奴だな。てめえほど使えねえ剣は初めてだ。しかも人の身体乗っ取ろうとするし！　ボルトの身体まで好き勝手しようと

しやがったな!?　絶対許さねえ……！」

『使えない、だと……？』

剣もまた、怒気を孕《はら》んだ声で俺たちを絡め取ろうとする。

けれど、もうそんな怒気はなんとも思わなかった。

ふん、と鼻を鳴らして剣を持ち上げると、その真っ赤な刀身を睨《ね》め付《つ》けた。

「使えねえだろ。クソ生意気だし人の話聞かねえし剣を持った奴《やつ》を勝手に操ろうとするし、そのくせ主張だけは一丁前で、かといって周りを壊す以外能がない。剣として最悪だろ。剣ってのはなあ、まるで身体の一部のように操れる、従順でクールなのが最高の剣なんだよ。一体感がねえと強い魔物なんて倒せる気がしねえ。そこからして、てめえは落第だ。身を任せる気にもならねえ」

『それはお前の腕が我にふさわしくないからだ！』

「てめえが俺にふさわしくねえの間違いだろ。剣ってのは使う奴がいねえと絶対に力を発揮できねえんだよ。その自分の力を発揮してくれる奴に敬意も表せないような奴は、誰にも信用してもらえるわけねえだろ」

——お前は、俺の命を預けるのに、値しない。

ハッキリとそう言うと、剣からの威圧がガクッと減った。

覇王の剣との攻防に競り勝った瞬間だった。

◇◇◇

周りを包んでいた重苦しい程の威圧は、剣の意気消沈と共に消え去った。

途端に周りから聞こえる安堵の息。

王様はじっと俺を見つめている。周りの奴らはびくびくと俺の挙動に怯《おび》えている。

振り返ると、アルフォードを抱きかかえた講師と獣人たち、そして蒼獣《そうじゅう》が何かを言いたそうに俺を見ていた。

重ねられていたボルトの手が緩む。

剣を床に投げ捨て振り返れば、ボルトが笑顔で俺を見下ろしていた。

「ルゥイ……お前最高だ」

「ボルトが一緒じゃなかったら、多分俺負けてたかも」

「俺が負担できたのは、ほんの少しだけだろ。全部ルゥイの力だよ」

ボルトの手が俺の額の汗を拭《ぬぐ》う。

その手が嬉しくて、俺はボルトに抱きついて、その穏やかな顔を見上げた。

「帰ろうぜ、ボルト。学校が始まっちまう」

ボルトの返事を待っていると、後ろから王様が声を絞り出すようにして、宣言した。

「待ってくれ。王家の血筋の証《あかし》である『覇王の剣』は、我が甥《おい》リオンの元へと下った。その剣を御すことのできるリオンだけが王位に就くことができる。よって、次期国王はリオン・グランデ・フォルトゥナとする」

「はぁ!?　ふざけんなよ！」

いきなりの次期国王宣言に、俺は不敬という言葉も忘れて声を上げた。

ようやくまとまりかけてたのに。このままうやむやにしてペルラ街に戻ろうと思ってたのに。

俺の怒声など気にもせずに、王様は首を横に振った。

「ふざけてなどいない。もともと、私には王の資質がなかった、と言ったであろう」

「俺にその資質があるってのかよ」

「ある」

「笑い話にもならねえよ」

「冗談事ではない」

そうだろうな。謁見の間で、臣下が周りにいる状況で、次の国王を指名とか、冗談じゃない。

あくまで真顔な王様に、俺は額に青筋を立てながら足下を指さした。

指した指の先には、さっき捨てた剣が落ちている。いつの間にやら、剣は抜き身ではなく、鞘《さや》に収まっていた。

「これ、いらないから返す」

「返されても困る。もう、きっと私はそれを扱えないし、私には応えないだろう」

俺の言葉に、王様は戸惑《とまど》ったように足下と俺の間でせわしなく視線を動かした。

何やら触りたくないような雰囲気が出ているけれど、俺も全く同じ気持ちだった。

「なんでわかるんだよ。やってみないとわからねえだろ」

「……それを手にして、私がまた暴君になったらどうしてくれる。責任もって国を立て直してくれるというのか？」

「うわ、無理。でもこの剣マジでいらねえし」

剣を拾おうとしない王様に「やれやれ困った王様だ」と溜息《ためいき》を吐きながら、俺は覇王の剣を見下ろした。

「……待てよ」

ふと、落ちている剣の持ち手部分が目に入った。

そこにはとても繊細な細工が施されており、ハッとする。

改めてまじまじと剣の細部を観察すると、細工は流石《さすが》としか言いようがない程に美麗だった。剣の鞘に塡《は》まった石は、多分魔石で、魔石は宝石よりも価値がある。

「……冒険者ギルド、買い取ってくれねえかな」

俺の呟《つぶや》きは無情にも謁見の間に響き、緊張を孕んだ空気は一瞬で霧散したのだった。

二十六、刻の魔術師

俺とアルフォードが聖獣に拉致《らち》されたという話を耳にした統括代理がフォルトゥナ国の謁見の間に現れた時には、騒動は既に終盤を迎えていた。

統括代理たちは、床に投げ捨てられたままの『覇王の剣』と、俺とアルフォードを助けに来た獣人たちとのやり取りの現場を目撃して、絶句していた。

「お前がこの国の王になるなら、俺たちは喜んで手を組もうと言っているんだ」

「だから、ならねえって言ってんだろ」

覇王の剣が覇気をなくしてから、獣人たちはなぜか俺を認めて、こんなことを言いだしていた。

「しかしお前程王にふさわしい器はないだろうし、このままこの国を捨て置くとこの国はどんどん朽ちて行くぞ。お前が治める国がどのようになるか、俺は見てみたい」

「んなの俺が知るかよ……」

何を好き好んでここで王様になれなんて言うのか、本当に意味がわからない。

なんだか覇王の剣を御したことで、獣人たちに気に入られたらしいんだけれど……。

周りで覇気に負け気を失っていた大臣たちは、すでに縛られてひとまとめにされているし、ボルトが罪人だったことはすでに王様が取り消してくれている。だったら、もう大手を振ってペルラ街に帰ることができるってもんなのに。

俺の気持ちを読んだのか、獣人がふぅ、と溜息を吐《つ》いた。

「この国はボルトの生まれ故郷だ。番《つがい》の故郷を大事にしないなど、信じられないな」

「……くっそ、そこ突いてくるのかよ」

「ルゥイ、俺のことはいいから気にせずあの街に戻ろう」

盛大に舌打ちすると、ボルトがそっと囁《ささや》いて俺の腕を取った。

「お前が玉座を退けるのであれば、我らもまたこの国から手を引くだけだ。残念だ。また昔のように人族と手を取ろうと思える相手に出会えたのだが……」

じろりと人族とは違う瞳孔《どうこう》に見つめられ、俺は盛大に顔を顰《しか》めた。

きっとこの気持ちも何もかも見透かされてるんだろう。

そして、俺の弱みですら。

「スタント、お前の番は自分の国から我らの所へは出てこられぬのだろう。これを俺が言うのは身を引き裂かれそうなほど苦痛だが……番を諦《あきら》めて、村へ帰れ」

獣人の長《おさ》がそう言った瞬間、講師はぶるぶる震えてアルフォードの身体《からだ》をぎゅっと抱き締めた。

半泣きで「長は俺に死ねって言ってるのか！」と怒鳴るのを聞いて、眩暈《めまい》がしてくる。

「てめえ！　卑怯《ひきょう》すぎるだろ！　今度はアルフォードと講師で脅してくるのかよ！」

「我らにこうして噛《か》みついてくる人族など、そうはいないからな。こう言ってでも引き留めたいと思っているんだが」

「ふざけんなよ……」

背中の毛を逆立てるように獣人を睨《にら》み付ける俺の腕を引いて、ボルトがそっと前に出た。

「てめえはしっぽ巻いて一人で村に帰ればいい。ルゥイに何かを強制するなら、俺が相手になる」

俺が売ろうと思っていた喧嘩《けんか》は、ボルトが即行で売ってしまった。

今度はボルトと獣人の睨み合いが始まり、余計に場が混乱していく。

王様は半ば呆然《ぼうぜん》と突っ立っていて、覇王の剣を拾いもしない。

騒然とした空間の中、何とか状況を呑《の》み込《こ》んだ統括代理がようやく我に返った。

「……どうして、壁が半壊に」

統括代理の呟きに、俺はフンと鼻を鳴らして答えた。

「俺が壊しました」

「え……ルゥイ君が？　え、俺の中で一番常識があると思ってたのに」

本気で驚いた声を上げた統括代理に、何だよそれ、と半眼を向ける。

王様は何も口を挟まず、ただ足下の覇王の剣を見下ろしていた。

その視線を追って、ようやくいらない剣の処分方法をどうしようか悩んでいたことを思い出した。

「あ、そうだ。統括代理、この剣さあ、煩くていらないから買い取って貰《もら》えませんか。装飾とか立派だし切れ味も抜群だから高値いくでしょ」

俺が足下の覇王の剣を拾って統括代理に差し出すと、渡された統括代理は、しばらくの間手の上の剣を見て呆然とし、その後……盛大に噴き出した。

「待って、ちょっと待って。覇王の剣を売るって……売られるとは思わなかったよ！」

「だってギルドではこういう不要な武器の買い取りもしてるじゃないですか」

「あははは！　不要！　覇王の剣が不要なんだ！」

「うるっさいし不快だし使えないし信用できないし。最悪の剣です」

表情を取り繕うこともせずに本音を言えば、統括代理はとうとうその場に膝《ひざ》をついた。そして肩を震わせる。笑いすぎだろ。

ボロクソに言われた覇王の剣は、統括代理の手の中にあっても、今はとても静かなものだった。

統括代理の笑い声で、場の雰囲気が何やら温《ぬる》いものに変化してしまう。

そのおかげというかそのせいというか、獣人との攻防戦はうやむやのまま一時休戦となった。

王様もようやく我に返って、統括代理に視線を向けた。

「いい所に来た、ギルドサブマスター。あなたなら王位継承手順も心得ているでしょう」

王様は統括代理の倒れ伏した状態を気にすることもなく、一歩前に進み出た。

「王位継承の儀を今この場で行いたい」

またしても勝手に言い出した王様に、俺はやめろと制止の声をかけた。

「だーかーらー、そもそも、俺に王様が務まると本気で思ってるのかよ！」

「思っているからこそ、述べている。リオンのその気概、剣に打ち勝つ精神の強さ、そして、その不思議な色合いの我の強そうなまっすぐな瞳《ひとみ》。どれをとってもフォルトゥナ国の王たるにふさわしい、と私は思う」

淡々と答える王様は、すっかり王様を辞める気満々のようだった。さっきまで確かにあった王様の威厳的なものがすっかり消え失せている。そして何やら生き生きとしている気がする。気のせいだと思いたい。

王様という職業がそんなにすぐ辞められるとは思えないけれど、王様は本気で俺に王冠を渡そうとしていた。いやどう考えても無理だろ。

俺の常識とフォルトゥナ国の常識は違うのかな、と首をひねっていると、統括代理が首を横に振った。

「俺には継承の儀を行う資格はありませんよ。それができるのは教皇猊下《げいか》だけです。それは古来からの決まり事。もしも王位返上したいのであれば、それなりの手順を踏まなければなりません」

「誰か、猊下を呼べ」

統括代理の言葉を聞いた王様が周りに声を掛け、縛られてまとめられている部下たちを見て、ハッとする。幸いにも誰一人動ける者はいなかった。

「そもそも、陛下はどうしてルゥイ君に王位を返上したいのですか？　確かに、ルゥイ君は先祖返りと言いますか、初代の血がとても濃く現れていますけど。俺は初代から知っていますから……陛下が愚王でもなんでもなく、ちゃんとこの国を導こうとしているかなりの賢王だというのは知っています」

溜息と共に統括代理の口から零《こぼ》れた言葉に、王様の瞳が揺れる。

「私はそんな大層な者ではない……」

「そもそも、覇王の剣の思惑と、陛下のこの国を憂う心が呼応してしまってあの悲劇が起きたんです。終わったことを悔いていても仕方ありません。あなたがルゥイ君に王位を渡したいのはわからないでもないけれど、そもそも血筋っていうのは、この国に限っては、あまり意味がないんですよ」

「意味が、ない……」

ぐっと王様の手が握られたのが目に入った。俺も似たようなものだ。だって、血筋に意味がないということは、俺が今回巻き込まれたことが無駄なことだったたって言われてるようなものだ。

でも、ボルトの腕が俺の身体を包み込んでくれているからか、そこまでの衝撃はなかった。

そんな俺たち二人の様子を確認した統括代理は、肩を竦《すく》めて「そうだね」と口を開いた。

「皆、知らないらしいから教えてあげるけどね。そっちで転がっているこの国の重鎮さんたちもよく聞いてね」

統括代理に指さされ、この国の国政にかかわっていたであろう奴《やつ》らは震えあがっていた。

それにしても意味がないってどういう意味だ、と眉《まゆ》を顰《ひそ》めていると、統括代理が説明してくれた。

「……この国の初代国王陛下って、それまでのこの国の王家の血なんて一滴も流れていないんだよ。奥さんが一応第三王女だったたってだけ。だからこそ、初代って言われてるんだ」

その初代国王は、俺たちが住んでる大陸がまだ人の住めない土地だった時に、その元凶を潰《つぶ》した勇者と呼ばれていた。その初代の髪と瞳の色が、まさに俺とそっくり同じ、鮮やかな赤だった。しかも怒ったときに、その深紅の瞳が緑に輝いた。

「どうしてそんな人が王……正しくは王配なんだけど、になったのかというのは、当時の王家が、勇者の愛娘《まなむすめ》をその権力をもって王家に取り込もうとしたから。勇者はそのことに怒って王家を完膚なきまでに叩《たた》き潰したんだ」

統括代理の語る初代国王に関する内容に、誰一人声を発することができなかった。

そこらへんは、王宮の書庫あたりに年表とかあるんだろうと思う。王様だけはその話の内容を知っていそうだったから。

それでね、と続けた統括代理は、一人ククク笑いを零した。

「その時、その手には怒りに反応した覇王の剣が握られていて、勇者の振るった一撃は、謁見の間のそれは見事な装飾の壁を砕き、奥の王様の部屋を丸見えにさせて、もう二度と娘に手を出す人を出さないように威嚇《いかく》したんだよ」

含み笑いをしながら建国の隠された話をまるで見て来たことのように話す統括代理は、チラッと俺を見てから、無残にも崩れ去った壁に視線を戻して、肩を震わせた。ほんと、おんなじ、と呟いているけれど、まさか当時見ていたわけじゃないよな。何百年前のことだよ。

「ここからが大事な話なんだけど、その当時の宰相《さいしょう》はとても優秀で、滅びようとしているこの世界を何とか止めようとしていたんだ。具体的に何をしたかっていうと、交流が断絶していたエルフや獣人と交流し手を組んで、魔力量が多く汚れた大陸でも活動することができた若者四人に世界をゆだね、その者たちに支援を怠らなかった。最終的に世界の崩壊は止まり、大陸も人の住める状態まで回復することができた。本当にすごく優秀な宰相だったんだ。自身の人生をすべて世界を立て直すのに賭《か》けて」

ふぅ、と息を吐いた統括代理は、震えあがっている宰相にちらりと視線を向けて、残念そうに首を横に振った。

「今の宰相とは全然器が違うよねえ」

しみじみそう言われ、宰相は目に怒りを込めて、統括代理を睨みつけた。そこで怒るあたり、統括代理の話す初代国王時代の宰相との器の違いが顕著だよな。

統括代理は手にした覇王の剣を弄《もてあそ》びながら、周囲に視線を巡らせた。

そしてもう一度壁を見て、肩を震わせた。

「俺的にはね、ルゥイ君はまさに初代国王みたいになれると思う。気質もそっくりで。伴侶《はんりょ》を大事にするところまでそっくり。初代国王も最初は玉座に座ることを滅茶苦茶嫌がっていたんだ。平民が王様なんてなれるわけないだろって。ただ、一緒に大陸を旅した仲間がソレイル大国の王様になったから仕方なしにって感じだね。大陸を人の住める地にしたくて動いていた仲間を助けるために」

統括代理のその視線は、壊れた壁を見ながらも、違う時代に壊れた壁を見ているような、そんな雰囲気だった。

「まあ今は優秀な宰相も同じ立場に立つ仲間もいないから大変さは王子の比じゃないけどね」

「もしかして、統括代理は本人たちと面識がある……？」

思わず口に出すと、統括代理はふっと目を細めた。

「だって俺は、エルフの血が流れてるハーフエルフだから」

ニッと口角を上げる統括代理は、あいまいな答えを返してくると、講師にがんじがらめに抱きしめられているアルフォードに視線を向けた。

「アルフォード君が歳《とし》を重ねてもう少し精神が柔軟になったら、そんな偉大な宰相になれるかもしれない。根がとてもまっすぐで、人間性がとても綺麗《きれい》だから。当時の宰相によく似ているよ。その優秀な宰相が当時の教皇猊下と手を組んで、あれよあれよという間に勇者を玉座に据えてしまったわけ。本人不本意のまま。みんなびっくりの早業だったよ」

今のこの国は、昔獣人に見限られた時と同じような雰囲気だという。貴族が国を食い物にして、我が物顔で、自分たちに都合の悪い獣人を悪し様《あざま》に罵《ののし》り、国から追い出し……。獣人たちもそんな国に執着する気はなく、それほど時間をかけることなく、その他の国、もしくは自分たちの国に散らばっていったという。獣人たちがいなくなり、更にこの国は腐敗した。

その腐敗した国に、流されるように呑まれてしまった兄王を諫《いさ》めようと思って行動を起こした王弟――今の王様は、一番の味方であるはずの覇王の剣を抑えるのに必死で、周りのことまで全てを統《す》べることなどできなかった。

王様は王位に振り回され、覇王の剣に振り回され、そして自分を担ぎ上げた者たちに振り回され、最底辺の国を何とかギリギリ独りで支えている状態だった。

そしていつしか王様も兄王の二の舞になっていた。救いなのは、本人がそれを自覚して、悔いて足掻《あが》いていたこと。それがなければとっくにこの国は堕《お》ちるところまで堕ちていたらしい。

「ってことは、王様の治世はまだましだったたってことか……」

「ラファエル陛下は周りに味方がごく少数しかいない状態で、何とか周りを御そうと頑張っていたからね。でもこの剣が厄介で」

「覇王の剣が？」

統括代理が無造作に覇王の剣を持ち上げる。今もまだ反応はなく、静かなものだ。よほど俺が使えないといったことが効いているのかもしれない。剣に自尊心というものがあればだけれども。

「ラファエル陛下が激昂《げっこう》するたび覇王の剣に惑わされそうになって、暫《しばら》くはそれを抑えるのに神経を向けてしまうから、色々と無防備になってしまうんだ。その隙をつくのが上手《うま》い奴がいたんだろうね、そこらへんに」

統括代理の一睨みで、怒っていたはずの宰相も心なしか身体《からだ》が引けている。その周りに固められている騎士たちも、統括代理に迫力で負けている。

ボルトは対等にやりあってるのにな、と騎士たちからボルトに視線を移すと、ばっちりボルトと目が合った。途端にふっとその目が細められて、回された腕に少しだけ力が入った。

統括代理は王様に向き直ると、まるで幼い子に注意するように腰に手を当てた。

「ラファエル、どうしてギルドに助けを求めなかったんです。うちのギルド、助けを求める声を聞かないと動けないの知ってるでしょ」

呼び捨てにされたことを咎《とが》めることもせず、王様は俯《うつむ》いた。

「それは……してはいけないことだ。ギルドに手を伸ばすことは、すなわち私は王として力の足りない者だと認めることになってしまい、一瞬にして権力の亡者に呑まれて終わりだ」

「ああ……まったく。そこまでまっすぐなままなんだね。よく一人で頑張ったね、ラファエル」

「……」

ぐっ、と手を握りしめた王様に、統括代理は親し気にその手を取った。王様はもう片方に握られている覇王の剣を少しだけ気にしていたけれど、振り払ったりはしなかった。そういえば前も統括代理は王様をあの子呼ばわりしていたような気がする。親し気な口調に、統括代理の人脈の広さを垣間見て恐ろしくなった。

王様の視線に気づいた統括代理は、持っていた覇王の剣を無造作に俺の手に握らせた。

「ルゥイ君。ごめんね、俺はその剣は買い取れない。そんな駄剣、お金を貰ってもいらないからね。俺たち冒険者ギルドは必要なものは高く買い取るけれど、使えないものは買い取らないんだ」

「そうっすか……」

いい値で売れると思ったのにな、と少し残念に思っていると、でもね、と統括代理が続けた。

「高値で買い取ってくれる人なら知ってる。紹介してあげるよ」

にこやかにそう言った統括代理は、懐から携帯端末型魔道具を取り出して、どこかへ連絡を入れた。

「ねえ、今暇？　買い取って欲しいアーティファクトがあるんだけど……」

何度かやり取りをして通話を切った統括代理は、少し待っててね、と俺に向かって楽しげにウインクした。

◆◆◆

統括代理が誰かに連絡を入れてほんの少し後。

俺とボルト、そして王様と統括代理の前に魔方陣が出現した。

目の前で展開される魔方陣に目を奪われていると、そこからフードを被《かぶ》った一人の人物が現れた。

「お呼びでしょうか統括代理《サブマスター》。アーティファクトとは一体？」

統括代理に声をかけたフードの人の声に、俺は目を見開いた。

その声が、その姿が。

あの、幼い頃に俺に声をかけてきたローブの旅人とぴったり重なる。

視線を男に向けると、フードの男と目が合った。

『聡明《そうめい》そうなそこのあなた。あなたは下級学校のさらに上の学校に行きなさい。きっと、あなたの未来の道が拓《ひら》けますよ』

記憶から、俺の行き先を決めるきっかけになった言葉がよみがえる。

ああ、あの時の旅人は、この人だ。

朧気《おぼろげ》だった記憶が、一瞬で鮮やかに脳裏に浮かんできた。

――目の前の男が『刻《とき》の魔術師』。

俺が思い出したことに気付いた男は、ふわりと柔《やわ》らかく微笑《ほほえ》むと、フードを取った。

美しいオレンジ色の髪は記憶よりも丁寧に整えられているけれど、記憶と同じ顔と声だった。

「お呼ばれしまして『覇王の剣』を買い取りにまいりました。フォルトゥナ国の商人にございます。これも何かの縁、高値で買い取らせていただきます。……お久しぶりですね」

最後の一言だけは、すぐ近くにいる奴にしか聞こえないくらい小さい声だった。

『刻の魔術師』が商人だったという衝撃と共に、統括代理すら嫌がった『覇王の剣』を高値で買い取ってもらえるという言葉に惑わされた俺は、王になれと言われた時よりもだいぶ混乱していた。

お久しぶり、と俺の方を見て言った言葉は、統括代理に向けてじゃなくて、俺に向けた言葉のようだった。ってことは、あの小さかった俺のことを『刻の魔術師』は覚えているってことだろうか。

呆然《ぼうぜん》と『刻の魔術師』を見上げていると、弧を描いた口に、人差し指が添えられた。

これは、ここで『刻の魔術師』だとバレるのはよくないってことなんだろうか。

統括代理に視線で助けを求めると、微苦笑で返されてしまった。

「はいこれ。売りたいって言ってたのはルゥイ君ね」

「わかりました。買い取り額は彼にお渡しすればいいんでしょうか」

ニコッと『刻の魔術師』に微笑まれてしまい、慌てて否定する。

「待ってくれ。その剣は最後に使ったのは確かに俺だけど、もともとはそっちの王様の剣だからさ。この国の王の証《あかし》、だっけ？　俺、王様じゃないから持ち主はそっちだよ」

王様に確認すると、王様は首を横に振った。

「その剣が選んだのはリオン……ルゥイだ。剣も玉座も好きにするといい」

「だから、いらないって……」

この王様、やっぱり俺に王位を渡す気満々だ。確かに王様業を続けるのは大変だと思うけど、適材適所ってものがあるだろ。まともな生活すらほぼしたことがない俺が王様なんて職に就くのは、無謀以外の何ものでもない。この国が傾く未来しか見えないって。

思わず嘆息すると、『刻の魔術師』がおや、と王様に視線を向けた。

「いつからここでは『覇王の剣』が王の証となったのでしょうか」

不思議そうな顔で剣を見下ろす『刻の魔術師』に、王様が丁寧に説明する。

「フォルトゥナ国を建国した勇者が手にしていた剣がその剣だと、その剣を手にすることができた者が王として立つと文献に書かれていた。その文献をもとに、その剣を扱える者が王の証だといわれてきた」

王様の言葉に、『刻の魔術師』は首を傾げた。

「……確かに、この剣の本来の力を出すことのできる者は覇王足り得る力と心を持つにふさわしい者、と言われてはいるのですが……いつの間にやらおかしな伝承ができ上がっていたようですね」

「おかしな……伝承？」

顔を顰《しか》める俺と王様に、『刻の魔術師』は、困ったように眉《まゆ》を寄せた。

「この国がフォルトゥナと呼ばれる以前のことは、今に伝わっていないのでしょうか」

「古い文献はすべて前の国の者たちに焼かれたと伝えられている」

「焼かれた……ああ……」

王様の言葉に、何か思い当たることでもあるのか、『刻の魔術師』は深く嘆息した。

「では、古い文献を知らない皆さまに、この剣の歴史をお教えしましょう」

『刻の魔術師』は、覇王の剣を胸に掲げると、まるで舞台上の役者のように優雅にお辞儀した。

◆◆◆

「この剣は、もともとはここではなく大陸で作られた一振りの剣でした。その国では当時愚王が民を苦しめており、民は次の日の食料にも困るほどでした。その王がいる限り、民は命を脅かされるとして、一人の男が一本の剣を手に立ち上がりました。そして男は大勢の民と共に、愚王を討ち取りました。英雄と呼ばれたその男が持っていた剣には『偉大なる剣《グランセイバー》』という名を与えられ、讃《たた》えられました。さて、愚王の討たれたその国を平和に導かんと、男は剣に銘を刻みました。すると、剣が『覇王の剣』と名を替え、自我を持つ聖剣となり男と共に玉座で国を支え、見守りました……もう、千年以上前のことです」

もともとは大陸の剣だった、というところに、王様は驚いているようだった。

俺としては、どんな起こりで剣ができたかとかそこらへんは問題じゃない。買い取ってもらえるとなったら価値が高いか高くないかが一番の問題だったし、それほどに古い剣なら価値が下がるのでは、とハラハラだ。

けれど、自我を持つに至るような銘を刻んだという言葉は少しだけ気になった。その文字は鞘《さや》に隠れて見えなかったけれど、どんな銘が刻まれているのか。さっきは全然剣に注目してなかったから見てなかった。

「しかしその平和は長くは持ちませんでした。何代目かの王はとても欲深く、その欲から大陸全土を人の住めない魔の地と化してしまいました。そして、その魔に取り込まれた王は、魔の王となり、欲のままに人々を、街を、そして大陸全土を呑《の》み込《こ》んでいきました。命からがらこの国に逃げて来た者たちは本当にごく少数で、大陸はほぼ全滅したと言っても過言ではなかったのです。その強欲王の時代も王の愛剣だった『覇王の剣』は、銘を、名誉をその愚王に傷つけられて、一度力を失いました」

一旦《いったん》言葉を止めると、『刻の魔術師』は俺に剣を差し出して「鞘から抜いてくださいませんか」と囁《ささや》いた。

「俺が？」

「ええ。あなたが」

ご指名に眉間《みけん》に皺《しわ》を寄せながらも、俺も銘が気になったので、柄《つか》に手をかけ鞘から抜く。その剣は抵抗なくするりと抜けた。先程までの煩い程の主張は、今は全く聞こえてこなかった。

剣には、文字が刻まれていた。

『我永久なる太平の世へ導かん』

あの叫びのどこに平和を願う心があるんだとちょっと呆《あき》れたけれど、なんとなく、剣の性質はわかった気がした。

「この剣がこの国にあるのは、偶然、フォルトゥナ国を興した勇者が、たまたまその時愛用していた剣というだけの話で、別にこの剣を使える者が王になるという決まりごとはありませんでしたよ」

『刻の魔術師』は、笑顔でフォルトゥナ国の伝承と言われていた内容をぶった切った。

王様は、会心の一撃を食らったような顔をしていて、そこで初めて少し気の毒だと思ってしまった。

「なんていうか、平和に導こうとして波乱の世にするとか、本末転倒じゃねえのこの剣」

改めてしげしげと刻まれた文字を見つめて呟《つぶや》くと、ボルトも肩越しにその剣を覗《のぞ》き込《こ》み、嘆息した。

「確かにな。ま、ここはもともと平和なんかじゃなかったけど。表面上は平和に見えても、裏は酷《ひど》いもんだった。腐敗してたっていうのか。俺の父もそのことをいつも嘆いていた」

今現在も腐敗しまくっている宰相《さいしょう》に二人で視線を向ければ、何やら文句を言いたそうに口をパクパクしていた。けれど声は出ていない。

「あ、ごめん。せっかくのお言葉をうるさく邪魔されるのが嫌で黙らせたよ。魔法で」

統括代理は軽い調子でそんなことを言い、それを聞いた『刻の魔術師』はよくできましたとでもいうように笑みを浮かべている。逆らっちゃいけない二人だと瞬時に判断し、俺とボルトは二人から目を逸《そ》らした。

剣を鞘にしまい、それを『刻の魔術師』に返すと、俺はボルトの腕の中で後ろを向いた。

空いた両手で、ボルトの身体に抱き着く。目の前には、愛《いと》しいボルトが俺を見下ろしていた。

即処刑だなんて言っていたのに、俺を探して、追いかけてくれて。

ジワリと胸に熱い想いが込み上げてくる。

もし俺が反対の立場だったら、同じことができるだろうか。

気持ちはすぐにボルトを探したくても、きっとこんなに早く追いつくことなんてできなかった。

手間取って、その間にボルトがどうなったか……。捕まったのがボルトじゃなくて、よかった。

「ボルト……ごめん、この国に足を踏み入れさせて」

「迎えに来ない選択肢はなかったさ。それに、元気にアルフォードを抱いて走ってくるルゥイの姿を見て、少しだけ胸中複雑だったが……ホッとした」

「ボルト……」

ボルトは、俺の腰に腕を回して、少しだけ腕に力を込めた。

「ここら辺はかなり気になるところだけどな」

俺のボロボロになった胸元を指で引っ張ると、弱くなっていた生地がピリ……と裂ける。

「もう傷は治ったから全然問題ない」

服はもう補修もできないくらいボロボロな状態だけど、と続けると、ボルトが耳元でいくらでも買ってやると囁いた。いくらでもって男前な台詞《せりふ》、ボルトが言うと本当にやりそうで困る。こういう風に甘やかされると、本当に困る。

眉尻《まゆじり》を下げてじっとボルトを見上げれば、ボルトが俺の頭を自分の肩に押し付けた。頭まで抱き込まれるような形になり、ボルトを全身で感じて心が楽になる。隣にボルトがいれば、それだけで心強い。

ホッとして顔を上げると、ボルトは騎士に視線を向けていた。ボルトのことを罪人だと告発したその騎士は意識がなく、縛られたままぐったりとしている。身体強化をして思いっきり剣をぶち当てたから、しばらくは目を覚まさないと思う。悔いはない。むしろ、もう少しやってもよかったんじゃないかと思う。

フンと鼻を鳴らせば、ボルトが苦笑した。

「ここには、この命がなくなることを覚悟で来たんだ。きっと誰かしらは俺のことを覚えていると思ってたからな。俺はよく父の訓練について王宮に通っていたから、その頃に父の属する第一王子派……先王派からはよくしてもらっていたけど、その代わり王弟派からは疎まれていてな。当時はまだ子供の俺ですらだ」

その小さなボルトですら、至る所で見えていた王宮の腐敗具合は気になっていたらしい。

そして、周りの大人は諫《いさ》めるどころか、共謀して国を傾けていったと。

ボルトのお父さんも立場上、口を挟めなかったんだとかきいてもらえなかったとか。そんな状態で口を挟める人が腐ってたらもうどうしようもないよな。

「俺を歓迎してくれていた気のいいおじさんたちは、裏ではいいように第一王子……先王を操っていた。そいつらは全て、俺の父と共にそこに縛られてる王弟派に処刑された。俺にまで処刑の手が伸びないよう父がギルドに裏で手を回してくれていて、俺はなんとか着の身着のまま大陸に逃げることができて九死に一生を得た。だからこそ、今度こそせめて、謀反を起こした王弟とその臣下がまともな政《まつりごと》を行ってくれることを期待したが……」

「結果はこの通り、か。権力ってのは一人腐ると連鎖するのかな。怖いな権力」

盛大な溜息《ためいき》を吐《つ》いたボルトの言葉に思わずそう零《こぼ》すと、アルフォードが困った顔をした。

「ルゥイ、それは違う。人それぞれだ。腐らない者たちもちゃんといるんだ。権力に溺《おぼ》れたならば、それはその溺れた者たちの落ち度だろう？」

まっすぐ俺を見つめてはっきりと断言するアルフォードに、胸がすく思いだった。

アルフォードの言うことはとてつもなく正しい。

正しいけれど、どれだけの者がそんな風にまっすぐ生きられるんだろう。

ここの奴《やつ》らは王様以外のほぼすべてが均等に腐った。

一番大きな罪を被った王様が一番まっすぐだったし、それは今も変わりなく。だからこそもう玉座に座りたくないって我儘《わがまま》言っていて。

腐らないと思っても、変わってしまう奴だっているんだろう。ああ、でも、権力があろうとなかろうと腐る奴はどこにでもいるのか。結局はその人間の性根や環境がそうさせるんだろう。

孤児院の中でだって、子供のうちから腐っている奴はたくさんいるし、周りはそんな奴を放置する。俺だって一歩間違えたら心が腐っていたと思う。きっかけがあったからこそ、こうしてまっすぐ前を見ることができるけれど。

『刻《とき》の魔術師』も、目を細めて頷《うなず》いた。

「そうですね。あなたの言葉はとても正しい。そういう方が沢山いれば、この国も安泰だったでしょう。ですが権力というものはとても魅力的で、それだけに簡単に溺れてしまうもの。それに溺れず、自我をなくさず、ただ純粋に上を目指せる者など、中々いない」

耳が痛いね、宰相さんたち。意識のある者は一様に項垂《うなだ》れていたり視線を逸らしていた。

「例えば、そこのあなた。ルゥイ君、でいいのですか。ルゥイ君は、この国の王になったら、どんな暮らしが待っていると思いますか」

『刻の魔術師』に名指しされ、俺はフッと『帝王学』で知り合った二人の権力者たちを思い出した。次いで、帝王学の授業内容が頭を過《よぎ》る。そして、視線は自然と目の前の王様に向く。王様も、心なしか俺の言葉を待っているような、期待を込めた視線をこっちによこしてくる。

いったいどんな答えが欲しいのかはわからないけれど。

はぁ、と溜息を吐いてから、俺は口を開いた。

入ってくる税金で贅沢《ぜいたく》に暮らす、国を自分のいいように操る、なんて答えは微塵《みじん》も俺の中には存在しなかった。

「まずは、この大事《おおごと》になった王位継承の尻拭《しりぬぐ》いをして走り回らないといけないんじゃねえかな。あと、信頼できる臣下なんてほぼいないから、それをなんとしてでも獲得しないといけねえし。それだけでも大変なのに、国民の生活は毎日続いていて、そっちに対する補償と支援もしていかないといけない。その時に予算をどれだけ使うか考えただけで眩暈《めまい》がする」

思わずその時の桁違《けたちが》いの金額を想像してしまって、身を震わす。

「それから、この壊れた壁。まず一番に直さないと下の奴に示しがつかねえんだろ。謁見の間の壁なんていくらかかるかわからねえ。それこそ、この剣を売っぱらっても追っつかねえんじゃねえかな。一応王様なんだから三食食えるのはいいとして、……まず城で働いてる奴らの給金ってのが払えなければ飯も食えねえかもだけど、寝る間は確実にねえんじゃねえかなって思う」

俺の言葉に、王様は困惑した顔で後ろを振り返った。頼むからそれの請求はしないでほしい。金額を聞いて泣く自信ある。

「それから、立て直している間にも次々必要なものは出て来るだろうし、国庫にどれだけあるのか庶民の俺には想像もつかねえけど、大量に税で集めた金があっても、まったく足りる気がしねえ。横領は……」

されてたら、そこを返してもらうのが一番かな、と宰相をチラ見すれば、宰相は俺と視線を合わせようとしなかった。してるのかよ、横領……救いようがないな。

「なにより、国民の王様に対する不信感を拭《ぬぐ》える気がしねえ。無理。俺には絶対無理」

首を横にブンブン振ると、『刻の魔術師』は楽しそうに顔を綻《ほころ》ばせた。

「そう。権力とはそういうものです。国民の税で贅沢できるようになるには、まず贅沢できるほどの税を納めることができるくらいに国民が富まなければいけない。そこまで国民を引っ張るのは王宮の、ひいては王の仕事です。それを、なぜか権力を持てば富が手に入る、と一足飛びで直結させてしまう者が続出するのです……ねえ」

あの者のように、と伸びている宰相を指さす。さっきから散々ボロクソ言われている宰相の怒気で真っ赤だった顔色は、すでに血の気が引いて白くなっていた。

「人族というのは可笑《おか》しいですね。獣人族やエルフ族は、権力がある者はその役目もしっかりと自身で心得ています。だからこそ、権力者足り得るにふさわしい威厳を自然と持つものなのですが……」

周りで総じて戦意を喪失している臣下たちは、小さくなって『刻の魔術師』のありがたい言葉を聞いていた。半分魂が抜けているような顔をしているから、皆色々と悪事を働いていた人たちなんだろう。多すぎないか、王様。人を見る目を養ったほうがいいんじゃ……。

俺の心情がわかったのか、『刻の魔術師』はくすっと笑うと、頷いた。

「覇王の剣は、手にした者が頂点に立つまでは絶大な力を発揮します。ですが、平定してしまうとその後はもうお役御免。その特性から、しっかりと覇王となった人物が地に足をつけ、揺るぎない権力を手に入れれば眠りにつきます。本当であれば、剣が凪《な》いだその状態で売って欲しかったのですが、仕方ありませんね。獣人たちがこの国から消えていく様を見ていて、こうなることはわかっていました。しかし……」

『刻の魔術師』は、ポケットから大きな布を取り出すと、その布で剣を包んだ。

「私は一度、夢を見ました」

その剣の包まれた布を、どういうトリックかそれとも何かの魔法か、『刻の魔術師』はトラウザーのポケットにしまった。

――一筋の光もない、足元すらおぼつかない暗闇の中をあがいた時代がありました。誰もが諦《あきら》め、賢王と呼ばれた者ですら絶望に目を曇らせた闇の中、数人の若者が一筋の光を我々に与えてくださいました。その光はとても細く、すぐにでも闇に呑まれてしまいそうなほどに心もとなかった。

私は、その若者たちに、そしてその者たちから広がっていく縁に、期待しました。しかし何もしなければすぐに消えてしまう程の光です。細く弱々しい光はしかし、私の懸念を排除するかのように徐々に眩《まぶ》しく力強くなり、とうとう闇を払い、世界を光で埋め尽くしました。

誰もが絶望した混沌《こんとん》の時代が、目の前の霧が晴れ、明るい時代に変わりました。その時に夢を見ました。闇に呑まれた大陸が発展し、人々が集い、街ができ、国ができる。闇などなかった、それこそ『覇王の剣』がまだ『グランセイバー』だった頃の世界のようになる、壮大な夢を。そして、その夢は今、現実となりました。大陸を滅ぼした魔王が実は大国の王だったというお伽噺《とぎばなし》があるのは皆様ご存じかと思われます。あの話は実話であり、欲は時として人を滅ぼすという痛烈な見本となってしまいました。

この世界に光を与えてくれた若者とは、このフォルトゥナ国初代国王の勇者、そしてソレイル大国初代国王夫妻、冒険者ギルド創設者の四人。

この四人がいなければ、既にこの世界にはたった一つの命もなくなっていたでしょう――

淡々と語られる内容は、なぜか前にギルドの書庫で読んだボロボロの絵本を思い起こさせた。あの絵本は『魔王』を題材にしたものだというのに。抜け落ちた箇所が気になって何度探しても絵本自体を見つけることができなかったんだ。

司書の人に聞いてもわからず、ないのであれば修繕に出されたか廃棄されたかどちらかだと教えられてがっかりしたんだ。あの時に感じた温度と、『刻の魔術師』の口から紡がれる話の温度が、まったく同じだった。

ここで明かされた、俺が育った大陸と、この国の関係。

知っている名が出てくるのがとても不思議だった。けれど、まさに暗黒の世界だったその時代から、まだ数百年ほどしか時間は経《た》っていない。

ギルド創始者という名前が出てきたけれど、統括代理とは関係があるのかな、とそっちに視線を向けると、統括代理は俺の視線に気付いて、ウインクを投げてよこした。

ああ、まだまだ色々学び足りない。それなのになんで俺はこんなところでいざこざに巻き込まれているんだ。明日から新しい学年が始まるっていうのに。

「ルゥイ君、あなたの勤勉さはとても評価できます。先程の答え、満点を差し上げたい。ですが、ギリギリ及第点、とさせてもらいましょうか。私の見立てでは、あなたは無理ではありません。私としましては、ラファエル陛下の上を行く資質があると思いますので、自己評価の低さをマイナスさせてもらいました」

「……もっとマイナスしてくれていいのに」

思わず本音を零すと、『刻の魔術師』は笑い声を零した。

「この国が『フォルトゥナ国』などという大層な名前で呼ばれ始めたのは、聖獣が生まれ出《い》ずる国、聖域がある国、そして、唯一闇に呑《の》み込《こ》まれずに持ちこたえた『闇を打ち払う《フォルトゥナ》』国だからです。そして、第三王女が嫁いだ平民の男、後に魔王を倒した勇者と呼ばれた男が実質王に立ったことで、それまで呼ばれていた国名が消えました」

「第三王女が平民に嫁ぐ……」

アルフォードが呟《つぶや》く声が聞こえた。

確かに、貴族主義な国に身を置く立場としては、それはとてもおかしなことのような気がした。

すると、「魔王討伐の褒賞だよ」という統括代理の小さな声が耳元で聞こえてきた。

褒賞で王女を差し出す……それってどういう状況だ、と眉《まゆ》を寄せると、今度は『刻の魔術師』が俺に向き直った。

「勇者が王女様にひと目惚《めぼ》れし、褒賞は地位よりも金よりも王女様が欲しいと申し出たのです。王女様も勇者にひと目惚れしたらしく、とても円満に婚姻しましたよ。まあ、あの当時は……」

「いや、そこ深く追及しなくていいから剣のほうを続けてください」

長くなりそうな予感がしたので先を促すと、『刻の魔術師』はそうですかと少しだけ残念そうに話を修正した。

「国名が変わったのは心機一転、という意味だと思われますが、そこらへんは私はお答えできかねます。確かにその時、平民の男の手には『覇王の剣』が握られていました。どうしてその剣が男の手にあったのかという問題ですが……それは、私の店に売られていた『覇王の剣』を買い取った一人の男が、使えないからいらない、と当時は王ですらなかった平民の男に無償で渡したからです」

更に語られる、呆《あき》れるような内容に、流石《さすが》の王様も言葉を発することがなかった。

しばらく絶句し、その後絞り出すように呟く。

「……使えないから、いらない……」

「はい、そのお買い上げいただいたお客様は、剣の使い手ではなく、収集家だったのですよ」

なるほど、としか言いようがなかった。装飾的にはとても高そう。しかも魔剣っぽい。収集家だったら欲しいと思うかもしれない。

……でもそんなことよりも気になるのは、『刻の魔術師』の店で売っていた、というところ。こんな物騒な剣を普通に売ってる店ってどんな店なんだよ……。

「しかし、その平民の男がこの国の王になると、剣は満足したのか、男の手から消えて男の存命中は一度も現れることはありませんでした」

剣を詰め込んだポケットをポンと叩《たた》いた『刻の魔術師』は、少しだけ気の毒そうな顔をした。

「それと、この覇王の剣は扱いようによってはとても物騒なものとなるので、これを使える者が王になる、などという伝承はここで潰《つい》えさせた方がよろしいかと……」

もうすでに物騒なことは起こった後なんだよな……。

俺が呟くと、『刻の魔術師』は神妙に頷いた。

「……長らく人手に渡ってしまっていたので、そのことを知ったのが、事が終わった後だったのですよ……。もともと私の店で扱っていたものなので、寝覚めが悪く、少々駆けずりまわってしまいましたが。こうして私のもとに戻ってきたということに、何らかの意味があるのでしょう」

走り回った内容の一つが、俺に対する助言とも取れない一言だったんだというのが、すとんと胸に落ちた。だからあんな辺鄙《へんぴ》な村にわざわざ足を運んで、わざわざ孤児院の裏手の作業場まで来て、俺に助言をくれたのか。

この人は一体どこからどこまでを見通せるんだろう。『刻《とき》の魔術師』っていう名前は知っていても、その能力とか人となりとか、そんなものは本当に一切知らない。

俺が知っているのは、学園で調べた書物に書いてあったことくらいだ。確か、ハーフエルフで、昔からふらりとあらゆる場所に現れては助言を残して去っていくっていう。伝承の本はけっこうあったから、名前だけは知る人ぞ知る的な存在なんだろう。けれど、あくまで書物の内容は伝承としてまとめられたものなので、信憑性《しんぴょうせい》は薄いってシェンさんが教えてくれたはず。

……もしかして、その長い寿命で、自分が売った物の後始末をして歩いている、とか……まさかそんなことはないよな。『刻の魔術師』特有の特殊な能力をまさかそんなことに使うわけ……。

ふっと思いついた内容があまりにも馬鹿らしくて必死で否定していると、『刻の魔術師』の肩が目に見えてわかるくらいに震えた。

「……」

ごく自然に、『刻の魔術師』の指がまたしても口の前にすっと立てられる。

黙っていろってことか……って、マジで尻拭い……？

ああでも、ハーフエルフはとにかく生態が本人ですらわからないことが多くて、寿命なんかその最たるものらしいから、初代国王が手にしていた覇王の剣を売った商人がこの『刻の魔術師』だったとしても少しもおかしくはないわけだ。むしろさっきの話からすると、大陸が汚染される前から生きていたような口ぶりで。きっとこれも黙ってろってやつの一つなんだろうな。王様はこの人が『刻の魔術師』だってことを知らないっぽいし。

チラリと視線を上げると、『刻の魔術師』と目が合った。少しだけ細められた目が、楽しそうに見えるのは気のせいか。思考とか、読まれてないよな。タイミングがよすぎる気がする。

「覇王の剣は、そうですね……三億ガルで買い取らせていただきます。王家所有というのでしたら、支払いはこちらの陛下に払うということでよろしいですか、ルゥイ君？」

いい笑顔でそう言われて、俺の膝《ひざ》は頽《くずお》れそうになった。

三億ガル……。一旦《いったん》俺の手には来たけれど、俺の剣じゃない。買い取って貰《もら》っても、その金は懐には入らない。一生金に困らなそうな金額だけど、俺のじゃないんだ……。

俺のって言いたいけど、言ったが最後、そこの玉座に座らされそうで恐ろしくて頷《うなず》けない。

物凄《ものすご》い喪失感に項垂《うなだ》れていると、ボルトが俺の気持ちを察したのか、苦笑しながら髪を掻《か》き混ぜた。

「たとえルゥイに金がなくても俺がいるだろ。しばらくは遊んで暮らせるくらいなら蓄えてるから安心しろよ。贅沢《ぜいたく》だってさせてやれるぞ」

「ボルト男前すぎる……俺がボルトを養うって言ってみたい……」

ぎゅっと抱き着くと、ボルトは笑いを零《こぼ》した。現金な奴《やつ》ってボルトに笑いながら言われたけれど、金は大事なんだぞ。金があればボルトと二人でどこかに家を買うことだってできるんだから。

「というわけで、素晴らしい剣をお売りいただき、まことにありがとうございます。私、フォルトゥナ国の片田舎《かたいなか》で魔道具屋を営んでおりますので、これからもご贔屓《ひいき》によろしくお願いいたしますね。ただし気が向いたら世界中を歩き、仕入れをいたしますので、店を開けるのは気まぐれです。運がよければお会いできますので、あしからず」

『刻の魔術師』はそう言うと、俺にお辞儀をした。剣の持ち主は俺じゃなくて王様なのに。と半眼でその挨拶《あいさつ》を聞いていると、『刻の魔術師』が辺りを見回した。

「ところで、ルゥイ君が次の国王様ということで相違ないですよね」

いい笑顔で『刻の魔術師』は宣《のたま》った。

こいつもか。という不敬極まりない言葉が胸の中で湧き上がる。

相違ありまくりだから。

ご贔屓挨拶は、俺がこの国の国王になるかもしれないからこっちを向いたのか。この国で魔道具屋を営んでいるからって……！

そこはほら、『刻の魔術師』の力で俺が国王にならないことを確認してもらわないと！

「ああ、相違ない」

「おいこら勝手に答えるなよ叔父《おじ》さん！　相違ありまくりだろ！」

王様が気負いなく答えてしまったので、慌てて否定する。もう不敬も何もあったもんじゃない。

形式に拘《こだわ》っていたらいつの間にか頭の上に王冠が載ってるとか絶対にありうる。

ここにいてはヤバい、という警鐘が頭の中で鳴り響く。

「な、なあなあ、スタント先生。ここはほら、資金も入って王様も国の立て直しとかで忙しいだろうし、俺ら邪魔になるからさ。サクッと帰ろうぜ、ペルラ街にさ。ボルトもアルフォードも。今日俺らの進学祝いに奢《おご》ってくれるんだろ。ここにいちゃ邪魔だから、もう行こうぜ」

どう考えても王家の血筋だというだけで教養も何もあったもんじゃない俺に王様業を押し付けてこようとする周りを振り切るべく、さっさと逃げようと講師に声をかけると、講師は顔を険しくして「何言ってんだ」とフンと鼻を鳴らした。

「さっきの聞いてたのかよルゥイ。お前が王様にならないと俺はアルフォードと別れねえといけねえんだって長《おさ》が言ってただろ。長の言葉は俺らにとって絶対なんだよ。アルフォードが俺と別れるって言うんなら俺も身を切られるより辛《つら》いけれども諦《あきら》める。けど、そうじゃないなら諦める気にはサラサラならねえんだよ。俺とアルフォードのために王様になれよ」

「自分本位かよ！　俺がそんなもん本当にできると思ってんのかよ」

「ルゥイが王様になるなら長が全力サポートするっつってんだからさ。多分長は有能だと思うぞ」

「そこは断言しろよ。自分のところのトップだろ」

はー、と溜息《ためいき》を零すと、長も唸《うな》りながら講師に待ったをかけた。

「いや、スタント、俺はそこまで中枢にくい込むとは言ってないぞ。こいつなら手助けするってだけで」

「同じようなこと言っただろ！　だったらさっき俺らを引き合いに出した長が責任を取るべきだ。俺だってあの街にアルフォードと帰りたいんだよ。ルゥイの甘言に乗って、んじゃ帰るかって言えねえのは長のせいだろ！」

「……」

俺だけじゃなくて長と呼ばれた獣人にまで食って掛かる講師の言葉は、納得の一言だった。だから と言って俺が王様になるとは言わないけれど。

ちゃんとアルフォードと一緒にあの街に帰りたいって思ってくれていることにほっとしながら、俺もジト目で長を見た。もうすでに誰にどんな責任があるのかうやむやになってしまいそうだ。

ボルトは静かに俺を見ているだけで、何も言わない。

アルフォードは講師にぎゅうぎゅうに抱き締められながら、気遣わし気に俺の方を見ている。

統括代理と『刻の魔術師』は楽しそうな雰囲気を隠しもしていない。

王様と契約している聖獣はただ王様の後ろで佇《たたず》んでいる。

蒼獣《そうじゅう》はすました顔で獣人たちの近くに立ち微動だにしない。

そして王様はというと。

「猊下《げいか》に連絡を取り、戴冠《たいかん》の準備を」

静かに、だけれど、しっかりと広間の中に伝わる声で、口にした。

◇◇◇

俺の中で、何かが切れた。

どうやら戴冠の儀というものには俺の意志は含まれないらしい。これだけ嫌だと、やらないと言い続けているのに。

だったら、俺も周りの思惑なんか気にせずに行動することにしてもいいいんじゃないのか。

ボルトの腕をギュッと摑《つか》み、俺はボルトを見上げた。

「ボルト、俺と逃げてくれるか？」

全てを投げ出してしまいたくなって、やけくそ気味にボルトに提案した。

ボルトに諭されるのを承知で答えを待っていると、ボルトは苦笑して俺の髪を手で搔き混ぜた。

「いいぜ。どこに逃げる？　ただ、俺は転移の魔法は使えねえから、代理たちが戴冠させたい側に立っている今、逃げるのは結構難しいけどいいか？」

「全然問題なし！　アルフォードは転移できるっぽい講師がいるから全然心配ないし！」

パッと顔を輝かせると、ボルトもアルフォードも講師も笑顔を浮かべた。

「おう！　俺が付いてるからにはアルを危ない目には遭わせねえぞ。アル、俺らも逃げるか？」

「僕は……ルゥイと学生生活するのはとても楽しいので、帰りたい、です」

アルフォードの言葉に講師がよっしゃと気合を入れる。

すると、バサリとはばたく音が聞こえてきて、ボルトの頭の上にさっきよりもかなり小さくなった蒼獣がとまった。

『それなら、私が逃がしてあげましょう。ルゥイはここの王にはならないのですよね。かつてあなたを助けるときに彼《か》の者が力を貸したように、私も微力ながら力を貸しますよ』

諭されるどころか、皆に肯定されてしまって、胸に熱いモノがブワッと広がった。

ボルトの腕を掴んだ手に、力が入る。

本当はわかっているんだ。ここで逃げても悪手でしかないこと。だからと言って俺が玉座に座るなんて無理難題だけれど。

「……もし、もしもだよ。ここで逃げそびれて俺が戴冠したら……ボルトはどうするんだ」

「それがルゥイの意志なら、伴侶《はんりょ》として、専属の騎士として尽力するに決まってんだろ。それとも、傍《そば》にいさせてはくれないのか？」

ボルトがその問いになんてことないように答えてくれて、胸が詰まる。

俺が何をしても傍にいてくれる。

それは、なんてことないようで実は難しいんだということが今日一日で身に染みてわかったことで。

じっと俺を見ている『刻の魔術師』と目が合うと、『刻の魔術師』はフワッととても優しい顔で微笑《ほほえ》んだ。その顔は、とても俺に玉座を強制している顔ではなかった。

そこでふと、いつか視《み》た夢のことを思い出した。

――ボルトとアルフォードが目の前で言い合いをし、それなのに俺は立派な椅子に座って二人を見て大笑いしている夢。あれはいつ見た夢だったか。

あの夢はとても幸せな、温かな、そんな感情が湧き上がる夢だった。

「もしかして、刻……ええと、統括代理の友人の商人さんは、昔俺のなにかを見ました？」

俺の質問に、『刻の魔術師』は嬉《うれ》しそうに首肯した。

「小さな子が自分の力だけで頑張る姿に、その器の大きさを見ました……」

——ただし、私が視た未来《もの》は、正しくそうなるかというとそういうものではありません。ほんの少しの誤差で簡単に変わってしまうのです。例えば、ここからルゥイ君が逃げる選択をすると、途端に前に視えたものとは全く違う未来《もの》になります。かといって、おとなしくここにルゥイ君が残ったとしても、きっと私が知る未来《もの》ではありません。なので、確定の未来《もの》ではないのです。あくまで、単なる選択肢。しかも私自身は選び取ることができない選択肢です——

その口から聞こえてくる声とは違う声が、頭に響く。あくまで、『刻の魔術師』としてではなく、商人としてのと、重なるように頭に響く『刻の魔術師』としての声に、なるほど、と唸《うな》る。

幼い頃、『刻の魔術師』の言葉を鵜呑《うの》みにせず、そのまま惰性で暮らしていたら、今ここにいる俺はなかったということ。そしてそれも安易にあり得た架空の未来。

あの時素直にそうしたいと思ったからこそ、ボルトに会えて、友人にも恵まれて、好きなように色んなことができるのか。

これから先俺がどう行動したらどうなる、という最適解が欲しい気もするけれど、きっとこの人はそんなことは教えてくれないだろう。あくまで、婉曲《えんきょく》な助言だけ。

「でもまあ。どんな先が待っていようとボルトと帰るけどな。叔父さん、俺さ、まだ学生なんだよ。それ辞めて王様にならないとだめ？　世間知らずの王様になっちゃうし、今以上に最悪な統治をするかもしれないよ。だからさ、俺がもし王様業をやりたいって……思うまで、叔父さん……ラファエル陛下がここを統治すればいいよ。多分あいつらを全部処刑して獣人たちに手伝って貰ったらきっといい国になるから」

後ろでおい！　という獣人たちの騒ぎ声が聞こえてきたけれど、俺は戴冠するともしないとも言ってないから。するかもしれない。だったら獣人の長も自分の言ったことをちゃんと実行して貰おう。

俺はボルトの腕の中から、獣人の長に向かってニッと笑った。

「王様やらないっていうのは取り消す。でも、俺はまだまだ経験不足だから、ちゃんと王様できるようになるまで学校に通ったりいろんな国を見たりして勉強することにする。長はさ、俺と手を組んでくれるんだろ。だったら、俺がここに戻ってくるまで、叔父さんに手を貸してくれねえ？　嫌とは言わせねえよ」

俺の弱みを突いてまで強行しようとしたんだからな。

裏を返せば、上をすげ替えて、自分たちと上手《うま》くやれそうな俺を王位に就けることで、獣人にも何かメリットがあるってことだ。

前に、獣人の村に行く行き方をボルトに訊《き》いたことがあるけれど、あの時ボルトは、この国に来て、それから聖山に向かって、そこで審査を受けて合格したら獣人の村に行けると教えてくれた。ってことはだ。もしかしたら、獣人もこの国が本気で獣人を排除したら困るんじゃないかなって思ったんだ。

今は獣人も、数は少ないとはいえ、全国に散っている訳だから。

ということは、アルフォードたちのように人族と番《つがい》になる獣人もいるわけだ。故郷に帰ることができなくなったら、その獣人たちはどう思うか。

ジト目で長を見ると、長は苦い顔をしていた。

そんな俺たちに、王様は困ったような顔で声を掛けてきた。

「リオン……いや、ルゥイ、私には獣人を束ねる力はない。獣人は人となりを見る種族だ。私がこのまま統治すれば、獣人たちも自《おの》ずと離れていってしまう。やはりここは……」

「俺はまだまだ勉強したいし、ボルトと世界を回ってどんな国があるのかこの目で見たいし、大型魔物を討伐したいの。ようやく剣が手に馴染《なじ》んできたところなんだよ。でもまだボルトほど強くないし。そっちの強さも欲しいの。だから今は王様なんてやってる暇はねえんだよ。それにほら、長たちも言ってただろ。手伝うって」

「それはルゥイだから」

「でも、いつからとかそういうのは長も言ってねえし」

屁理屈《へりくつ》だっていうのは自覚しているけれど、半分以上はさっきの長の言葉への意趣返しだった。

「そしたら、アルフォードたちだって一緒にいられるってことだろ」

呟《つぶや》いた瞬間、アルフォードが講師の腕の中で本当に嬉しそうに笑った。

二十七、騒動の結末は……

アルフォードの笑顔を見てしまった俺は、ボルト相手とはまた違った満足感を感じてしまった。これはやっぱり弱点なんじゃないだろうか。

「俺、アルフォードが嬉しそうな顔をするの、弱いんだよな……」

溜息と共にそう呟くと、ボルトが苦笑しながら俺の髪を搔《か》き混ぜた。

「ルゥイがあの時、白い花を二本手にしたのは、俺とアルフォード……ってことなんだろうな」

ボルトの呟きは、ほんの少しだけ苦い響きを伴っていた。

「白い花……って、あの神殿のやつ？」

「ああ。あの花は、その時に心の大事な部分を占めている者の数を表すらしいんだ。お互いその大事な者ごと相手を受け入れることができると、あの扉が開く」

「じゃあ、ボルトは俺だけ……ってこと？　俺はボルトの他に、もう一人大事な奴《やつ》がいたってこと？」

「そうだ」

頷《うなず》いたボルトの顔は、それでも穏やかだった。

「俺はボルトだけだと思ってた。それって裏切りとかそういうんじゃないのか？」

ぽつりと呟けば、ボルトが違うよ、と口角を上げた。

「初めて会ったときには笑いもしなかったルゥイが、少しずつ笑えるようになっていったのが嬉しかったんだよ。それが俺だけの力じゃなくても、それでも嬉しかった。きっと、学園でもいい出会いがあったんだろうなって、ずっと一緒にいられないことにジレンマを感じながらも、ルゥイが笑っているからいいかと思ってた」

「ボルト。俺……俺は、ボルトが一番だから」

皆が注目する中、俺はボルトの首に腕を回した。

そうすると、俺の視界にはボルトの顔しか入らなくなる。

「ボルトは、どうしたい？」

「俺はルゥイがしたいことを支えたい。その先にルゥイの笑顔があるならどこまでも連れて行くし、ついていく。世界中を回りたいって言うなら一緒に回るし、王様やりたいって言うなら全力で手伝う。ルゥイが王位を継承したとしてもその笑顔が曇るなら抱えて逃げる」

ボルトの言葉に、俺は頷いた。

ちゅ、と軽く唇を合わせると、不思議と落ち着いてくる。

やっぱり俺は、ボルトがいてこそだ。

違和感なく謁見の間に佇んでいる『刻《とき》の魔術師』を振り返ると、俺は口もとを緩めた。

「俺、せっかくボルトが払ってくれた金を無駄にして学園辞めるのは不本意なんだ。ちゃんと卒業して、世界を見て回って、納得してから考えることにする。これも一つの道だろ」

「そうですね。ルゥイ君がいいと思った道をお進みなさい」

俺が幼いときに上級学校に行けとけしかけた人は、俺の言葉を否定することなく頷いた。

「しかしそれでは……」

俺の言葉にさっきからずっと渋い顔をしていた獣人の長は、とうとうグルルと喉《のど》を鳴らした。

「結局はお前が王位に就くかはわからないということではないか」

「就かないとは言ってないだろ。それとも何か。獣人はその国のトップが相応の覚悟と知識と経験もなしに就くのをよしとする種族なのかよ」

さっき『刻の魔術師』もエルフと獣人はちゃんと自分の役割を理解して権力を手にしている的なことを言っていたのに。

獣人って嘘《うそ》は言わなくても自分に都合の悪いことは黙って誤魔化すってことかな。だったら、あの種族別の特性が描かれた書物の内容は改訂しないと。獣人は信頼のおける種族だっていうのはちょっと違うって。

「それでも俺にすぐ戴冠しろなんて言うなら、俺は逃げるからお前らも住み処《すか》に帰ればいいよ。今すぐ王様業を継いでもいい国になんてできないから。それとも一緒に泥船に乗ってみるか？」

俺の言葉に、獣人の長は盛大な溜息《ためいき》を吐《つ》いた。

俺はそのままアルフォードの方に顔を向けると、手を合わせた。

「アルフォードごめん。俺、お前よりボルトの方が大事だからさ、このまま獣人たちがいなくなろうと無理矢理ここに俺を縛りつける気ならボルトと逃げる」

アルフォードは、驚いたような顔をした後、俺と同じように笑みを浮かべた。そして、「当たり前だ」と講師に抱き着かれたまま腕を組んだ。

「僕はルゥイの幸せを踏み台にして自分だけ幸せになりたいとは思っていない。僕のことは僕が自分で何とかするから好きにすればいい」

「これだよ……俺、今アルフォードが言ったことと正反対のこと言ってるんだよ。アルフォードを踏み台にして自分が幸せになるってさ。なんでそうやって」

「僕はルゥイの親友だから。僕にとってもルゥイは婚姻の花の一本になり得る親友だ。もし今後婚姻の儀をあげた時、その手に二本の花を持てたとしたら、それを誇りに思う。ルゥイの誇れる友人であるために、僕は僕の力で頑張ろうと思う。今までは周りに流されるまま受け身で悩んでいたけれど、ルゥイが僕を大事に想ってくれているのなら、僕もそれに応えたい」

「くそ、いい漢《おとこ》だな、アルフォードの奴」

アルフォードの言葉に、ボルトが苦笑する。本当にそう思うよ。

講師が複雑な顔をして俺とアルフォードを交互に見ていたけれど、アルフォードの勝ち気な笑顔を見て、言葉を詰まらせたように開いた口を閉じた。

「……ああこんな時でもアルが可愛《かわ》い。長ぁ、そろそろ年貢の納め時だよ」

講師にまでジト目で見られて、獣人の長は片手で顔を覆った。

俺は改めて王様に向き合うと、身体《からだ》に回っていたボルトの腕をポンと軽く叩《たた》いた。

ボルトは意を汲《く》んでくれたらしく、そっと腕を解き、背中をトンと押してくれた。

一歩前に出て、王様の目の前に立つ。すると、王様は戸惑《とまど》いながらも、ちゃんと温度のある視線を俺に向けてくれた。

剣の暴走で俺以外の王族を全てその手で屠《ほふ》ってしまったけれど、家族に対しての情がなかったわけじゃない。むしろ情があったからこそ兄に諫言《かんげん》していたし、懇願していた。けれどそれまでずっと色々なことを諦《あきら》めていて、俺の赤子服が出てきた瞬間飛びついたこの人は、俺をちゃんと最初から血縁者として認識しているようだった。

「陛下……いや、叔父《おじ》さん。俺が諦めて王様やりたいって言うまで、ここにいる獣人たちとこの国を守ってください。いつか、もし俺が王様やりたいって言うときまで。ちゃんとボルトと二人で世界中回って情報と経験を積んでくるから」

「まて、リオ……ルゥイ、お前は本当にここに戻ってくる気はあるのか？　そちらのコーレインの罪はすでに私が取り消した。この玉座の本当の主《あるじ》はお前だから」

慌てて俺を引き留める王様は、まるで捨てられた人のような顔つきだった。

「叔父さんはそれで納得しても、そっちで縛られてる奴らは納得してないだろうとは思うんすよね。そして全員を首にしたら国が回らないからって叔父さんもあいつらを辞めさせられなくて、手を焼いてるんでしょ。だからこそ、今ここで長と手を組めばいいんです」

うぐ、と王様は顔を顰《しか》めた。

「私には獣人たちを臣下にする力はない。それができるのはリ……ルゥイだけだ」

「今は叔父さんが王様でしょうが。その席は叔父さんに預けときます。剣を使って脅してもいいからあいつら絞めてやっちまえよ。知り合いのソレイルの王子が言ってたけど、外の国では国の存続自体は危ぶまれてるけど、叔父さんの評価は低くないんだからさ」

「知り合いのソレイルの王子……」

たまたま同じ授業を取っていただけだけど。と付け足すと、王様は変な顔をして黙り込んだ。

改めて周りを見てみると、統括代理も『刻の魔術師』も長も、俺たちを何やら生暖かい目で見ていた。

これ、このままうやむやにできるんじゃないだろうか。

「だからさ、俺は一旦《いったん》ペルラの街に……」

「戴冠式《たいかんしき》はいつでも大丈夫ですよ、ルゥイ君」

帰る、と言おうとしたところで、『刻の魔術師』が口を開いた。

俺から獣人の長に視線を移した『刻の魔術師』は、歩を進めて、獣人の長の前に立つと、その両手を取った。

「獣人たちは必ずこの国の力になります。一丸となってこの国を支えるでしょう」

長の目の前でハッキリと、『刻の魔術師』は宣言した。

長の苦り切った顔を見て気付く。獣人たちはこの人が『刻の魔術師』だということに気付いているってことを。だからこそ、もう反論の声も何も上がらなかった。

それにこの人は、すぐ俺の戴冠式をするとは言わなかった。そして、俺が継ぐとも言わないし、でも獣人たちは必ずこの国の力になる、と……。

ということは、別に俺が王位を継がなくても獣人たちはこの国を支えるということだ。

ぐっと手を握ると、自然と口元が緩む。

言質《げんち》は取った。

きっと俺は、すごく悪い顔をしているんじゃなかろうか。

俺の顔を見て、統括代理が顔を手で覆って肩を揺らしたから。

王様は何やら言いたげな顔をしていたけれど、『刻の魔術師』によって獣人の長と握手をさせられていて、俺に何かを言うことはなかった。

二十八、ペルラ街のいつもの部屋で

そんなこんなで、俺とボルトは今、蒼獣《そうじゅう》の光魔法で、ペルラ街に戻って来た。人目につかないように、という蒼獣の気遣いで、統括代理だけが使用できる個室の中だ。

アルフォードと講師は少し後に獣人の長《おさ》たちと共に現れた。その中には統括代理、そして『刻の魔術師』もいて、統括代理が「狭い……」と呟いていたのが耳に入った。あれだけいた他の獣人たちは、早速フォルトゥナ国を立て直すために置いてきたらしい。諦めた後の仕事が早すぎ。

「少しだけここで休憩してから、先ほどの話をまとめましょうか」

『刻の魔術師』の言葉に、皆が頷《うなず》く。

統括代理はすぐさま端末でお茶の準備を頼んで、床に座るよう皆に勧めた。

個人の休憩室なので、皆が座る程の椅子もないようだ。

俺とボルトは窓際に立って、外の景色を眺めた。

見慣れた雑然とした街並みに、戻って来たんだという実感が湧く。

時間にしてほんの数時間しか離れていなかったはずなのに、ずいぶん長い間遠くにいたような気がした。それほど、精神的に疲れていたんだと思う。

ボルトに肩を抱かれて、しなだれかかりながら、二人で安堵《あんど》の息を吐いた。

しばらくすると、王様が契約聖獣と共にやってきた。

フォルトゥナ国の重鎮たちは一人もいなかったので、本当に信頼できる人が一人もいないことが窺《うかが》える。王様によると、他の騎士たちに縛られた奴《やつ》らを地下の牢屋《ろうや》に入れ、誰がなんと言おうとも絶対に出すなと厳命してきたらしい。なんか苦労が忍ばれる。頑張れ叔父さん。

それにしても、と学園の寮の部屋よりはよほど広いけれど、そこまで広いわけではない統括代理のプライベートルームを見回すと、さっきの謁見の間の再現のような気がしてげんなりした。

そこまで人を入れる設計がされていないから部屋が狭いのなんの。アルフォードだけはなんてことないような顔をしているので、狭い部屋には慣れているみたいだ。毎日暮らしてるもんな……。

そのせいか、さっきよりよほど皆の距離が近かった。

王様も聖獣を撫《な》でながら俺のすぐ近くで立っている。

最初に見たときの疲れ切った表情はなりを潜め、清々《すがすが》しい表情をしている。

「もう、私の手に剣はないから、暴走することもないと思う。リオン……いや、ルゥイが私のことをどう思おうと仕方ないとは思うが、私は、ルゥイと血縁だ。それだけは忘れないで欲しい。私はずっと一人だと思っていた。でも……生きていてくれて、本当に嬉《うれ》しく思う」

王様は、ボルトにくっついたままの俺の片手を取ると、真顔でそう言った。

血縁か。俺にはずっと無縁のものだと思っていたけれど……王様に言われて初めて自覚した。今日初めて会ったような血縁にはっきり言って情なんてものはほぼないけれど、悪い気もしないようなくすぐったいような、不思議な気分になった。

「だから、フォルトゥナ国のあの王宮がルゥイの家だと思って、いつでも遊びに来て欲しい。卒業したら、待っている」

「は？　その待ってるってどういう意味……？」

「いつでも席は空けておく」

その席っていうのはどの席か、なんて聞く間もなく、王様はいい笑顔を残して、グライと共に消えていった。言い逃げだ。

まさかその席って玉座とか言わないよな。俺あれだけハッキリとまだ就かないって言ったのに。つうかうやむやにして叔父さんに子供でもできたらその子が成人する辺りで一瞬だけ戴冠《たいかん》してすぐに王位を渡そうとか画策していたのに。

消えた王様を呆然《ぼうぜん》と見送っていると、『刻《とき》の魔術師』が獣人たちの間から窮屈そうに現れた。

「ようやくフォルトゥナ国も立て直すことができそうですね」

ふう、と息を吐いて、服の乱れを一瞬で直すと、『刻の魔術師』はパサッとフードを被《かぶ》った。

「あなたのご来店をお待ちしていますよ」

「待って」

別れの挨拶《あいさつ》をしようとしていた『刻の魔術師』のローブを掴《つか》まえ、俺はストップをかけた。

「どうして叔父さんに正体をばらさなかったのかだけ教えて欲しいんだけど」

ここで別れたら次にいつ会えるかもわからない相手なので、俺は思い切って気になったことを訊《き》いてみた。王様とアルフォード以外はこの人の正体を知っていたっぽいから。

目をぱちくりさせた『刻の魔術師』は、少しの間惚《ほう》けた後、くっと口の端を持ち上げた。

「ルゥイ君が一番気になるのはそこですか……！」

肩を揺らして、少しの間静かに笑う。

俺そんなおかしなこと訊いたかな。

首を捻《ひね》っていると、ようやく落ち着いたらしい『刻の魔術師』が顔を上げた。うっすら涙目だった。

「……私の正体を知っている者が私の言葉を聞くと、それはことごとく予言となってしまうようなのです。私が意図するしないに拘《かか》わらず。なのでフォルトゥナをこれから誰の言葉にも惑わされないように導いて行かなければならない陛下には正体をお教えしませんでした」

「じゃあ、俺は正体を知ってるから、あの国のトップにならないほうがいいってこと？」

よっしゃと拳《こぶし》を握れば、笑いながら「違いますよ」ときっぱり否定されてしまった。

「あってもそれだったら、獣人たちは手を貸さないとだめってことか」

「元々エルフと獣人たちは交流がありましたから、正体を隠すのは難しいのですよ。ね」

『刻の魔術師』が獣人の長に同意を促す。俺もつられてそっちに視線を向けると、長はやっぱり苦い顔をしていた。

さっきの言葉、長もしっかりと意味を把握しているのかもしれない。獣人族はこれから一丸となってフォルトゥナを支えるっていうあの言葉を。

俺が戴冠しようがしなかろうが。俺がそのうち王様になるかもしれないっていう意思を見せている限り。そして一度でも王様になればそれは約束を履行したってことなのかも。何やら詐欺まがいのやり方に感心していると、長が溜息とともに首肯した。

「俺らがあんたに逆らえねえのを知っててあんなこと言いやがったな」

「愛する者たちを引き離そうとする者にはお仕置きをしないといけないでしょう？」

「……言っちまったもんは仕方ねえ。でも俺らだって選ぶ権利はあるんだよ。そのうちそいつがあの椅子にふんぞり返る時がくるんだろ。だったら、それを待つまでだ。俺はあのすかした王様よりアルフォードの友人の方がよほどいい」

「それはルゥイ君次第でしょう。いえ、ボルトさん次第、なのかもしれませんね」

最後、意味深な言葉を残して、『刻の魔術師』は転移していった。

◇◇◇

俺とボルトは、ボルトが根城にしている宿に戻って来た。

ドッと疲れが出て、思わずベッドに身を投げ出す。

帰り道にいくら何でもボロボロな服を着て歩く訳にもいかず、ボルトの上着を借りていた俺は、ボルトの香りにふわっと包まれ心身共に安堵の息を吐いた。

ようやく帰ってきた。とにかく、心が疲れた。

上着にくるまるように転がっていると、ボルトが俺のすぐ横に腰を下ろした。

「長い一日だったな……」

ボルトが零《こぼ》した一言も、とても感情が込められていて、それが全て俺のせいだと思うと申し訳なさがこみ上げた。

「本当に……心配かけてごめん」

「いい、ルゥイがこうして無事だったんだ」

ボルトが身を屈《かが》めて俺に口づけてきた。

間近で見るボルトの表情は、穏やかだった。これから先のことを考えるのは後にするとして、俺の出自やらボルトの立場やらが全て片が付いた安堵の表情。きっと俺も同じような顔をしていると思う。

軽く触れて離れていったボルトの唇が名残惜しくて視線で追っていると、もう一度近付いてきて、今度はしっかりと重なった。

ちゅ、ちゅ、と角度を変えて唇を啄《ついば》まれ、焦《じ》らされて舌を出せばそれを吸われて、うっとりする。細い唾液《だえき》の糸を引いて離れていく唇を追いながら、腕で離れて行こうとするボルトの頭を掴まえる。

「……ボルト、もうお尋ね者じゃないって」

「殿下が……いや、陛下が言っていたな。まあ、どっちでも関係ないが」

「うん。でも、これで堂々とボルトも里帰りできるな」

「帰ったところで、誰も待ってねえけどな」

「そっか」

ボルトの手が服に伸びてくる。すぐにボルトの前に素肌が晒《さら》される。

俺もボルトに手を伸ばし、同じように脱がせていった。

「俺の帰るところは、ルゥイのいる場所だ。あの国じゃない」

耳を食《は》みながら、ボルトが囁《ささや》く。

その言葉は、俺にとっては最高の言葉で、一気に悦《よろこ》びと熱が引きずり出される。

「俺も……ボルトがいれば、その日暮らしでも貧乏でもなんでもいい」

「馬鹿だな。俺はまだまだ現役だから、ルゥイがどんな我《わ》が儘《まま》言って贅沢《ぜいたく》しても大丈夫なぐらいは稼ぐぞ」

いくらでも我が儘言えよ、とセクシーに笑うボルトを見上げて、口を開く。

「じゃあ、立てなくなるくらい……お腹《なか》いっぱいって思うくらい、ボルトが欲しい……」

俺が今一番言いたい我が儘を口にすると、ボルトはぐっと奥歯を食いしばってぎゅっと眉間《みけん》に皺《しわ》を作ってから、可愛《かわい》すぎか……と呟《つぶや》いた。


丁寧に中を解《ほぐ》されて、身体中《からだじゅう》が蕩《とろ》けたような感覚を味わう。

手を伸ばすとボルトの引き締まった身体に触れることができて、ついつい頬が緩む。

頭の中まで熱でどうにかなりそうで、ボルトの首に腕を回して引き寄せると、ボルトがキスをくれて幸せな気分になる。

明日から新学年だけれど、今日はもうそんなこと考えない。

今日くらいは、目一杯ボルトと共に帰ってきた喜びとしがらみから解き放たれた開放感を味わいたかった。きっといつもよりずっとボルトを感じることができる。

ボルトの指が埋め込まれている俺の尻《しり》からはクチクチといやらしい水音がして、指がイイところを擦《こす》るたびに漏れる嬌声《きょうせい》がボルトの口に消えていく。

俺の身体が跳ねるたびに、ボルトが口元を緩め、俺の痴態を楽しんでいるように見える。

「ン……んぁ、ボルト……っ、そこばっかりだと、すぐ……」

「気持ちいいんだろ。もっと気持ちよくなれよ……」

ボルトの声もいつもより甘く、耳から溶けていきそうな気分になる。

腹の奥がぎゅっとボルトを欲していて、ずっと涎《よだれ》を垂らしっぱなしの俺のペニスが指の動きに合わせて震える。

名残惜しげに顔中にキスをしたボルトは、今度は首から胸に唇を降らせた。

ちゅ、ちゅ、と色んなところを吸われるたびに息が詰まる。

揺れる腰は自分の意思でとめることもできなくて、背中を快感が駆け上がってどうにかなりそうだ。

「も、はやく、ボルトォ……」

指では物足りなくて、腹の奥が切なくて、甘えた声を上げてしまうと、ボルトがまだだとさらに下の方に唇を移動した。

軽く腰の骨を噛《か》まれて声が上がる。

腹にキスされて腰が浮く。

そのまま深く指を埋め込まれて背中が仰《の》け反《ぞ》る。

「はぁ、ん……っ」

そそり勃《た》った俺のペニスの先に唇が触れて、思わず声が出た。

ボルトはそのまま、中を指で弄《もてあそ》びながら、俺のペニスを呑《の》み込《こ》んでいった。

「あ、あ、あぁああ！　ボルト、それだめ、だめっ！」

よすぎてどうにかなりそうだった。

前と後ろ両方を弄《いじ》られて、俺は早々に根を上げた。

「あ、あぁあ……っ！」

奥まで呑み込まれたところで、耐えられず、熱を吐き出す。

ボルトはそれを全て呑み込み、さらに舌を絡めて吸い上げた。

声にならない悲鳴が上がって、身体が痙攣《けいれん》する。

出したばっかりで敏感なそこを、ボルトは執拗《しつよう》に口で責め立て、俺はイイとダメを繰り返しながら、ボルトの頭を押さえ込んで喘《あえ》いだ。

指の入った後ろをギュウウっと締めてしまい、どうしようもなくて泣きが入る。

「も、だめ、イく、いっちゃ……っ」

なにがどうイくのかも考えられないまま、うわごとのように呟けば、ボルトが頭を動かしながら吸い上げる。

あー……と力ない声を上げて、ボルトの口に熱を吐きだすと、今度こそボルトが顔を上げた。指も抜かれて、俺の身体の力が抜ける。

「乱れるルゥイが可愛すぎる……」

ぐったりとベッドに沈みながら、乱れもするよと口を尖《とが》らせると、その口にボルトがキスをした。

苦い味は、俺の出したものの味か……。

「……ルゥイ、今日は、ちょっと手加減するの、無理かも」

俺の足を開きながら、ボルトがぼそっと呟く。

「ルゥイが本当に俺の腕の中に戻って来たのか、実感しないと怖くて寝れねえ……」

指で解した後ろにペニスを添わせて、ボルトが俺の顔を覗《のぞ》き込《こ》んだ。

俺が連れ去られて、ボルトが追いかけてくるまで、ほんの数時間も経《た》っていなかったけれど。

綺麗《きれい》な金の瞳《ひとみ》が、俺を切なげに見下ろしてくる。

ほんの少しだけ潤んだそれが、今呟いた言葉が本心だと俺に訴えてくる。

「いいよ。手加減するなよ。なんならスタミナポーション用意しとこうぜ。いくらでも、俺がもう無理って言っても無理じゃねえからボルトの好きにしろよ。そのほうが俺も嬉《うれ》し……っあ！」

言い終わる前に、ボルトが性急に俺の中に挿《はい》ってきて、思わず声を上げてしまった。

指でとろとろにされていた俺の中はすんなりボルトを受け入れ、快感だけを拾っていく。

「あ、ン、ン……」

いつもよりも力強くて速い動きに、たくさんの感情がせり上がってくる。

俺をぎゅっと抱きしめる腕が好きだ。

少しだけ荒れた唇が好きだ。

しっかりと筋肉の付いた身体も、優しく俺の名を呼ぶ声も、全部が好きで好きで。

帰って来ることができてよかった、と心から思った。

ボルトに縋《すが》り付くように腕を回してボルトの身体を引き寄せた俺は、確かにこうして実感して初めて、帰ってきたんだという安堵《あんど》に包まれた。

「ボルト、愛してる」

「ルゥイ、愛してる」

ほぼ同時に呟き、重なった声に笑いがこみ上げる。

弧を描いた口で軽いキスを繰り返すボルトも、俺と同じような安堵を感じているみたいだった。


奥をゴツッと突かれて、声を上げてしまう。強制的に快感が湧き上がって、ボルトのモノを締め付けてしまい、ボルトの口から洩《も》れる吐息にまた身体が熱くなる。

ゴツゴツと奥を突かれるたびにする水音と、俺たち二人の吐息が、他には音のない部屋に響いて、淫靡《いんび》な雰囲気を醸し出す。

ボルトの体温が嬉《うれ》しくて身体を密着させると、耳元でくすっと笑う声がして、動きが激しくなった。

「あ、あっ、ん……っ、ボルト……っ、やばい」

「イけよ。沢山俺でイけ。俺なしではダメな身体になれよ」

「も、なってる……っ、ボルト、ずっと俺と……っ、いるんだろ」

既に婚姻の儀式も受けただろ、と快感で潤む視線を向ければ、まるで獲物を追い詰める獣のような目をしたボルトがいた。

心臓が、ドクンと跳ねた。

ボルトのこういう顔、好きだ。

シクンと疼《うず》く下腹部に力を込めれば、そのギラギラした顔が少しだけ歪《ゆが》んだ。

「……ばか、なんて顔で見てるんだよ……っ」

く、と息を詰めたボルトは、そう呟くと、ようやく緩慢だった動きを速めた。

噛みつくように唇を塞《ふさ》がれ、口の中の性感帯を刺激される。

ガツガツと突かれる奥に、身体中に稲妻が走ったような感覚が流れる。ひっきりなしに漏れる声は全てボルトに吸い取られて、くぐもった声だけが漏れていく。

視界が真っ白になって腹の上が濡《ぬ》れたのがわかっても、ボルトは動きを止めない。

「あ、あ、ぅん……っ、ん、あぁ、あああ！　や、イ、イってる……っ！」

容赦ない追い上げに、ボルトが奥を突くたびに目の前に火花が散る。

耐えられない快感に背中をしならせれば、押さえつけるようにボルトの手が腰骨の辺りに伸びた。

ボルトが身を起こし、更に激しく動き出す。奥を突かれるたびに俺のペニスから液体が零《こぼ》れるのがチカチカする視界の隅に映って、自分の身体も制御できないこの状態に更に興奮する。

「……っ、っ」

ひときわ奥までボルトの熱が差し込まれて、そこに熱の奔流を感じると同時に、頭が破裂したかのような感覚と身体の痙攣が襲ってくる。

あまりの感覚に無意識に腕がボルトを求めてさまよう。すぐにボルトの身体を見つけ、力の入らない腕で引き寄せると、ボルトがすぐにそれに応えてくれた。

ちゅ、チュ、と顔じゅうにキスが降ってくる。

ともすれば震えそうになる腕でボルトの背中を押さえながら息を整えていると、はぁ、とボルトの口から溜息《ためいき》が漏れた。

「ルゥイのその顔反則……、エロすぎ。力はいらない手で必死に俺にしがみ付くのも可愛すぎだろ。……これ以上したら、明日っからの学校に支障をきたすってのに……」

ズルリと中から熱が抜けていく感覚に、俺は咄嗟《とっさ》にボルトの腰を足で押さえていた。

もっと。もう少しこの熱を味わっていたい。もっとボルトとひとつになっていたい。

その願望は口から出ていたらしく、ボルトは困ったような顔でもう一度俺にキスをくれたあと、そんな煽《あお》られたら寝かせてやれねえだろ……と小さく呟いて、俺の太腿《ふともも》に手をかけた。

ふと気付くと、ボルトが俺の身体を拭《ふ》いてくれていた。

感じすぎて意識を飛ばしていたらしい。

起き上がるのも億劫《おっくう》な怠《だる》さを身体中に感じて、俺はなんとか上半身を起こして枕元に置いてあったスタミナポーションに手を伸ばした。

下腹部が重怠いような満腹感のような感じがするのは、ボルトがたくさん俺の中に熱を放ったからだろうか。それだったら嬉しい。

「ルゥイすまない。やっぱり手加減できなかった……」

「最高だった。俺は、これくらいボルトに俺を求めて欲しいし、俺ももっとボルトと繋《つな》がっていたかった。もっとスタミナ付けないと……」

スタミナポーションを飲み干すと、身体の疲れがスッと消えていった。

「まだ身体の中にボルトがいるみたいな感覚がすごくイイ」

下腹部を撫《な》でながら呟くと、ボルトが苦笑した。

「抱き潰《つぶ》してからようやく満足したんだから、そういう煽るようなことを言うなよ……」

「ボルトはまだスタミナ切れてないのか？」

「……まあな」

「満足してねえんじゃん。俺が潰れたから」

ボルトの手加減なしのセックスを余すところなく堪能できるのは、まだまだ先の話だな、と溜息を吐《つ》くと、ボルトに前髪を掻《か》き上げられた。

まるで太陽の欠片《かけら》を詰め込んだような金の瞳に、不満げな俺の姿が映る。

シャツを軽く羽織っただけのボルトは、いつもより色気がマシマシで、情事の後だというのが見ただけでわかる。垂れた前髪がセクシーで、シャツの隙間から見える肌が……。

「なあ、ボルト……」

空き瓶を置いて、俺はボルトに手を伸ばした。

もう数刻もすると、空は白んで来る時間だ。

本当はもう今日は寮に帰っていないといけない。

けれど、一日くらい、ここから学園に通ってもいいんじゃないか。

そんなことを思って、俺の身体を拭き終わったボルトを引き寄せると、ボルトが俺の隣で横になった。

乗り上げるようにしてボルトの上に乗ると、ボルトにキスをした。

「俺、スタミナ回復したよ？」

「ルゥイ、今日から学校だろ……」

「でもスタミナポーション飲めば復活するから大丈夫」

だから、もう一回、とボルトを組み敷いてお願いすると、俺の下でボルトのペニスが復活するのがわかった。

ぐっと腰を引き寄せられて、ボルトのペニスが擦《こす》れる。

求められる歓喜とこみ上げる熱い感情に顔を緩めると、ボルトが噛みつくようにキスをした。

深い深いキスをしながらボルトを見下ろすと、獣のようなギラギラした瞳のボルトの顔が目に飛び込んできた。

俺を諭して寝ることを放棄したボルトは、諦《あきら》めて俺に朝まで付き合ってくれるようだ。

その顔も好きだな、と頬を緩めながら、ボルトと文字通り一番近い距離で、黎明《れいめい》の時間を堪能したのだった。

◇◇◇

時間ギリギリに学園の門に飛び込むと、アルフォードが眠そうにあくびをしながら歩いているところに出くわした。

「アルフォード、よく眠れたか？」

声を掛けた瞬間目をギラッとさせたアルフォードは、眠気もどこへやらちょっとこっちに来て！と俺の腕を引いて、人気のない場所に連れ込んだ。

「時間ギリギリだけど大丈夫か？」

「仕方ないだろ！　昨日はルゥイが寮に戻ってこなかったから！　たくさん訊《き》きたいことがあったのに！」

ずっと俺が帰って来るのを待っていたらしい。けれど、昨日は散々大変な目に遭っていたからか、身体が疲れていていつの間にか寝てしまったんだとか。

「スタント先生にルゥイは今日戻ってこないかもって注意は受けてて、まだ何か大変なことがあるのかなって心配していたのに。なんだよその満ち足りたような顔は」

顔がにやけてる、とアルフォードに指摘を受けて、俺は両手で頬を押さえた。

仕方ないよな。ずっとボルトと愛を確かめ合っていたんだから。

「しかも雰囲気がいつものルゥイと何か違うし」

本当に大丈夫なのか、と心配しているアルフォードに近付いて、俺はそっと小声で教えた。

「だってついさっきまでずっとボルトに抱かれてたから」

きっとその余韻だと思う、と呟《つぶや》いてアルフォードに目を向けると、アルフォードの顔が真っ赤に茹《ゆ》で上《あ》がっていた。

相変わらずの純粋さに、顔が緩む。

「でも、心配してくれてサンキュ。遅刻する前に行こうぜ」

固まって「な、え、あ……」とよくわからない声を発しているアルフォードの手を取って、俺は生徒全員が集まる講堂に向かって歩を進めたのだった。

エピローグ

フォルトゥナ国は、持ち直したらしい。

あの王様の頭を悩ませていた貴族たちは皆爵位を剥奪《はくだつ》されて、市民に紛れて庶民として暮らすように王様に厳命されたんだとか。俺の命を狙った時点で本当は処刑も視野に入れていたらしいけれど、近くにいた獣人たちが「そんなに簡単に殺してもつまらねえだろ」と王様に入れ知恵したようだ。

『刻《とき》の魔術師』の言葉通り、獣人たちはあの後そのまま王様の下で力を振るい始めたようだ。

王様に対する国民たちの不信と悪い噂《うわさ》は、獣人と城下街を一緒に王様が歩き始めたら、かなり早い段階でいい方向に向かったようだ。流石《さすが》獣人。フォルトゥナでは一般人でも獣人の気質は広く浸透しているのがわかる。それくらい獣人が身近だったのに、王宮に一人もいなくなったらそりゃ不信にもなるよな。悪いことしてるって思われてそう。それをなぜ王宮勤めの奴《やつ》らは気付かなかったのか。

獣人たちは、次々と出てくるあまりに酷《ひど》い内情に舌打ちしながら、すぐお城の内部を乗っ取って色々と手掛け始めたようだ。悪事に手を染めなかった者たちをこき使って、自分たちも精力的に動いているらしい。

そんなフォルトゥナ国の内情を、俺は王様直筆の手紙で知った。

アルフォードにも読ませようとしたら、全力で拒否されてしまった。そんな一国の王様からの手紙なんて恐れ多くて読めないって。あんな風に巻き込まれたアルフォードは読む権利あると思うけど。

その手紙は、実は俺に直接来たわけじゃなくて、学園長経由で届いた。

呼び出しを受けて生徒指導室に向かうと、学園長がにこやかに座っていた。手に何やら豪勢な手紙を携えて。

二人で学園長の前に座ると、学園長が悪い笑顔を浮かべた。

「冒険者ギルドからの指名依頼なんだが、受けてくれないだろうか。指名は、ルゥイ君とアルフォード君」

最初にそんな話を振られた俺たちは、訝《いぶか》しがりながら学園長の話を聞くことにした。

依頼の内容は、まさかの『帝王学』の授業の選択。しかも俺とアルフォード二人でだ。

瞬時に手紙を書いた人物と依頼主が誰か気付いた俺とアルフォードは、顔を見合わせて苦笑した。

「どうして僕もなんでしょうか」

アルフォードのもっともな疑問に、学園長は笑顔のまま爆弾発言をした。

「アルフォード君はどうやらルゥイ君同様『刻の魔術師』様に気に入られたようだね。今、フォルトゥナ国では人材不足だ。そこで、獣人たちがアルフォード君を指名したようだよ。『刻の魔術師』の予言もあるしスタント君の番《つがい》だから人柄は間違いがないと」

その言葉を聞いて、俺はチラリとアルフォードを盗み見た。

アルフォードは俯《うつむ》いて身体《からだ》を震わせていた。

そうでなくても、講師との仲や跡継ぎ問題、色々抱えているアルフォードがさらに難題を突きつけられたことになるんだ。苦悩もするだろ。

「アル……」

慰めようとそっとアルフォードの顔を覗《のぞ》き込《こ》んだ俺が見たものは、何やら嬉《うれ》しそうなのを我慢して頰が紅潮しているアルフォードの顔だった。悩んでいる訳じゃなかったならよかった……のか？

「長様《おさ》たちにそこまで期待していただいているなら、帝王学頑張ります！」

気合いの込められた返事に、学園長は満足そうに頷《うなず》いていた。俺了承してないいんだけど⁉

そんなこんなでアルフォードと共に『帝王学』の選択授業を受けるべく例の建物に向かった。

辺境で貴族をしているアルフォードですら、建物内の装飾や授業に使われる調度品など手に取るのも怖い物が多いようだった。

先生は去年と同じ人だった。ある程度の事情は把握しているんだそうだ。でもこの国の王宮でも教えている人だから、情報漏洩《ろうえい》とか大丈夫なのかちょっと気になる。

「フォルトゥナ国ですか。最近は活気が出て来たという噂は聞きますね」

「そっすか。活気……王宮が煩《うるさ》いだけのような気がするけど」

俺が首を捻《ひね》ると、アルフォードがくすくす笑った。

「長様が『今に見てろよ刻の魔術師《あのやろう》！』と毎日叫びながら政務をしているらしいよ。陛下が毎回しかめっ面で煩いってて注意してるから何とかしてくれってスタント先生の手紙に書いてある」

アルフォードの言葉には、先生も驚いた素振りをしている。アルフォードのフォルトゥナ国情報は最新版だから仕方ない。

あの後、講師は一度はこっちに帰ってきたけれど、拠点をフォルトゥナ国に移した。まあ、学園が休みの週末はこっちに来てアルフォードと会う約束をしているので、今までとそう変わりはないんだけど。

長に「アルフォードを宰相《さいしょう》に据えるためにこっちを立て直さないとダメなんじゃないか」と発破を掛けられたらしく、向こうで奮闘しているようだ。そして毎日連絡を取り合っている。俺の部屋にいるときに通話を取ることが多いので、俺は嫉妬《しっと》されまくりだ。嫌な嫉妬じゃなくて、うらやましいとブーブー言われるだけなので放置しているけれども。

授業を終えて先生と挨拶《あいさつ》をすると、帰り道にアルフォードが講師から届いたメッセージを見せてくれた。そこには困った顔の王様と肩を組む講師が映っている。なんだこの絵面。しかもご丁寧に浮気じゃねえぞと添えられていて、俺は我慢できずに噴いた。

「あははは……っ、何やってんだよ講師……っ、叔父《おじ》さん困ってんじゃん。でも、仲良くなったみたいだな」

「ほんとにね」

微笑《ほほえ》みながら携帯端末型魔道具を懐にしまい込んだアルフォードは、小さくふう、と溜息《ためいき》を吐いた。

二人で『帝王学』を受講し始めてしばらくしてから、アルフォードの両親の元に王様から直筆の手紙が届いた。

アルフォードをフォルトゥナ国王宮政務にスカウトしたいというフォルトゥナ国からの正式な文書で。理由は上手《うま》いことかっこよく書かれていたそうだ。

その手紙を貰《もら》ったアルフォードの両親は、顔を真っ白にして学校まで乗り込んできて、暫《しばら》くの間学園長も挟んでアルフォードと色々と話をして帰っていったらしい。

そして、跡継ぎのことを口にした瞬間、他ならぬ両親が「こんな名誉なことを断る馬鹿がいるか！」と叱咤《しった》激励してくれて、アルフォードを悩ませていた問題はいとも容易《たやす》くすんなり解決した。

そして、まだ三年になってそれほど経《た》っていないにも拘《かか》わらず、「会えないのは寂しくなるがしっかり頑張るんだぞ」と涙ながらに領地に帰っていった。それを見送ったアルフォードは、苦笑しながら「卒業まではここにいるから里帰りしたいんだけど……」と困ったように呟いていたのがなんだかおかしかった。

定期的に届く王様からの手紙は、部下になった獣人たちがとてもよく動いてくれることが書かれていた。

そしてなんと『刻の魔術師』がお抱え商人として王宮に出入りしているらしい。今はまだ王様はあの人が『刻の魔術師』だということに気付いてないんだとか。

アルフォードに来るスタント先生からの端末メッセージで、獣人たちの前で王様があの方に命令すると、皆微妙な顔をするから面白いと書かれていて、悪いけれど思いっきり笑った。

あれから数か月。

俺は相変わらずボルトと共に依頼を受けて、学園に通って、充実した日々を送っている。

卒業して世界を回った後はいつかボルトと共にフォルトゥナ国に渡る予定ではいるけれど、卒業後すぐ行くとは言っていないので、ボルトとゆっくり蜜月《みつげつ》を過ごすつもりだ。アルフォードは卒業後はすぐフォルトゥナ国に行くらしく、講師が迎えに来るんだと嬉しそうな顔をしていた。

◇◇◇

「ボルト、あれ、あっちの串焼《くしや》きの方が美味《うま》くて安いからあっちにしようぜ」

「だな」

ボルトの手を引いて、フレッソの街中を歩く。

大人しく俺に手を引かれて歩を進めるボルトは、笑いを嚙《か》み殺したような顔をしていた。

「相変わらず金にはシビアだな」

「あったり前だろ。一ガルを笑うものは一ガルに泣く。もうひもじい思いはしたくねえもん」

「陛下から仕送りがくるんだろ」

「全部突っ返してるから。こっちに送るくらいなら国を建て直せって」

「ほんっとルゥイは男前だよな。そういうところも好きだ」

「……知ってる」

なんてことないように答えながら、少しだけ耳が熱くなる。ボルトは人前でも躊躇《ためら》いなく好きだと言ってくれるのが嬉しい。

仕送りと共に「沢山覚えることがあるだろうから早く来て欲しい」という催促があるのは、ボルトも知っている。

ボルトの席もちゃんと用意して、俺に無理やり血筋を残させるような暴挙に出ることも絶対ないという誓約書も届いている。

そして、俺の側近にはアルフォードを置くと言って、それを実行に移してしまった王様は、周りがしっかりと動いてくれればちゃんとした仕事のできる至極まっとうな王様だというのが証明されてきている。

俺に跡を継がせることねえじゃん、と思ったのは一度や二度じゃない。

多分きっと、俺はボルトと共にフォルトゥナ国に帰る、と言ったら違和感があるけれど、腰を落ち着けるんだとは思う。けれど、それはすぐじゃなくて――

ギラギラした太陽の光が俺たちを焼いていく。

大陸の南に位置するルド国の冒険者ギルドで、俺たちは足止めを食らった。

卒業してすぐ国を飛び出した俺たちは、色んな土地を巡った。

二人ともギルドランクがプラチナになり、指名依頼も増えた。それに伴って貯金も増えた。

多分二人の貯金を合わせるともう何もしなくても暫くは遊んで暮らせる額にはなったと思う。

「指名依頼。旅費及び経費は依頼人持ち」

「大型魔物討伐依頼。ゴールドランク相当。場所、フォルトゥナ国」

南国の冒険者ギルドで俺たちに指名依頼書を手渡したのは、統括代理だった。

なんでこんなところにいるんだよという俺の視線をまるっきり無視した統括代理は、にこやかに「早く受け取ってよ」とぐいぐい依頼書を押しつけてきた。

その内容がこれ。

依頼人は、ラファエル・グランデ・ノヴェ・フォルトゥナ。

ゴールドランクの大型魔物が出たけれど、今フォルトゥナ国にはゴールドランク相当の冒険者がいないから、是非討伐に来て欲しいとのこと。

討伐依頼の報酬は、王宮滞在許可及び大臣位と近衛《このえ》騎士の席一つ。そして、俺たちの叙勲。

「本当にゴールドランク相当の魔物が出たのか？」

胡乱《うろん》な目で統括代理を見ると、いい笑顔で頷かれてしまった。

君たちにしか頼めないんだよ、という台詞《せりふ》に、俺とボルトは顔を見合わせる。

「……この間、スタントが俺の家族の墓を建て直して猊下《げいか》直々に供養させたから墓参りに来いって連絡をしてきたな」

「俺の所にも、アルフォードから少し寂しいから顔を見たいっていう連絡が」

どう考えても俺たちを国に招きたい奴《やつ》らの思惑が透けて見えるけれど、目の前でいい笑顔をしている統括代理の無言の圧力で、諦《あきら》めの乾いた笑いを零《こぼ》した。

「この報酬欄、ふざけてんだろ」

「ううん、大まじめだって」

「なんでそんなに嬉しそうなんだよ」

「俺の傘下の人たちが出世するのを喜ばない上司は上司の風上にも置けないでしょ」

「これを出世って言うのかよ」

「勿論《もちろん》」

何でこんなあほみたいな報酬なんだよ、と呆《あき》れてツッコむと、統括代理はにこやかに「だってそれくらいヤバい魔物出たっていうし。今フォルトゥナ国にまともな冒険者はいないし。いいじゃん受けちゃえよ」と俺たちを激励した。

「なんだか追い込まれてる気がするな」

「ホントにな」

「でも俺、近衛騎士はなりたくねえな。俺はルゥイ専属の騎士だから」

「報酬だっていうんだから辞退してもいいんじゃねえ」

「っつうか報酬が不満だから依頼自体断ってもいいんじゃないか。なあ、代理」

二人でぼそぼそと話し合い、結論が出たところで顔を上げれば、その内容を聞いていた統括代理が呆れた様な顔つきで大げさに溜息を吐《つ》いてみせた。

「もう諦めたら。あの国は俺の故郷でもあるの。報酬内容はちゃんと話し合えば変えることもできるんだからさ。是非受けて。あ、ちなみに旅費は俺が転移の魔法で連れていくから移動した時相応の額がまるっと手に入るからね」

統括代理の言葉に、悲しいけれどちょっとだけ反応してしまった俺。

それを見たボルトが肩を揺らした。

「皆の故郷、か」

「そうそう。ルゥイ君の故郷でもあるんだから、魔物が国を壊しちゃう前に倒しちゃってよ」

統括代理の言葉に、舌打ちが漏れる。叔父さんは、本気で俺をフォルトゥナ国の王子として籍を戻す手続きを完了してしまったんだ。

だから、今の俺は孤児のルゥイではなく、フォルトゥナ国王子ルゥイ・グランデ・フォルトゥナという人間なんだそうだ。

「叔父さん本当に余計なことをするよな……」

「いいじゃん。ラファエル陛下ってば手続きの紙に署名する時すっごく嬉《うれ》しそうな顔してたよ」

そう言われると無下にもできないのが辛《つら》い。俺だって叔父さんが後見人になった身元証明の紙を見た時ちょっとだけ嬉しかったんだから。

統括代理の言葉に少しだけくすぐったく思っていると、ボルトが俺に手を差し出してくれた。

「ンじゃ、身内が困ってるからちょっと行って魔物の討伐してくるか。そして、報酬は地位とかじゃなくて、現金で」

「だな」

ボルトの手に自分の手を重ねて、俺たちは笑いながら祖国へと向かったのだった。

番外編　三年次学園外授業

進級直前にフォルトゥナ国のゴタゴタに巻き込まれて拉致《らち》された俺たちだったが、無事アーンバル上級学園三年として学園に通えるようになった。

相変わらず選択授業は可能な限りギリギリまで入れて、調整をしては奔走している。

俺とアルフォードのせいで選択授業を前よりもたくさん入れる生徒が増えたらしく、学園長直々にお礼を言われてしまった。

確かに、暇そうにそこら辺をぶらぶらしたり早く帰る生徒が減った気がする。そしてガラガラだった選択授業も、生徒が増えた気がする。マンツーマン状態で教えて貰《もら》った方がこっちとしてはよかったんだけど。

授業は円滑に進み、俺もアルフォードもかなり知識が付いた。

第二書庫の主《ぬし》だったシェン先輩はすでに卒業して、王立図書館の受付になったらしい。

三年したら受付から内勤に移動できるので、そこでまた自分の好きな本を仕入れる仕事をするんだと意気込んで卒業していった。

今年は俺たちが卒業する年になる。

三年での一番の楽しみは、学園外授業と銘打たれた、騎士団との合同訓練だ。

今年は森の中を探索《たんさく》するので、ボルトと一緒にいられるから。

去年もばったり会いはしたんだけど、やっぱり授業で一緒、しかもボルトが指導ってめちゃくちゃ楽しみすぎる。休みの日はずっと一緒にいるんだけどね。こういう普段と違うことってすごくわくわくする。

……なんてことを思っていたんだけれど。

俺は今、学園長と統括代理の前で、ふてくされていた。

なんでも、俺の冒険者ランクがゴールドだから、生徒側じゃなくて冒険者側に立って欲しいという指名依頼を統括代理が持ってきたのだ。

今この国にいる、生徒と共に行動できるような冒険者の数が多くないとのこと。

普段だったら他の国からある程度指名で呼び寄せられるんだけれど、今回西の国で魔物の大発生があったらしく、そちらに冒険者を取られてしまったらしい。

「ルゥイ君は、前にボルトが仲裁を務めたゴールドランクの男を覚えてる？」

「はあ、まあ。ああはなりたくないって思ってたので」

俺が質問に頷《うなず》くと、統括代理は嬉《うれ》しそうに頷いた。

「じゃあ、あんな人と一緒に学園行事受けたい？」

「無理っすね」

反射的に答えたあと、ハッと顔を上げる。もしかして、あんな奴《やつ》しか残っていない、とか……。

眉《まゆ》を寄せれば、統括代理がご名答とばかりに頷いた。

「西の国の件では、ボルトとルゥイ君にもお呼びは掛かったんだけど、学生だからって理由で俺が止めたんだよね。そして相棒のボルトも。今は長期のソロはやってないよって」

大発生の魔物を討伐にいくとしたら一か月はかかるだろうからね、と言われて、断って貰って本当によかったと統括代理に感謝した。学園を卒業してからならいくらでも行くけど。

「それがあったから騎士団との合同授業も延期かなって思ったんだが、騎士団のほうが、今じゃないとできない状態でね。かといって今年だけやらないわけにもいかないんだ。この学園に通う嫡子じゃない子供たちの進路が一つ潰《つい》えるようなものだからね」

統括代理にかわって、今度は学園長が説明してくれる。確かに、あの合同授業は騎士団にとっても生徒をスカウトする場になっていたから。なるほどあれがないと次男三男なんかは無職になるかもしれないのか。

「……すごく楽しみにしてたんです」

是とも否とも言わず、俺はぽつりと本音を零《こぼ》した。

「学生として、ああいう授業に参加するの、すごく楽しくて」

掛け値なしの本音ではあるけれど、そこに『ボルトと一緒に授業を受けることができるから』という項目が入る。口には出さないけれど。もしボルトが西の国に向かうと言ったら、学園を休んで一緒に行くこともやぶさかではない。

学園は楽しいけれど、それはあくまでボルトが傍《そば》にいる前提だから。

きっとそれを目の前の二人も知っているから、俺のこの意味深な一言に何やら考え込んでいた。

だってボルト、俺の制服姿すごくイイって言ってくれたし。

見せたいじゃん。

俺が冒険者側で参加すれば、絶対にボルトと違う場所に配置される。去年も、ボルトのいたチームには騎士一人冒険者一人という組み合わせだったから。冒険者側で参加すれば、ボルトと一緒に行動しつつ学園行事を全うなんて絶対できないじゃないか。そんなのは嫌だ。本当に楽しみだったんだ。

「それを言われると弱いね……」

「セバルはいないんですか？　セバルならちゃんと学生たちの世話だってできますよ」

「セバルもすでに組み込んでるんだよね。それでもまだあと二、三人足りなくて」

「騎士に余裕ないんですか？　班の人数を多めにして騎士をもう一人付けたら、行けそうな気がするけど」

「……第三騎士団だけじゃ難しいんだ。基本騎士たちも見習いとかじゃなくて、小隊長クラスから選出しているから。だって昨年まで学生だった子が騎士になって一年目で学生を導くってできると思う？」

「……どう考えても無理っすね。よほどの人格者じゃないと」

「人格者は中央の第一第二に取られるんだよね」

なるほど冒険者も八方塞《ふさ》がりか。

「……少しだけ、考えさせてください」

俺が頭を下げると、二人とも「もちろん」といい返事をしてくれた。

◇◇◇

「……っていう提案をされてさぁ。ボルトと一緒に行動するのめっちゃ楽しみにしてたのに」

慣れ親しんだ宿屋のベッドに、ボルトと並んで座った俺は、口を尖《とが》らせながらボルトに愚痴を零した。

ボルトは俺が愚痴を言い始めた辺りからすごく楽しそうな顔をしながら話を聞いている。何も楽しい話なんてしてないのに。

「もういっそのことボルト誘って西の魔物討伐に行こうかななんて思っちゃったよ。まあ、一か月掛かるって言われたから取り消したけど」

「そっちはあんまり金にならないけどな。なにせ大陸全土からゴールド以上に招集掛かったから、かなりの奴らが集まってるらしいんだよ。そっちに行ってもせいぜいここから汽車で行ける範囲の魔物を討伐するのと同じくらいの稼ぎにしかならねえんじゃねえかな。それだったら騎士団とこの依頼のほうがよほど金にはなるし、安全度が違う」

「なるほど……いくら出るのかは聞いてなかった」

「いつものルゥイらしくねえな。いつもはしっかりと報酬額を確認するのに」

どうしたんだよ、と髪を掻き混ぜられたので、その手を押さえながら、ボルトを見上げる。

「だって、ようやく待ちに待ったボルトとの学年行事が楽しみ過ぎて、それどころじゃなかったんだよ。思わず報酬を聞く前に学生として参加したいとか言っちゃった……」

あーと情けない声を上げていると、そっと頭の後ろに手が回り、固定されてキスされた。俺の情けない悲鳴はボルトの口に消えていった。

「ルゥイが可愛《かわい》すぎて辛《つら》い……」

キスの合間にそんなことを言うボルトに、思わず眉をひそめる。

「俺のどこが可愛いんだよ……わけわからねえ」

「俺だけがわかってればいいんだよ」

ちゅ、ちゅとキスをされ、ボルトに身を委ねていると、唇が段々と首筋の方へ下がっていった。

服の前をはだけ、そっと荒れた手が入り込んでくる。

鎖骨に歯を立てられて身体《からだ》を跳ねさせていると、ボルトがそっと俺の身体をベッドに横たえた。

ベッドに寝転がって下から見上げるボルトの顔は、いつもよりも艶《つや》やかでセクシーだと思う。

それを口に出すと、ボルトが笑いながら「俺のどこがセクシーなんだよ」と本当にセクシーな顔で笑った。俺だけがわかってればそれでイイ。さっきのボルトの言葉と同じようなことを思いながら、ボルトの首に腕を回す。

「でもな、たとえルゥイが生徒として参加したとしても、俺が担当するチームに割り振られる訳じゃないだろ。むしろやっぱり力のバランス的に全く違うチームになるほうが確率高いぞ」

「そうなのか？」

「だって今回はシルバーランクも参加するから。ゴールドが二人もチームに組み込まれる訳がないんだよ。だったら、報酬を貰ってギルド員として参加した方がよくねえか？　こっち側だと端末とかも使えるし、自分の武器も防具も持ち込みできるし」

な、と俺の服を脱がせながらボルトが助言をくれる。

確かに。学生だと学園から支給される剣しか持てない。学園の剣は身体強化して使うとすぐ折れるから、俺には扱いづらいんだ。それに比べたら、今の俺の剣は鍛冶屋《かじや》の親父《おやじ》が打ってくれた最強の剣だから、ある程度の魔物ならすんなり切れる優れものだ。

「……でもなあ。この行事だけが楽しみだったのに……」

ボルトに抱きつきながら溜息《ためいき》を吐《つ》くと、ボルトがクククと笑った。

「ほんっと可愛いな、ルゥイ」

もっとたくさん我《わ》が儘《まま》言ってくれ、と耳元で囁《ささや》かれて、俺はボルトのセクシーさに陥落したのだった。


たくさん睦《むつ》み合《あ》い、たくさん可愛いと言われまくって週明けを迎えた俺は、早速放課後学園長を強襲した。

「この間の返事ですけど。報酬額を教えてください。あと、ギルドからの参加の場合、俺の服装はどうすればいいですか」

「やってくれるんだね。嬉しいよ」

挨拶《あいさつ》もなくいきなりの言葉でも、学園長は嫌な顔をすることなく喜んでくれた。

そして、できれば学園の制服を着て欲しいこと、それとギルドから対外的なランクタグを発行してもらうからそれを制服に付けて欲しいこと、武器はもちろん持ち込みオッケー。

一番大事な項目である報酬額は、一日仕事になるということでかなりの高額を示された。冒険者ギルドと学園と騎士団から予算が出るので、手伝ってくれる冒険者にはきちんと還元される仕組みになっているらしい。半端な報酬だったら魔物討伐してる方がいいって参加してもらえないからって。なるほど納得。

「受けます」

報酬に目がくらんだわけじゃない。ボルトの言葉に一理あったからだ。

その場で契約をかわし、俺は冒険者側から参加することに決定した。

◇◇◇

今年もアルフォードは内勤になった。

一緒に騎士団に移動しながら、今年も講師は騎士団での仕事を取ったんだと照れ笑いをしていた。今年も騎士団内で騒動があるんだろうか。去年も嬉しそうに愚痴っていたから終わったら聞き出そうと思う。

生徒たちが揃《そろ》うと、騎士団が前に並んだ。

横に今日参加する冒険者たちも並び、俺もそっち側に立った。

生徒の列では、ドウマが俺の立ち位置を見て目を剝《む》いている。

ちゃんと胸にはゴールドランクである証明のランクタグをぶら下げているけれど、学園の騎士風制服を身につけてるから皆混乱するよな。

隣に立ったボルトは、やっぱりその制服最高、なんて小声で呟《つぶや》いてくれて、思わず笑いそうになる。そういうボルトも今日はいつもよりもお綺麗《きれい》な装備を付けて、いつもはしまい込んでいる防御力のバカ高い上着を着ている。布地がまずなかなかお目にかかれないエデンズスパイダーというゴールドランクの魔物の吐く糸を使って編まれているし、装飾部分は魔石とミスリルがふんだんに使われている。

一見しただけですっげえ稼いでる凄腕《すごうで》冒険者に見える服だ。控えめに言ってもボルトはめちゃくちゃかっこいい。

生徒たちの目も、騎士団よりもボルトに釘付《くぎづ》けになっている。密《ひそ》やかに聞こえる声には、「冒険者ってそんなに稼げるのか……」なんていう呟きも混じっていて、苦笑が漏れる。

ボルトは、汚れに気を遣ってたら討伐なんてできねえとか言って、普段その上着を使わないんだけれど、統括代理に「生徒に冒険者になりたいって思わせたいから絶対に着てこい」と厳命されたらしい。ちなみにそのための報酬は上乗せされたとかどうとか。俺も制服着るから報酬上乗せって言えばよかったかな。

そんな気持ちがつい口から漏れてしまい、ボルトが口元を手で覆って肩を震わせた。やばいやばい。ボルトが横にいるからって気を抜きすぎた。

表情を引き締めて背筋を伸ばしたところで、ちょうど騎士団長の挨拶が終わった。

そのまま生徒たちがチームに分かれる。俺とボルトも指定された場所に移動した。

ボルトの読み通り、俺とボルトは別の方角に向かうことになった。

これはきっと俺が学生として参加したとしても、同じような位置取りだったと思う。分布図を見ると、ゴールドランクの冒険者が見事に等間隔くらいでばらけるようになっていたから。そして魔物の比較的弱い北の方向はシルバーランクが多く組み込まれていた。よく考えられていると思う。

ボルトは最南の方向、俺はそこから少しだけ西に向かったところの森が見回り場所となる。

よし、依頼料の分得したと思おう。しかも生徒たちは同学年だから、俺の性格とかもかなりわかってるだろうし、比較的やりやすい。今じゃ俺に突っかかってくる奴《やつ》もいない。

俺たちのチームを率いる騎士の後ろに立っていると、生徒が騎士の前に整列した。生徒数五人。俺と騎士を合わせて七人のチームだ。そのチームメンバーには、しっかりとドウマがいた。

とても嬉《うれ》しそうにこっちに手を振るドウマに呆《あき》れながら、騎士と森の歩行の打ち合わせを軽く行う。騎士は俺の胸元のタグを見て目を輝かせてすげえと呟いてから、気を取り直したようにコホンと空咳《からせき》をした。

「さて諸君。今回は森の深部を歩いて貰《もら》うことになる。ここから森に入り、西の方へ向かう。我々と共に来てくれる冒険者はゴールドランクのルゥイ殿だ。最短ゴールドランク取得という実力者なので安心してくれ」

騎士の言葉に、ドウマを筆頭に生徒たちが知ってますとでもいうように頷《うなず》く。見れば集まったのは上級剣技の選択授業を取っている生徒ばかりで、学園でも実力者を集めたようだった。

皆ドウマに憧《あこが》れていて、ドウマを軽くいなす俺のこともその延長で悪く言わない奴らだった。

俺たちがこれから行く場所は、たまにシルバーランクの魔物も出てくる、かなり実力のいる場所だ。ドウマたちなら大丈夫だとは思うけど。ちょっと心配なので注意だけはしておく。

「お前ら怪我《けが》だけはするなよ。アルフォードからハイポーションを貰ってきたから安心だけど」

「それは心強いな」

生徒たちはアルフォードのポーションと聞いた途端テンションが上がった。アルフォードのポーションは味も群を抜いていて、学園内でも高値で買い取りたいという生徒や教師がかなり多いから。

そんなこんなで、俺たちは油断なく森を進んだ。

普段は出ない魔物は出てきていないか、様子がおかしくないか、悪質な罠《わな》が設置されていないか、誰か森に迷い込んでいないか……今日の業務内容はそんな感じだ。

もっとも、こんな森の深部まで迷い込む子供や街の人はほぼいないけれど。たまに駆け出しの冒険者が深部まで入り過ぎてベテランや見回りの騎士たちに助けてもらったりはしているみたいだけれど、それくらいだ。

大変なのは騎士たちの手に余る魔物がいた場合だ。

ゴールドランク相当の大物が出てきた場合は、緊急じゃなければ冒険者ギルドに討伐依頼を出して冒険者に討伐してもらい、魔物の気が立っていて街に影響があると判断された場合は緊急の信号を打ち上げつつ討伐をする。ここで命を落とす騎士もいるらしいので、気を引き締めなければならない。

咄嗟《とっさ》の行動の一つ一つを騎士が生徒たちに説明していく。

禁止されている罠などを見つけたら、即通報。専門の騎士の管轄で排除をするなど。罠に掛かっている魔物は騎士の管轄。冒険者は罠に魔物が掛かっていることを騎士に報告し、手を出してはいけない。……こうしてみると、ギルドと騎士の仕事内容はかなり明確に線引きされているなと実感した。

やっぱり冒険者が気楽だよな、と思いながら一番後ろを歩いていると、ふと、違和感を感じた。

「皆ちょっと止まれ」

俺の言葉に、皆の足が止まる。

すでに森に入ってからしばらく歩いているので、周りに別のチームは見えない。

「どうした、ルゥイ殿」

騎士に訊《き》かれて、どう答えようかと首を傾《かし》げる。

違和感はある。しかもこれは直近で感じたことのある違和感だ。

「ちょっと今日は森の雰囲気がおかしい……」

先週はこの森でほぼ見かけることのない魔物が発見されたからと、それを討伐した。さっさと討伐しないと生態系がおかしくなるからとのことで、緊急だった。どうしてここよりずっと南に棲息《せいそく》する魔物が出るのかとボルトと二人首を傾げていたけれど、もしあの魔物が他にもいたら……。

俺は騎士の方を振り返り、訊いてみることにした。

「昨日も大物を一匹間引きしたって言うのは聞いたんですけど、どんな魔物を間引きしました？」

俺の質問に、騎士はううむ、と一つ唸《うな》ってから、口を開いた。

「ここらでは見られない魔物だってのは聞いたな。結構強かったけれど、騎士三人で倒したからもう大丈夫だと」

「それって、南の方に現れるやつじゃなかったですか？」

「ああ、そうらしい。私が討伐したわけじゃないからはっきりとはわからないが」

なるほど、違和感はそれだ。

「ここから先に行くのはやめた方がいいですね。あの魔物、俺もボルトと倒したんですが、結構大変でしたから。騎士三人ってことは、学生が十人いても負けるってことですよね。俺もちょっと皆を守りながら一人で戦えって言われてもあれはまだ無理です」

俺の言葉に、ドウマの顔が青くなった。

「ルゥイが無理……それは、行かない方がいいな。腕試しをしたいとも思えない」

「確かに」

全員がドウマの言葉に同意する。

引いてくれてよかったと安心しながら、騎士に視線を送る。指示は騎士が出すからだ。

でも本当にあの魔物だったら、俺はこのメンバーでは行きたくない。ボルトと完全に二人だけだったらいいけれど、周りに人がいて、その人たちを守りながら対峙《たいじ》するのは無理だ。

「……信号を送ろう。そして、規定の緊急集合場所に向かうことにしよう。魔物の討伐は……きっと後ほど冒険者ギルドに依頼すると思う」

「了解。その時は報酬たんまり頼みます」

騎士が苦笑しながら学生に行き先の変更を指示している時、空に細長い煙が見えた。

ボルトの向かっていた方向だった。

煙の色は紫。魔物が激昂《げっこう》していて、緊急を要するという意味合いの色だ。

その煙を見つけた場合は、騎士は生徒の安全を優先、俺たちは討伐が優先となる。

「言ったそばからこう来たか……。俺はあっちに向かうから、ドウマは騎士さんの指示に従って、皆を誘導して」

煙の色は事前に説明されていたからか、生徒たちもすぐに指示に従ってくれるのがありがたい。

「わかった。ルゥイ……気を付けろよ。本当なら一緒に行って力を貸したいところだが。俺はまだ全然ルゥイに敵《かな》わないからルゥイが無理というなら諦《あきら》めよう」

「むしろドウマが他の奴らを守りながら集合場所に行ってくれるなら、俺も安心してあっちに向かえるんだけど？」

俺が肩を竦《すく》めると、ドウマも苦笑して肩を竦めた。

お互い拳《こぶし》を出して、コツンとぶつける。

「気を付けろ」

「もちろん」

騎士とも言葉を交わし、俺は生徒の子守りから冒険者の顔になった。

まずはどういう状況か見たい。

幸いにもここら辺には背の高い木があるからと、身体強化を掛け、地面を蹴《け》る。

飛び上がったところで、足下にあった枝をさらに蹴り、上へ上へと向かう。

途中いい枝がなくなったので仕方なく隣の木に飛び、さらに上に行くと、目の前が開けた。

煙の上がっている場所付近で、魔物と戦闘している様子が見える。木が揺れ、たまに土埃《つちぼこり》が立つ。

魔法を使っているのは多分ボルトだ。

よし、と方向を確認した俺は、そのまま地面に飛び降りた。

地に降り立ち、信号の方向に向かおうとしてふと後ろを向くと、まだドウマたちはその場に留まっていた。

「あの動きで無理ってどんだけ強い魔物なんだ……」

「あんな動きできるルゥイが怖い……」

生徒たちの呟きが耳に入り、俺は声を上げた。

「ほら早く移動開始！」

俺が後ろを指さすと、慌てて生徒たちは動き始めた。

今日は自分の剣でよかったと胸を撫《な》で下ろしながら、俺も魔力を身体中《からだじゅう》に巡らせて全力で走りだした。

それほど掛からずに、信号が出ている場所までたどり着いた。

着いたときにはすでに魔物は力尽き、ちょうどキラキラと宙に消えて行くところだった。

駆けつけたらしい冒険者、そして逃げられなかった生徒、それから生徒を守っていた騎士が次々目に入る。

そのまま視線を巡らせながら合流すると、魔物に止《とど》めを刺していたボルトが膝《ひざ》を地面につくのが見えた。

「ボルト！」

足に力を入れ地を蹴り、ボルトのもとに駆けつける。と同時にボルトの身体が傾いだので、腕を伸ばしてその身体を支えた。

額には脂汗が滲《にじ》んでいる。

「ごめんボルト、遅くなった」

ボルトの身体を抱き上げながらそう声を掛けると、ボルトはうっすら目を開けて、口角を上げた。

「しくじった……ごめん、重てえだろ……」

「いや、身体強化使ってるから羽のように軽いよ。向こうで下ろすから、そしたらポーション飲めよ」

「ああ……思いっきり唾液《だえき》浴びちまった……」

ボルトの言葉に顔を顰《しか》めて、全身を見回すと、ちょうど足のところが溶けたようになっていた。

急いで平坦《へいたん》な場所にボルトの身体を寝かせ、腰の鞄《かばん》からハイポーションと毒消しポーションを取り出す。

毒消しをボルトに飲ませ、もう一本を溶けかけた足にかけると、抉《えぐ》れていた肉が盛り上がり、傷が塞《ふさ》がると同時に目に見えてボルトの顔色がよくなった。よかったと安堵《あんど》の息を吐く。

先ほどの南でよく見られる魔物は、攻撃力や皮膚はそれほど強くないけれど、体液がほぼ酸で、血や唾液が触れるとそこが溶けてしまうという危険な特性を持っていた。しかも溶けた場所から毒に冒されて、処置が遅れるとそれこそ致命的になってしまう。そしてその毒は普段冒険者たちがよく使う毒消しでは治らない。

だからこそ、皆を守りながらの討伐は無理だと判断したんだ。

周りを見ると、騎士たちが酸を浴びた奴らにきちんと適切な処置をしている。騎士たちも討伐した魔物の情報を正しく共有していることにホッとした。

先週、俺たちもあの魔物を一匹討伐したんだけれど、二人で対峙したときは、逆に俺が腕に少しだけ酸を浴びてしまって結構大変だったんだ。すぐにポーションで溶けた場所を治しても、二、三日手の痺《しび》れが残った。それは毒消しを飲んでも治らなくて、授業中ペンを握るのが一苦労だった。

一週間ほどで痺れが消えたのでホッとしたけれど。

ボルトの腿《もも》はかなり広範囲だったので、もしかしたらしばらくは足の痺れが取れないかもしれない。そうしたらボルトは依頼どころか普段の生活にも支障が出るんじゃないだろうか。

「もう出てこないといいけど……」

ボルトの様子を見ながら呟《つぶや》くと、ボルトが少しだけいつもより力のない声で「もうそろそろ大丈夫だ」と答えた。

「元々西の魔物が大発生したことで、下の国の魔物がそれに押し出されるようにこの国に逃げ込んだんだ。西はもう落ち着いたから、もう大丈夫だろ……」

「魔物が来ないのはよかったけど、全然大丈夫じゃねえじゃん。ボルトが辛《つら》そう」

「この間のルゥイの状態が知れて、俺は悪くねえよ……」

「俺のはほんのちょっと！　ボルトのは片足全体じゃん！　絶対同じじゃねえよ！」

あの時は何を飲んでも痺れだけは取れなかったから、ボルトの足も痺れたらしばらく治らないってことだろ。

「あの時本当は俺、ペンを握ることも難しかったんだよ。ボルトのこの状態だと絶対歩けねえじゃん」

「まあ、なんとかなるだろ……」

心配すんなとそっと俺の前髪を払う腕は、いつもより力ない気がして、それが胸に突き刺さる。もうあの魔物はいないだろうから大丈夫と言われても、この毒の後遺症を知っている身としては全然大丈夫じゃないんだよ。

騎士たちは、これ以上の実習は無理だと判断して、集合場所まで戻るよう生徒たちに指示を出している。酸にやられた生徒たちは騎士や他の生徒の手を借りて、とりあえずこの場所から離れることになったようだ。

一番前で戦い、一番広範囲に酸を浴びたボルトは、やっぱりというかなんというか、痺れて足に力が入らなかったようで、立ち上がることができなかった。

ボルトは強い。俺なんかよりよほど。だって、この状態で皆を守りながらあの魔物を一人で討伐できるくらいだ。

だから、ずっと安心していたんだ。ボルトがやられるわけないって。

でも、そんなのは単なる願望でしかなかった。

いくら強くても、ボルトだって生身で普通の人間だ。もしポーションが手元になくて、傷がその場で治せず後遺症が残ったら。もし即死の攻撃を受けたら。そんなことを考えたらぞっとした。そして、そんな風に考えていた自分をぶちのめしたくなった。

「ボルト……」

ボルトの腕の下に身体を割り込ませ、背中を支える。

「お、サンキュ。流石《さすが》にこれきっついな……ルゥイもこんな感じだったのか……ってなんて顔してるんだよルゥイ」

「だって……ボルトだって怪我《けが》するってこと、俺考えてもいなくて」

「だから、これは俺の落ち度だから。それこそこんな風に力が入らない状態だったのに先週は何もしてやれなくてごめんな」

「俺が大丈夫って突っぱねたんだよ。実際手が利きづらいくらいだったから問題なかった」

「……ルゥイの前では強い俺でいたかったんだけどな……ほんと、情けない」

苦い顔をするボルトの上半身を起こして、俺は身体中に魔力を巡らせた。幸いにもまだまだ魔力は余っているので、どれだけ強化しても問題はない。

俺に少しだけ体重を掛けて片足で立ち上がったボルトの足を掬《すく》い上《あ》げ、俺はボルトを横抱きにした。

「おおおぃルゥイ!?」

ボルトの焦った声が聞こえたけれど、しっかりとボルトの身体と膝を固定し、そのまま歩き出した。

「ちゃんと摑《つか》まってろよ」

「……あのな、これちょっと俺情けなくないか？」

「でも一番負担掛けないだろ」

「そうだけど……」

俺の腕の中で諦めたように溜息《ためいき》を吐《つ》いたボルトをそのまま運び始めると、周りを歩いていた皆がこっちに視線を向けているのに気付いた。

「おいあれ……」

「すげ……」

俺たちを見て、生徒たちが驚いている。

それほど大きくない俺がボルトみたいな上背のある人間を抱き上げるのは、確かに見た目で違和感があるかもしれない。でも身体強化を使えばこれくらいなんでもない。

「ルゥイ殿、ボルト殿は……」

気遣わしげに声を掛けてきた騎士に、俺はキリッと答えた。

「あの魔物の毒はしばらく痺れが残るんで、俺がこうやって運びます」

一瞬だけボルトに視線を投げた騎士にボルトが苦笑を返している。騎士の用意する担架に乗せれば済むことなのはわかっているけれど、俺が運びたいんだよ。こっちの方が小回りきくし。

こうして俺はボルトを抱き上げたまま集合場所に向かったのだった。


集合場所でも俺とボルトはかなり注目を浴びた。

集まってきた三学年の生徒たちの視線が俺たちに注がれている。

流石にボルトが決まり悪そうに身じろぎした。

「ルゥイ、そろそろ下ろしてくれないか？」

「ボルトがちゃんとしっかり歩けるなら下ろすけど」

俺がそう答えると、ボルトが溜息を吐いた。抱き上げているからわかるけれど、ボルトの片足は全く力が入っていない。そんな状態で下ろせるわけないだろ。いざという時はすぐ逃げられる状態にしておくのがベストなんだから。

「重いだろ。ルゥイの負担になるのは……」

「こうやって世話するのも伴侶《はんりよ》の特権」

口を尖《とが》らせてボルトの言葉を遮ると、ボルトは手で顔を覆って「あぁぁ……」と声を上げた。

森に散っていた生徒たちの無事が確認されると、騎士団の代表が生徒たちに一連の説明をして、合同授業はそこで切り上げて詰め所に帰ることになった。

メイン戦力のボルトが今は戦闘ができない状態だから、当たり前と言えば当たり前だ。もっと弱い魔物の出る方向に向かっていたセバルたち冒険者も気遣わしげにボルトに視線を向けていた。その視線に気付いてボルトが舌打ちしていたけれど、その舌打ちにどんな意味があったのかはわからない。

無事戻って来ていたドウマは、ボルトを抱き上げている俺を見て、とても複雑な表情をしていた。

「ゴールドランクでもこうなる魔物か……」

「痺れは一週間くらいでとれるんだけどな」

「どうしてわかるんだよ」

「だって先週は俺がドジったから」

経験済み、と教えると、ドウマが目を剝《む》いた。

「もしかして、あの珍しく教科書を落としてたの、これのせいか！　普段教科書は財産だと大事にしてたルゥイらしくないなと思ってたら……言えよちゃんと手伝うから！　友達甲斐《ともだちがい》のない奴《やつ》だな！」

ドウマの怒声に顔を顰めていると、ボルトがフッと笑った。

「いい友人だな」

ボルトの言葉に胸がくすぐったくなって、照れ隠しのためにえー、と不満の声を上げる。

「毎回剣の勝負を挑んでくるからかなり時間取られるんだぞこいつに」

顎《あご》でドウマを示すと、ドウマは「いいじゃないか！　俺もルゥイのように強くなりたいんだから！」と騒ぎ、ボルトは肩をふるわせて笑った。

「そうだ、ドウマ。俺しばらく学園休むから、その旨先生に伝えてくれねえ？」

「は？　……ああ、わかった」

ドウマは俺たちの状態を見て、俺の意を汲《く》んだようで、しっかりと頷《うなず》いてくれた。歩けないなら俺がボルトの足になるから、学園になんて行ってられるか。


その後も特に大物に出会うこともなく、臨時の集合場所から無事詰め所まで戻ってきた俺たちを出迎えた内勤組の騎士たちは、動けないボルトの状態を見て動揺を隠せなかった。

詰め所内でもボルトの実力は知れ渡っているから、そんな強いボルトがこんな状態になるほどの魔物なんてどんな恐ろしい魔物なんだ、と皆がざわついている。

騎士団長なんかは失神しそうな勢いで顔を青くしていて、ボルトに失笑されていた。

「とりあえず医務室に……」

そう言われてボルトを取られそうになったので、騎士団長に蹴《け》りを入れて腕に力を込め、ボルトをガードする。ボルトはそんな俺の行動に笑いながら「悪いな」とあまり悪びれない口調で騎士団長に謝っていた。謝ることないのに。

「ルゥイ！　ボルトさん！」

後ろから声を掛けられて振り返ると、心配そうなアルフォードがこっちに走りよってくるところだった。その後ろには当たり前のように講師がくっついている。

講師は俺たちの姿を見ると、口をパカッと開けて少しの間動きを止めた後、懐から携帯端末型魔道具を取り出し、ボルトを抱き上げた俺を撮り始めた。

「スタントてめえ……！」

「珍しいなあボルトがやられてんの！　ちびっこルゥイに抱っこされてる絵面がやべえ！」

あはははと大爆笑しながら端末をしまうと、肩から掛けた鞄の中から瓶を一本取り出した。

そしてそれをボルトにほいっと渡す。

「それ、アシッドビッグモアの酸にやられたんだろ。最近南からこっちに逃げて来てるんだってさっき聞いたからさ。あれの毒って特殊な神経毒なんだよ。これで痺れ取れるから飲んどけよ。お代はその面白い絵面を見たからチャラでいいよ」

ニヤニヤする講師にちっと舌打ちし、ボルトは講師から貰《もら》ったポーションを一気に飲み干した。

途端にボルトの足に力が込められたのがわかった。

ボルトは俺の腕から足を下ろし、自分で地面に足をつけると危なげなく立ち上がる。

「すげえな。一発で効いた」

しっかりと立ち上がるボルトを確認して、ずっと抱き上げているのも悪くはなかったのに、という気持ちを隠して、よくなったことを喜ぶ。抱っこは残念だけどやっぱり元気なボルトが一番だ。

足をトントンしているボルトを見てにやけていると、ボルトはいきなりガッと講師を掴まえた。

「こういうのがあるなら教えろよ……！」

ボルトに絡まれ、講師は戸惑《とまど》ったような顔をボルトに向けた。

「な、なんだなんだ。これ、獣人の村にしかない素材で作ってるんだよ。人族が知らねぇのも当たり前だろ。この国にあの魔物は殆《ほとん》ど出ねぇじゃん」

「……あと一週間早く欲しかった」

吐き捨てるように呟いたボルトの言葉に、俺の口元がさらに緩む。

俺が腕の動きが悪いとき、ボルトはかなり心配して、学校休めとか俺が世話するとか色々言ってくれていて。だけど本当に力がちょっと入らないくらいで、他はなんともなかったから「大丈夫、大丈夫」と寮に帰ってきてしまった俺に、次の休みまでずっとボルトからのメッセージは届いていた。

心配してもらえるのが嬉《うれ》しくて、しばらく治らなくてもいいかな、なんて思っていたのは内緒にしよう。だって、いざボルトがその立場に立ったとき、心配すぎて学校になんて行ってられないと思ったから。きっとボルトも同じ気持ちを味わっていたんだろう。この気持ち、無下にされたらちょっと嫌だ。反省しないと。

「でも、本当に治ったならよかった……ボルトの足になって世話したかったけど」

「……前にルゥイに抱っこされて、いたたまれない顔をしていたアルフォードの気持ちがよくわかった」

ボルトのしみじみとした呟《つぶや》きに、アルフォードがカッと顔を赤くして、変な声を上げた。あれはそのほうが早かったからやむなくやっただけだろ。

「ルゥイの言う俺の足って、ずっと俺を今みたいに抱っこして歩くってことだろ」

「うん」

「勘弁してくれ……」

吐息のような呟きを零《こぼ》したボルトに、なんでだよと不満の声を上げると、ボルトがいきなり俺の身体《からだ》をさっき俺がしていたみたいに横抱きに抱き上げた。

バランスを崩して慌ててボルトの首に手を回すと、ボルトの顔がすぐ傍《そば》にあった。ニッと悪い顔で笑っている。

「もう大丈夫だから逆に俺がルゥイの足になってやるよ」

楽しそうな声に、俺は目をぱちくりさせた。

しっかりと力の入ったボルトの腕が、俺の身体を持ち上げている。

身体強化なんか使ってもいない、自分だけの力で。さっきまでのふにゃふにゃで力の入っていないボルトの足の感触がまだ腕に残っているので余計にそれが嬉しくなる。

その力強さに胸を打ち抜かれて、俺はボルトの首に回した腕に力を込めてくっついた。

顔の緩みが戻らない。

「嬉しそうな顔して……おいルゥイ、少しは照れろよ」

「ボルトがちゃんと自分で立てるのが嬉しいしこうして抱き上げてもらえるのも嬉しい。どこに照れる要素があるんだよ」

なあ、とボルトを見上げて唇をその頬にくっつけると、ボルトの肩が震えた。

「……俺なんかよりよほどルゥイのほうが強いじゃねえか」

ぽつりと呟いたボルトのその言葉が、とても優しい響きで耳に届いて、スッと細める目が柔らかくて、俺も耳元で大好き、と呟いてボルトの頬にもう一度キスをした。


途中で中止になった学園外授業は、通常にはない危険意識を生徒に植え付けることになり、ある意味成功のうちに終わりを迎えた。

それもこれも、騎士団も一目置くボルトに歩けないほどの怪我《けが》を負わせた魔物がいると生徒たちの間でまことしやかな噂《うわさ》が流れたからだ。

なんとはなしに聞いていていたら、アルフォードが「ルゥイがボルトさんを抱き上げて皆と歩いたのがー番の原因だからな」と苦笑していた。どうやらちびに分類される俺がボルトのようなガタイのいい男を抱き上げて歩いたのが、皆にはかなりの衝撃だったらしい。

普通にドウマだって片手で抱き上げられると言ったら、その場にいたドウマはザーッと俺の手が届かない場所まで後ずさっていた。顔には絶対にやめてくれと書かれている。

「でもやっぱりボルトと離れて行動するのは精神的にダメかも」

あの魔物は、二人だったら酸を吐く前に倒すことができる。俺の手が痺《しび》れたのは、剣で切った時に飛んだ血が手に付着したからで、ちゃんと酸を吐く前に討伐できたんだ。

もし今日も一緒にいたら、ほんの一瞬だってボルトに苦しい思いをさせずに済んだはずだ。

「報酬よりボルトだろ……」

治ったからよかったようなものの、もし後遺症が長引いたら。もしその後遺症でボルトが歩けなくなったら。

魔物を討伐している限りは、そういうこともないとはいえない。

俺も生徒たちと同じように、改めて魔物の怖さと、一人の力の無力さを知った。

俺はもっと強くなろう。そしてボルトを守れるようになろう。


後日、学園であれだけ魔物の怖さを説かれていた裏で、冒険者ギルド内では南の魔物の脅威よりも俺の腕力が恐ろしいという噂が出回っていたのだと、統括代理にそっと教えてもらった。

そして、俺に力比べを挑んでくる奴が劇的に増えた。

あまりにもしつこいので『俺に負けたら一万ガル』という立て札を置いたところ、下手《へた》な魔物討伐よりも稼げてしまい、その金を使い切るまでは冒険者ギルドに顔を出さないようにしようと、ボルトと逃亡を試みたのだった。

番外編　『ルゥイへ』

『ルゥイへ。

僕は今、王宮から程近い貴族街という区画に住んでいます。

スタント先生は料理も自分で作るので、毎日僕に作ってくれます。

王宮の仕事は父から習っていた領主の仕事とは全く違っていて、一から覚えなければならないことが沢山あって、毎日が目まぐるしく過ぎていきます。でも、充実しています。

ルゥイは今どこで何をしているのでしょうか。

きっとどこかでボルトさんと共に金策でもしているのでしょうね。大物は狩れましたか。

こちらにも定期的に大物の魔物が現れるようで、その度に長様《おさ》がワクワクした顔をして、王宮を飛び出していきます。どうやら仕事の手を止められる魔物の出現がとても嬉《うれ》しいようです。

レガロ様はたまに職務を抜け出して教会にお茶をしに行っているようです。猊下《げいか》がレガロ様に対してとても腰が低いのが不思議でなりません。

いつ頃こちらに顔を出す予定でしょうか。

僕のことは気にせず、ボルトさんと楽しんで欲しいですが、一応伝えないといけないようなので、書いておきます。早く顔を見たいです。一番の親友へ。

アルフォード』

指先で携帯端末型魔道具を操作すると、すぐにメッセージが送られる。

僕は胸のポケットに魔道具をしまうと、腰掛けていた中庭のベンチから腰を上げた。

うーん、と伸びをして、職場に戻るべく歩を進める。

すると、胸の辺りから振動が伝わった。メッセージの返事が来たらしい。きっとこの返信の早さだと一言だけだろうなと、少しだけ可笑《おか》しくなった。

職場である王宮の執務室は、古参の方々と獣人の方々が入り乱れて雑然としている。その奥の部屋には陛下の執務室があって、陛下と獣人の長、モア様が政務をこなしている。たまにモア様の叫び声が聞こえて来るけれど、もう慣れたので誰も反応しない。

自分の机に着くと、僕は胸ポケットから魔道具を取り出して、メッセージ欄を開いた。

『今ソレイルの中心地。フォーディアル殿下とパーティー組んでる』

画面を閉じて、また開く。

フォーディアル殿下とは、ソレイル大国の第四王子である。

まさか、という思いと、読み間違えたんじゃないか、という不安で、もう一度ルゥイからのメッセージを開いた。

目を凝らしてみても、細めてみても、やっぱりソレイル大国の王子殿下とパーティーを組んでいると書かれている。

王家主催のパーティーのようなものに参加している、の間違いではなく……？

「ルゥイもフォルトゥナ国王子の立場になるから、パーティーに参加することも……ある、よな……？」

思わず呟くと、隣に座っていた猫の獣人クリスがピコン、と耳を動かした。

「パーティー？　陛下、パーティー開くの？」

「いや、違う。友人のメッセージで、パーティーを組んでる、と」

「ああ、そっちね。冒険者の友人？」

「あ、ああ」

冒険者、とすぐ出てくるあたり、パーティーを組む、という言葉は一般的なんだろうと思う。僕も一応冒険者登録はしているし、ルゥイの強さも知っているけれど、パーティーを組んだ相手が……。

思わず盛大な溜息《ためいき》を吐《つ》くと、ドアが開いて、今朝《けさ》別れたばかりのスタント先生が入ってきた。

僕の大事な伴侶《はんりょ》の、狐《きつね》の獣人だ。

スタント先生は僕の顔を見た瞬間両手を広げてこちらに近付いてきた。

「アル～。会えなくて寂しかったよ。そろそろ文官やめて薬師棟に移動してこねえか？　将来有望だって陛下に直談判《じかだんぱん》してるのに頷《うなず》いてもらえねえんだよ」

僕を抱きしめて柔らかくてほわほわの頬の毛を僕の顔にスリスリするスタント先生の言葉に、クリスが嚙《か》みついた。

「ちょ、スタント、何引き抜こうとしてるの！　アルが抜けたら穴が大きすぎるからほんと止《や》めて！」

「クリスってばケチ臭えな。俺とアルの仲を引き裂くんじゃねえよ」

「仕事と番《つがい》は別でしょ」

「チッ」

盛大に舌打ちしたスタント先生は、僕をもう一度きゅっと抱き締めてから、夜に会えるのを楽しみにしてるな、と囁《ささや》いて隣の陛下の執務室に向かった。

ちょっとだけ胸が熱くなりながら、取《と》り敢《あ》えずルゥイのことは後回しだと気を引き締め、仕事を再開する。

暫《しば》くの間集中して書類を捌《さば》いていると、王の裁可が必要な物が出て来たので、椅子から立ち上がる。

「あ、陛下の所に行くなら、私のも持ってってくれない？」

「了解」

追加の書類を受け取って、隣の執務室に向かう。ドアをノックすると、中から長様が「入れよ」と声をかけてくれたのでドアを開ける。

「失礼します。陛下、この書類に目を通していただきたく……」

言いながら顔を上げると、ルゥイによく似た陛下のお顔は戸惑《とまど》いに彩られていた。

「発情休暇……」

陛下の発言に、僕は何のことかわからずに固まった。

発情……？

きっと僕も陛下と同じような顔をしていたと思う。

スタント先生は俺の顔を見てニパッと笑みを浮かべてから、うんうん頷いた。

「そーそー。陛下、この国『発情休暇』の取り決めまだしてねえだろ。今んところ発情した奴《やつ》はいねえから何とかなってるけど、それ決めとかねえと俺ら獣人は結構大変なんだよ。発情大事だろ」

「大事……なのか？」

呆然《ぼうぜん》とする陛下の横で、スタント先生が手をポンと打った。

「あああ、そうだった。人族に発情期ってもんはねえんだった。長ぁ、どうするんだよ」

「そういやスタントはもうすぐ発情期だったか？」

「多分来週くらいに来るんだよ。なんだか下半身熱持ってきてるからさあ。だからさ、陛下。いつでも長期休暇取れるようにさっさと決めちまってくれ」

さあさあと促され、陛下が眉間《みけん》を揉《も》んだ。そこにはとても深い皺《しわ》が寄っていた。

「長期休暇……すまない、私には発情がどういう物かさっぱりわからないのだ。発情期があるのは知っているが、それがどういうものでどういう期間起こって、どう対処しているのか」

真面目《まじめ》な顔で答える陛下に、スタント先生も唸《うな》った。

「それ、種族によってまちまちなんだよな。長くてもひと月くらいだとは思うけど」

スタント先生の言葉に長様もうんうん頷く。

「そうだな。番が子を宿せば発情が終わるというのはほぼ共通だがな」

「でも俺の場合子が宿らねえから多分スッキリするまでお籠《こ》もりすると思うんだ」

「……宰相《さいしょう》、お前たちのいいように制度を早急に整えてくれ」

陛下はあまり理解はできなかったみたいだけれど、その問題を放置することはせず、長様に丸投げした。長様もそれが一番だと思ったのか、なんてことないように頷く。

「了解。んじゃ、概要は、基本二週間は通常の約八割の給金保証と、ちゃんと申請すれば後から提出でもいいようにすっか。まだ若いのはいきなり発情したりして安定しねえからな。後は、その後約二週間までは約六割の給金を保証。子が無事宿れば祝い金。俺らの村ではそんな感じだな」

長様の言葉に、陛下はかなり驚いていた。

ついでに僕も獣人と僕たちの認識の違いとその手厚さに驚く。そして、スタント先生の「もうすぐ発情」の言葉が、その時になってようやく脳に届いた。

「大分手厚いな」

「子は宝だ」

「……そうだな」

陛下が苦いお顔をし、次いで僕の方に視線を向けた。

僕の手にある書類が目に入ったらしく、フッと目を細めて「ご苦労」と労《ねぎら》ってくれる。

「……陛下の裁可をお願いいたします」

「あいわかった。……ところで、アルフォードは、スタントの番だったたな」

「……はい」

この流れで訊《き》かれるのは普通のことだけれど、発情の話題の後に訊かれたくなかった。かあっと頬が熱くなったのを自覚してしまった。きっと僕は今、顔が真っ赤だと思う。

学生時代にもこういうことを話題に出されたら頬が熱くなってルゥイによく真っ赤だと笑われたものだ。

「今の制度、番にも適用しよう。あと、国全体にこの制度を適用。制度をしっかりと守っている店には国庫から補助金を」

「了解。スタント、ついでだ、お前を申請第一号として、村で使ってた申請用紙作れ。アルフォードの分の休暇届けも忘れんなよ。お前、まだアルフォードと一緒の発情期迎えてねえだろ」

「神殿に行ったのはこの間だから今回初めてなんだよ。はードキドキする。早めに休み取っていいか？　だいたい俺の発情期間は三週間くらいなんだけど」

「……三週間もアルフォードがいなくて、政務が滞らぬか……？」

「そこらへんはほら。長様が何とかすんだろ」

シシシ、と笑ったスタント先生が、素早く紙に美麗《びれい》な文字を書いていく。

申請書、と書かれたそれは、瞬く間に他に引けを取らない程立派な書類となった。その紙一枚で全てが簡潔にわかるというのは、とても素晴らしいと思う。

ほうっとスタント先生の文字に見惚《みと》れていると、スタント先生はもう一枚書き始めた。名前は、アルフォード……僕？

「長期休暇って……？　僕も休むのですか？」

「番なんだから当たり前だろ」

「ええと……？」

首を傾《かし》げていると、スタント先生が紙を長様に渡してから、僕の方に寄って来た。

耳元で、小さく囁く。

「もうすぐ俺、発情期がくるんだよ。獣人は発情期が来ると、番も一緒にお籠もりするのが決まってんだ。だから、そん時だけは俺を優先してくれると嬉《うれ》しい」

な、と頼まれて、僕は思わず陛下に視線を向けた。陛下も困り切った顔をしていた。ああ、ルゥイの場合はきっとこういう時に笑いながら「一緒に籠もればいいじゃねえか」って言いそうだ。

……脳味噌《のうみそ》が沸騰しそうだ。

「俺に全権委任したんだよな、陛下。んじゃ俺らの国と同等の保証をそのまま組み込むぜ。予算別枠でよろしくな。あとで見積もりをそっちの部屋に持ってくわ。おっと、ここにサインくれ」

書き込まれた内容を確認した長様がなんてことないように笑って、書類をパサッと振ると、陛下に裁可を押しつけた。

「おおお！　長、太っ腹！　これで俺も安心してお籠もりできるよ！」

スタント先生は喜色満面で拍手して、俺の頬にフワフワの頬を擦《こす》りつけてから、鼻歌を歌いながら部屋を出ていった。きっと自分の部署に戻ったんだろう。

「あとで発情期用の人族側の資料をやるから、アルもしっかり用意しとけよ」

「そ、そんなに大事《おおごと》なんですか……」

見当もつかない事柄に少しだけ不安が募る。

そんな僕には構わずに、長様はガハハと朗らかに笑った。

その後すぐスタント先生の発情期はやってきた。

一緒に住んでいる僕たちは、今はまだ清いままの関係だ。

人族と違って、獣人族は発情期が来ないとあまり性欲というものが湧かないんだそうだ。けれど、一度発情期が来ると、相手を確実に妊娠させるために、孕《はら》むまで発情が止まらないらしい。

同性同士の場合は、大体三週間から一か月ほどで落ち着くらしいけれど、それまではほぼ外にも出ず、ずっと部屋に籠もってそういう行為をするらしい。

僕たちは発情期に備えて、獣人の村に移動した。

獣人の村に行くという僕の夢が、スタント先生によって叶《かな》った形だ。

そんな幸せを噛みしめながら、スタント先生の家に居を移した僕たちは、急いで用意を始めた。

長様《おさ》から貰《もら》った資料によって部屋に携帯食や保存食を持ち込んで、いつでも食べられるようにはしたし、通いで来てくれる使用人が部屋のドアの外に食事を作って置いておくようにしてもらった。

獣人の村にあるスタント先生の館は結構こぢんまりとしていて、寝室のすぐ近くに浴室があるので、入ろうと思えば発情期中にいつでも入れる。ただ匂いを消されることをよしとしない獣人は、風呂《ふろ》に入ることを嫌がることもあるとか。スタント先生はどっちなんだろう。普段綺麗《きれい》好きだから大丈夫かな。

服はほぼ着ることがないので、ガウンや夜着だけあればいい。

一つ一つ確認する横で、スタント先生は落ち着きなく僕の周りをうろうろしていた。

確かにいつもと雰囲気が違っていた。

いつもは優しく僕を見つめる目つきが、欲を孕んでいるような感じで、見ているこっちまで胸がぎゅうっと締め付けられるような落ち着かないような気分になった。

「……よし。スタント先生、もう大丈夫……」

最終チェックを終えて振り返った瞬間、スタント先生に身体《からだ》を抱き上げられ、ザリッとする舌で口を舐《な》められた。

「へ……あ、せ、先生……」

「名前で呼んでくれ。ああ、アル、アルフォード、愛してる……」

熱を孕んだ声に、胸が跳ねる。

「スタント……さん」

頰を熱くしながら名前を呼んだ瞬間、ベッドに下ろされて、着ていた服のボタンを弾《はじ》けさせるように脱がされた。

「ごめん……余裕ねえ。こんなに余裕がねえとは思わなかった……っ、怖がらせたらごめん……」

謝りながらも、スタント先生は甘嚙《あまが》みするように俺の舌や唇を軽く嚙んでいく。

「は、初めてなので、下手《へた》くそかもしれないですけど……あの、スタントさんがどんなでも、僕は嬉《うれ》しいです……」

そっとスタント先生の背中に腕を回すと、「ありがとう」というスタント先生の小さな声が聞こえた。

散々抱かれて、隅々までスタント先生を感じて、身体中余すところなく舐められて甘噛みされて、僕は最後生理的な涙を零《こぼ》しながら初めての発情期最初の日を終えた。

初めてスタント先生のものを受け入れた身体は今も違和感だらけで、立ち上がることも億劫《おっくう》だし声も嗄《か》れた。

それでも嫌じゃなくて、それどころか嬉しくて、僕が泣いたのを見てやめようとするスタント先生を必死でとめた。

大好きだから、やだやめないで、苦しいけれど嬉しい……。

たくさん恥ずかしい言葉を叫んだのは記憶に新しく、落ち着いてみれば布団から出られないほどの羞恥《しゅうち》に染まっていた。

けれど、発情期は約一か月あるわけで。

幸せそうではあるけれど、まだまだ足りなさそうなスタント先生の発情期のことを思って、僕は布団の中で拳《こぶし》を握った。

まだ初日。明日にはもっと、さらに先はもっともっとスタント先生を満足させられるようにならないと。

なんたって、僕はスタント先生の番《はんりょ》なんだから。

困ったように僕を呼ぶスタント先生の顔が見たくなって、僕はもそもそと毛布の中から顔を出した。

「スタントさん……大好きです」

チュッとキスをすると、スタント先生が目を細めて無邪気な笑顔を僕にくれた。ルゥイの言っていたことがわかったよ。確かに、身体を重ねると幸せだね。

あの日ボルトさんに抱かれたと僕に報告してくれたルゥイが、今までにないくらい美しい笑顔を浮かべたあの時のこと、僕は今も鮮明に思い出せるよ。

きっと僕も、あの時のルゥイと同じ顔をしてるんじゃないかな。会いたいな、ルゥイに。


『ルゥイへ。

前のメッセージから既にひと月経《た》ちましたが、その後どうでしょう。

風の噂《うわさ》で、フォーディアル殿下が冒険者ギルドゴールドランクに上がったと聞きましたが冗談ですよね。

陛下もその冗談を聞いて、とても遠い目をしておられました。

どうしてこれだけの間が空いていたのかというと、スタント先生が『発情期』に入ったからです。

先生と共に神殿に行き、婚姻の儀をあげました。

獣人は婚姻の儀を受けるとその相手と本格的な発情期が来るそうで、番である僕も一緒に発情期を迎えました。一緒に獣人の国にあるスタント先生の家に行きました。この国では備えがいまいちだからだそうです。思わぬところで夢が一つ、二つ、叶いました。全てスタント先生のおかげです。

三週間、スタント先生と朝から晩まで過ごしました。感想はとてもとても伝えられません。でも、感極まって泣いてしまった僕は、きっと貴族失格です。でも、スタント先生はそういうところもイイと……ええと、話が逸《そ》れました。

婚姻の儀、僕は、入り口の花を四本手にして満足しました。スタント先生は七本も抱えており、「俺、大家族なんだ。今は世界中に散り散りだけどそのうち紹介するな」と照れていました。僕の場合、両親と、スタント先生と、きっと最後の一本はルゥイです。

君に直《じか》に会って伝えたい。

僕はとても充実した日々を送っていると。

顔が見たいです。会いたいです。でもそんな僕の我《わ》が儘《まま》で君をここに呼ぶことはできません。

どうか、ルゥイも精いっぱい楽しい日々を送ってください。一番の親友へ。

アルフォード』

「うわ休暇あけたら一皮剝《ひとかわむ》けたなアル」

スタント先生と共に長期休暇を取って、二人で『発情期』を乗り切り登城すると、長様に開口一番そんなことを言われた。

どこも変わりはないけれど、と自分の服を見下ろして首を傾げると、クリスが「スタント張り切り過ぎよね。さすが番ができて初めての発情期」と鼻を押さえた。

「どこかおかしいか？」

「見た目じゃないの。匂いよ、匂い。スタントのマーキングの匂いがプンプンする」

いいわねえ、沢山愛し合ったみたいで、と言われて、ようやく言われたことを理解する。と同時に顔に熱がぐわっと上がった。

も、もしかして、僕がスタント先生と致した内容、全て把握されている……？

ぎこちなく視線を長様に移すと、長様はニヤッと笑って「若いっていいねえ」と呟《つぶや》いて、僕の背中をボンと叩《たた》いて陛下の執務室に向かってしまった。

「今更何照れてるのよ。長期休暇を取った時点でお察しよ。諦《あきら》めなさい。今回限りじゃなくて、毎年だいたいあるからさ」

「毎年……？」

「ええ。番ができるとだいたい毎年発情期が来るわね。結構体力使って大変でしょ。年に一回ってホント大変よね」

「年に一回……？」

はぁ、と溜息《ためいき》を吐《つ》くクリスに、僕は愕然《がくぜん》と視線を向けていた。

あの愛し合う行為は、もしかして年に一回だけ、なのか？

ああでもどの本でも獣人の発情期は多くても年に二回、身体の大きな者だと数年に一回だと書かれていた気がする。

僕はスタント先生に一年であの時期しか抱いてもらえないのか。

そのことに思った以上にショックを受け、僕は初めて異種族の壁を感じたのだった。

◇◇◇

『アルフォードへ。

発情期おめでとう。ボルトがとても心配してたよ。獣人の発情期は下手すると栄養失調になるらしいからしっかりと対策しろよ。っても、相手は薬師だからそこまで心配はしねえけど。大人になったんだな、アルフォード。愛されるって最高だろ。

俺は今、ソレイルの下の国、ルド国で金を稼いでいる。ここは大物が多くて楽しいぞ。

最近新しい剣を手に入れたんだけど、なんとそれをくれたのが『刻《とき》の魔術師』だったんだ。

あの人、今はフォルトゥナで商人してるんじゃなかったっけ。なんで俺の居場所をピンポイントで突き止めるのかマジで怖いよ。

有無を言わさずボルトと二人、転移で変な店に連れて行かれて、目の前ででき上がった剣を俺専用だからって渡してくれたんだけど、ボルトが使おうとしても鞘《さや》から抜けないんだよ。専用の意味がわかった。すごく手に馴染《なじ》むし、切れ味抜群だしいい剣なんだけど、なんだか覇王の剣を思い出して溜息が出そうになる。勿論《もちろん》剣が声をかけてきたりはしないからいいんだけど。

ルド国ではボルトと二人で小さい家を借りて住みながら日々魔物と戦ってる。そうだ、面白い素材を手に入れたからギルド経由でそっちに送ったから、隙を見てフォルトゥナ国のギルドに顔を出してくれ。連絡は行くと思うけど、どうかな。

まだまだ目標金額まで達成できてないからもうしばらくは魔物討伐し続ける予定。

婚姻おめでとう。一番の親友へ。

ルゥイ』

送信、と携帯端末型魔道具を操作して、俺は鞄《かばん》の中に端末をしまった。

ボルトは今、素材買い取りの手続きをしている。

俺は南国でしか取れない調薬用素材を手に入れたので、アルフォードに送る手続きを終えて、ボルト待ちだ。

本当は一度、フォルトゥナ国に帰っているんだけれど、王宮には顔を出さずにこっちに戻ってきたのでそのまま、まだこっちに居を構えている。

フォルトゥナ国には、『刻の魔術師』の魔方陣魔法で連れて行かれた。ドワナという東の方の街の、裏通りのそのまた裏の辺りにある隠れ家的な店が『刻の魔術師』の店なんだそうだ。そこには、遊びに来たと言って蒼獣《そうじゅう》が寛《くつろ》いでいて驚いた。何でも、その店にはよく魔素が溜《た》まるのでとても心地よいらしい。

珍しい物は沢山あったけれど、買いたいと思ったのはただ一つ、身を守るという護符だけだった。それを二つ買ってボルトと俺の首にぶら下げている。『刻の魔術師』本人が作ったらしいので、きっと効き目はあるはず。

デザインも、ボルトが独特だが繊細でとても素晴らしいと褒めるので、ついついおそろいにしてしまった。俺はそういうアクセサリーのデザインを見る目はないからどんな見た目でもいいんだけれど。

それを作った本人の前で言ったら、少しはその眼を鍛えましょうよ、と呆《あき》れられた。

「待たせたな」

「いや、アルフォードにメッセージを返信してたから全然」

携帯端末をボルトの前で振ると、ボルトは肩を竦《すく》めた。

「そうか。向こうは息災か？」

「うん。アルフォード、無事復帰したらしいよ」

「体力が桁違《けたちが》い……には見えなかったよな」

「身体を動かすの全般苦手だった」

「じゃあ……スタントが滅茶苦茶手加減したのか」

「手加減しないとヤバいレベル？」

ゴクリと喉《のど》を鳴らして恐る恐る訊《き》けば、ボルトは真顔で頷《うなず》いた。

「ヤバいなんてもんじゃねえよ。獣人ってのは活力の塊だろ。それが理性を飛ばしてただひたすら発情してるんだぞ。長い時は数週間も。考えてみろよ。一日中ずっとセックス三昧《ざんまい》で飯を食う余裕すらないんだぞ。獣人はそれだけの体力があるからある程度はなんとかなるが、人族だと本気で命の危険も出てくるんだ」

「うへえ……、確かにそれは死ぬな……じゃあ無事ってことは」

「スタント、必死で理性をコントロールしてたんだろうなあ。それだけアルフォードのことが大事なんだろ」

ボルトの言葉に、自然と笑みが浮かぶ。

そうか。アルフォードは講師と仲良くやってるのか。幸せなのか。

にやけた顔のまま、俺はボルトの腕に抱き着いた。

「なんだか俺もボルトと発情したくなった」

「いいなそれ。たまには大人のアイテムでも使ってみるか」

「アイテム？」

「ああ。獣人の発情を促すアイテムなんだ。成人の儀を受けないと絶対に買うことができないアイテムがあるんだが、少しお高めでな。貯金を切り崩さないとなんだ。目標金額まであと少しなんだけどどうする？」

「買う一択だろ」

目標金額達成したら、ボルトとのこの生活も終わりを迎えるんだということは理解している。

けれどだからこそ。こうしてたまには回り道をしてもいいんじゃないか。

フォルトゥナ国に帰ったところで俺がすぐに王様になるなんてことは絶対にないから、そこはまだ叔父《おじ》さんに頑張ってもらって。

クククとほくそ笑んだ俺は、今度はフォルトゥナ国内を旅してもいいんじゃねえかな、なんて思ったのだった。

番外編　きっと全ては——

「ボルト、我が自慢のボルトレイト、お前もしっかりと陛下に忠誠を誓うために腕を磨くんだぞ」

それはずっと父に言われ続けた言葉。

俺はなんの疑問も持たずに、自分も父のように陛下の騎士となり、国を守るんだと思っていた。

そのためにずっと父と共に騎士団の厳しい訓練を受け続けていた。

けれどまだまだ身体《からだ》もできていない子供。

いくら父の才能を受け継いでいると言われても、所詮は子供だまし。

邪魔にしかならない俺が騎士団に通えたのは、父の力によるところが大きい。

そんな騎士団の、俺に向ける目はかなり厳しくて冷たく、情けなくも泣きたくなることもしばしばだった。

その日も下っ端の騎士にコテンパンに打ち据えられ、打たれた場所を冷やしながら、俺は不覚にも涙を零《こぼ》していた。

身体にあざは絶えず、けれど騎士として成長するためにはそれが当たり前、むしろそれを乗り越えないと立派な強い騎士にはなれないぞと父に諭され、俺は一人水辺でしゃがみ込んでいた。

「痛い……」

騎士団の前では絶対に言えない言葉を呟《つぶや》くと、痛みがさらに倍増した気がした。ああ、だから皆、打たれても倒されても「痛い」と言わないんだ。痛みが増えるから。

なるほどと納得はしながらも痛みが引くことはなく、二度と痛いと言うまいと奥歯を噛《か》みしめていると、ふと後ろに人の気配を感じた。

振り返ると、優しい顔つきの人が俺を見下ろしていた。

太陽の光が反射して、その人の髪が赤く燃えているように見えて、目を瞬《しばたた》く。

「大丈夫かい？　たしかコーレインの子だよね。酷《ひど》い打ち身だ。まったく、コーレインも少しは子供を大事にしないとね」

そう言うと、その人は懐から瓶を一本取りだして、俺の打ち身のある腕に掛けた。

途端に痛みが引いていく。

すごい、と感動して見上げると、赤い瞳《ひとみ》がゆったりと細められ、口元が弧を描いていた。

その顔は、今まで会ったどの大人よりも優しい人だと感じた。

「ありがとう……ございます」

「治ったならよかった。じゃあね」

軽く手を振って踵《きびす》を返していった赤髪の人が誰なのか、気付いていた。

あの人が、この先この国の頂点に立つ陛下だ。

とても優しくて、こんな人が国王だったら優しい国になるだろうと思わせる雰囲気を、しばらく呆然《ぼうぜん》と感じていた。

けれど、俺は知っている。たまに父が溜息《ためいき》とともに零している言葉を。

「陛下は宰相《さいしょう》たちの言葉しか聞かない。いまどれだけの税が搾取されているのか、知らないのだ……」

最初は父の言っていることがどんな意味を持つのかわからなかった。

けれど、俺の目から見ても、城下の治安は次第に悪くなっていた。

それは陛下の悪政のせいだ、と父は家で密《ひそ》かに零していた。

父は陛下の専属騎士のはず。なのに、どうして父は家で陛下のことを悪く言うのか。

あの人は優しい人だ。

だから、悪政なんて嘘《うそ》だ。

そんな思いを胸に秘めながら、俺は日々訓練を続けた。

そして、十歳になると同時に父と共に神殿に向かった。

馬車の中で、俺の両肩に手を置いた父は、真剣な表情で口を開いた。

「どんなことがあっても、あのお優しい陛下をお守りしなさい。そして、誰の言葉も分け隔てなく聞くことができる男になりなさい」

「はい」

雰囲気につられて、俺も真剣な顔で返事をする。

陛下をどうとも思わなければ受けることもできなかった忠誠の義。

陛下を慕っていた俺は、何事もなく受けることができた。

忠誠の儀が終わると、胸に温かい一本の糸のようなものがあることに気付いた。それに気付くと、陛下をお守りしよう、という気持ちが湧いた。

けれど現実は非情だった。

忠誠の儀を受けた騎士として叙勲された俺は、時折王宮内の警備をするようになった。

そこで、陛下がお優しいのをいいことに国を食い物にしている者たちがいることを知った。

その者たち……陛下派と呼ばれる者たちにまるで天敵のように言われていた王弟殿下が一番陛下を思っていることも知った。

けれど、まだ十やそこらの俺が知ったところで、どうにもできないこともまた、知った。

父は陛下に諫言《かんげん》するけれど、聞いてもらうことはできず、全ては陛下派の思いのまま。

子供ながら歯がゆい思いをしているその矢先、陛下にお子が誕生したことにより、国が沸いた。

これでいい方に向かってくれたらいい、そう思いながらお子をお披露目する会の警備をすることになった。

陛下のお子も見てみたい。そして。陛下のお幸せそうな顔も見たい。これを機に、陛下も他の者たちの言葉をお耳に入れてくれたらいい。

そんな期待を込めて参加したお披露目会で、その悲劇は起きた。


入り口からお披露目の会場に入っていくのは、いつになく雰囲気のおかしい王弟殿下。

俺が警備を任された場所は、入り口の外側。チラリとドアから中を覗《のぞ》くと、そこは一面血の絨毯《じゅうたん》が敷かれていた。

陛下の横には剣の刺さった聖獣様。

そして陛下は……。

首から上のない陛下の身体を見てしまった俺は、声も出せずにその場にへたり込んでしまった。

果敢にも中に駆け込んでいった騎士は、王弟殿下の剣により血の海に沈んでいった。

その場から動けずただ呆然とその光景を見ていると、くるりと王弟殿下がこちらを振り向くのが見えた。

ああ、俺もあの剣で身体が半分になる。

頭の中で、酷く冷静にそんな分析をする俺がいた。

陛下のすぐ横にいたはずの父はどうしたのか。

あれだけ強い父のことだ。すぐに王弟殿下をお止めしてくれるだろう。

そんな希望を持って視線を逸《そ》らした瞬間、二つになった父の身体が見えた。

すでに聖獣様はいなかった。

お強いと聞いていた聖獣様までいなくなるということは、もう王弟殿下をお止めすることのできる人がいないということだ。

王弟殿下の視線に捕らわれて身動きの取れない俺は、そこで自分の命を半ば諦《あきら》めていた。

「これで悪政はやみましたぞ！」

「王弟殿下……いや、新陛下、万歳！」

いきなり聞こえてきた声に、俺の身体はビクッと震えた。

その言葉に、王弟殿下はこっちに足を踏み出した。

もうダメだ。陛下、父上、ご一緒に天でお会いしましょう。

手を組み祈りを捧《ささ》げると同時に、扉のすぐ近くに王弟殿下がやってきた。

騎士は逃げることをよしとしない。

俺が抵抗せずに王弟殿下を見上げていると、殿下はチラリと中に視線を向けて、そっと俺の目の前のドアを閉めた。

バタンと重いドアの音が響くと同時に、中の惨劇が目の前から消え去った。

締められたドアを見つめながら、今見たものは酷い悪夢だったのでは、と考え、けれど確かに繋《つな》がっていたはずの陛下との糸が今はもうどこにもないことで夢ではないんだと現実を突きつけられた。

少しの間、その場にへたり込んでいた俺は、いきなり抱き上げられて声を上げそうになり、口を塞《ふさ》がれ声を奪われた。

チラリと横を見れば、たまに王宮で見かけた冒険者ギルドの統括である女性だった。

「静かにして。今、陛下派の人たちは中の人に見つけられ次第処刑されるから」

「〰〰〰っ」

答えようにも、その女性の力が強く、腕が外せない。

「あなたはすでに目を付けられているの。このままこの国を出た方がいい。遅かれ早かれこういうことが起こるっていうのは聞いていて、あなたのお父様に頼まれていたの。あなたはまだ幼い。だから、こんな馬鹿げたことで将来を潰《つぶ》してはいけないって」

その言葉に、俺は抵抗をやめた。

脳裏には、先ほど見た半分になった父の姿が浮かんでくる。

母はどうなったんだろう。

他の騎士団の皆は。

それを聞く前に、俺は冒険者ギルドの統括に抱き上げられたまま、王宮を脱出した。

◇◇◇

あまりにも衝撃的だったせいか、その後どうやって大陸まで連れてこられたのか、俺はいまいち覚えていない。泣き喚《わめ》き、叫び疲れて寝てしまっただけだ。

大陸に逃げて来ても、しばらくの間は使い物にならず、俺はその町の騎士団預かりで毎日を無為に過ごした。

そして、ようやく心が癒えてくると、統括は冒険者ギルドの見習いとして登録してくれて、俺も自分の足で立つことができるようになった。

それでもたまに思い出すのは、あの赤く染まった床と、俺を見下ろした王弟殿下の赤く光った瞳。

今もまだ、どうして王弟殿下に見逃されたのかはわからない。むしろ、中で騒いでいた王弟派の者たちから俺の姿を隠してくれたようにも思える。

きっと、あの時は一瞬だけ正気に戻っていたんだろう。

あの時一緒に天に昇っていたら、俺は目の前の愛《いと》しい人を助けることができなかった。

最初に見た時に真っ先にあの優しい陛下を思い出したこの赤髪は、ルゥイのくるくると変わる表情こそ似合うなと指でいじる。

最初は全く笑わなかったルゥイと陛下の優しい笑顔は全く重ならなかったけれど、それでも目が離せなくて、半ば無理矢理腕の中に押し込めた。

横で眠るルゥイのまだあどけない顔を見下ろしながら、俺は久々に祖国を思い描いた。

あの時あんなことが起きなければ、ルゥイはもっと別の名で、あの手の届かない椅子に座っていたのだろう。そして、俺はまた忠誠の儀を受け、ルゥイをずっと守ると誓いを立てていたんだろう。

けれどその儀は今の気持ちとは全くの別物で。

いくつもの試練が重なり、偶然出会った俺たちだけれど……。

今この形が、とても大事で愛おしい。

後悔なんか沢山したけれど、それでも、ルゥイをこの腕の中に捕らえることができたことだけは、絶対に後悔しない。

「……離してなんか、やれるかよ……」

柔らかいくせのある髪を指で梳《す》きながら、俺はそっと身を屈《かが》めて宝物にキスを送った。

番外編　ソレイルからの指名依頼

「ソレイル王宮からの依頼？」

俺とボルトは、手渡された書類を見て声を上げた。

俺たちが今いるのはソレイル大国の東側の街。ボルトの大好物の串焼《くしや》きが売っている街だ。

ノルデン国のアーンバル上級学園を卒業して三年、俺とボルトは冒険者として、三つの国を渡り歩いた。そして、今は大陸の中央に位置する大国、ソレイル国にいる。

冒険者ギルド内ではだいぶ名が知られた俺とボルトは、全国のギルド内部で情報共有されるのか、どこに行っても指名依頼が入る。

今日、統括代理にニコニコと渡された依頼書もそうだ。

王宮からの依頼なんて、俺の叔父《おじ》さんくらいしか出さないと思っていたけれど、こんな大国で渡されるとは。

「なあ、ボルト。これどうする？」

とても高価そうな紙に書かれている署名は、ソレイル大国の国王の御名。

「まあ、依頼料は破格だよな。でも王宮か……依頼の内容は王宮にてっていうのが面倒くせえな……」

指名依頼ではあるけれど、俺もボルトも乗り気じゃなかった。報酬額は本当に破格。これを受ければ豪邸でもポンと買えてしまう。下手《へた》すると、統治が追いついていない連合国の島一つくらいは買えてしまう報酬額だ。

でも、だからこそ、厄介ごとなんじゃないかと勘ぐってしまう。

「あー……でもフォーディアル殿下の実家なんだよな……」

知り合いの家からの依頼なんて、ちょっと断りづらい、と零《こぼ》せば、ボルトが依頼書を俺の手から取り上げた。

「こういうのはどうだ。行ってみて、話を聞いてから決める。別にその場で断ったら不敬なんて書かれてねえだろ」

「なるほど」

「んで、理不尽な内容だったり、報酬額の虚偽があったりしたら、断る。断り切れなかったら逃げる。二度とソレイルに足を踏み入れなければいいだけだ」

ボルトの言葉に、俺は目を輝かせた。その会話を聞いていた統括代理は普段通りニコニコしている。統括代理は大抵こういうときに止めはしないでやってみろという姿勢を見せる。たとえ指名依頼でも緊急じゃない限りはこっちの意思で断ることができるよう、ギルドの規定で決まっているから。

「汽車代も出てるから、先にそっちを渡すね。じゃあ、あとは頑張って」

俺たちに当座の移動費を手渡した統括代理は、ひらひらと手を振って俺たちを見送った。

◆◆◆

ソレイル大国の王都の駅に降り立つと、そこはペルラ街よりもさらに発展したとても大きな都会だった。流石《さすが》大陸一の大国の王都。

「……やべえ、自分が田舎者《いなかもの》だって再確認した……建物に圧倒されて落ち着かない」

ぽつりと零せば、ボルトが肩を震わせた。

「まあ、今まで回ったところはどこも長閑《のどか》だったからな」

「学園に行くときも全く同じ気持ちだったことを思い出した……」

あの時も間抜けな顔を晒《さら》した記憶が……。と高い建物を見上げながら震えると、ボルトがとうとう我慢ならないとでもいうように噴き出した。

「さ、行くぞ。もう迎えは来てるみたいだからな」

背中をトンと押されて一歩足を踏み出すと、駅の前の広場に、とても豪華な馬車が一台停まっていた。

馬車の前ではとても身なりのいい使用人風のご老人が立っている。

俺と目が合った瞬間、そのご老人に深々と頭を下げられた。

迎えって……どう考えてもあの馬車の紋章はソレイル王宮の紋章なんだけど、どうして一介の冒険者が王宮の馬車に迎えられないといけないんだ。しかも今日向かうなんて誰にも言ってないのに。

これぞまさに情報社会……。

ボルトと一日くらい街を堪能してからちゃんと着替えて王宮に行こうかって話をしていたけれど、それはダメになりそうだ。

馬車の前にたどり着けば、その後老人がにこやかに馬車のドアを開けてくれた。

「このたびは我が国にご来訪ありがとう存じます。宮にて我が主《あるじ》が首を長くして待っておりますので、どうぞお乗りください」

めちゃくちゃ丁寧な言葉にタジタジになっていると、ボルトがスマートに受け答えをして、俺に手を差し出した。

これはエスコートってやつかな。

チラリとボルトを見上げると、手を差し出した姿が様になっているボルトは、まるでどこぞの貴族のように品のある笑顔を見せた。

「……俺にエスコートは不要じゃね？」

呟《つぶや》くと、ボルトが「ま、そうだな」と笑いながら自分から馬車に乗り込んだ。

その後に続くように俺も乗り込むと、馬車のドアは閉められた。ご老人は御者らしい。

揺れも少ない快適な馬車は、とても栄えて騒がしい街の道を抜ける。

窓から外を見るだけでも、民の笑顔が飛び込んで来て、ここはちゃんと善政が敷かれているんだなというのがわかる。

それほど経《た》たずに、馬車は王宮に辿《たど》り着《つ》いた。

俺たちが降りると、目の前にはずらりと人が並んでいて、少しだけ圧倒される。これが全員剣を向けた騎士だったらむしろやる気出るのに、という呟きは、ボルトにしっかりと拾われたらしく、呆《あき》れたような目を向けられた。

お迎えの群の中心にいたのは、この国の国王と思《おぼ》しき壮年の男性と、学園で一緒に帝王学を受けた、フォーディアル殿下だった。

殿下は俺を見ると、パッと顔を輝かせて、両手を開いて近寄ってきた。

「ルゥイ！　久しぶりだね！　元気そうで何よりだよ！」

「フォーディアル殿下も。ご健勝で何よりです」

挨拶代《あいさつが》わりのハグをすると、殿下は今度はボルトの方に視線を向けた。

そして表情を改めて、手を差し出した。

「あなたがボルト殿か。お噂《うわさ》はかねがね。お会いできたこと、とても光栄に思います」

「私も殿下のことはルゥイによく聞いていましたよ。よろしく」

どっちが上の身分かわからないやりとりをした後、俺たちは王宮の一部屋に案内された。

豪華でふわふわなソファに腰を下ろした俺たちの目の前には、国王陛下とフォーディアル殿下が並んで座っている。

目の前には、とても香り高い紅茶と上品な焼き菓子が置かれており、この歓待振りにどうしたらいいのか戸惑《とまど》う。まあ、殿下がいるならそうおかしなことは言われないだろう、と腹を括《くく》ると、早速国王陛下が依頼のことを口にした。

「依頼書を見てもらった通り、お二人に頼みたいことがあります」

手にしていた茶器をテーブルに戻し、背筋を伸ばす。

国王陛下はチラリとフォーディアル殿下に視線を向けてから、俺たちに新たな依頼書を差し出した。

内容は、フォーディアル殿下の育成……育成？

「なんで？」

思わず声を零すと、殿下の肩が揺れた。

「実は私も冒険者になろうと思って」

「いやいやいや、殿下はちゃんとここで王子してるじゃないですか。王子していたほうがいいと思いますよ」

「ふはっ……王子してるってなんだ。いや、フォルトゥナ国の唯一の跡取りである王子が冒険者してるんだから、この国の第四王子である私が冒険者をしても何らおかしくはないと思うが」

笑いながらそんなことをツッコんでくる殿下に、目を剝《む》く。

あれ、俺がフォルトゥナの王子になったってこと、なんで知ってるの？　書類一枚で終わらせて、披露目とか何もしてないのに。むしろ今も叔父さんが頑張って国王してくれてるから。

眉《まゆ》を寄せて首を傾《かし》げていると、国王陛下が口元を緩めた。

「我らのような大きな国は、情報収集を怠ると途端に足下を掬《すく》われるのですよ。君が我が息子《むすこ》と共に帝王学の授業を受けたと聞いて、少しだけ調べさせてもらいました。無論、外には出していないので安心してください」

「いや俺たちの秘密知ってますって言われて、安心なんて出来ないですよね!?」

ね、とボルトの方に顔を向ければ、ボルトは通常通りの顔つきで、動揺すらしていなかった。

「まあ……大抵のところはもう摑《つか》んでいるだろうな。だから王都を避けて活動してたんだぞ」

「なるほど気付かなかった……ボルト頭いい……」

感心していると、目の前の高貴な人たち二人が声を上げて笑った。

高貴な人たちっていうものは声を上げて笑わないものだと思っていたので、楽しそうに笑う二人に驚いた。

「ごめん……ほら、父上。言っただろう。ルゥイはとても楽しいって。最初に会ったときなんか茶器が高価すぎて持てませんって真顔で言って講師を困らせていて、笑うのを我慢するのが大変だったんだ……」

「だってあの茶器、俺の学費一年分よりもだいぶ高いじゃないですか。割ったら弁償なんて無理です。あの頃はまだシルバーだったから稼ぎもそんななかったし……ってこんな俺の暴露話じゃなくて、殿下の話ですよね！」

慌てて話題を変えると、殿下はまだ笑いの余韻の残る声でそうだったと頷《うなず》いた。

「ご存じの通り、私はこの国の四番目の王子だ。上に三人も王子がいる。そしてその三人は皆それぞれ優秀だ。私はまあみそっかすだな。だからこそノルデンに留学したんだが……このまま王宮にいても出来損ない王子と言われ続けるのは流石に嫌だからな。身分を捨て、好きに生きたいと思ったんだ」

「ハァ……」

殿下の言葉に、俺とボルトは顔を見合わせた。

何か大層な理由があると思ったら、なんとも平和な……そしてなんて贅沢《ぜいたく》な理由。

有無を言わさずこの立場にならされた俺とボルトからすると、とても温《ぬる》い理由だった。

俺たちの雰囲気が変わったことに気付いたのか、殿下たちも笑みを引っ込めた。

ボルトがテーブルに置かれた依頼書を手に取り、内容を検《あらた》める。

俺も横から覗《のぞ》き込《こ》んで、内容をチェックした。

『指名依頼
ルゥイ・グランデ・フォルトゥナ王子
ボルトレイト・コーレイン卿《きょう》
【依頼内容】ソレイル国第四王子フォーディアルをシルバーランクの冒険者に育成すること
その場合、フォーディアルの力を持ってランクアップさせること
身分はないものとする。自身の力で立てるよう育成すること』

自分の力で立てるように育成……。俺は、ボルトに育てられたようなものだから、こういうのを出されると弱い。自分の力でここまで来たわけではないから。

ボルトも隅々まで確認してから、依頼書をもう一度置き直した。

「育成するのは、そう難しいことではないです。ですが……冒険者とは、どの国でも最底辺の者がなる職業です。私もルゥイも、それ以外の選択肢がなかった。そういう追い込まれた奴《やつ》が多い。そんな最底辺の奴らと渡り合えないと、生活すらままならない。それを踏まえてなお、冒険者になり

たいですか、殿下」
　ボルトが真顔で言うと、とても厳しい雰囲気になる。今は敢《あ》えてその雰囲気を前面に出している
ようだった。
　そんなボルトに威圧されることなく、フォーディアル殿下は笑顔を浮かべた。
「無論」
「理由を訊《き》いても？」
　ボルトの言葉に、フォーディアル殿下はしっかりと頷いた。
「実は……私と兄上たちは、とても仲が悪いんだ。下手《へた》をすると魔法の練習と称して殺されかける
ほどにな。流石に父上も黙っている訳にもいかずに私がノルデンに逃げている間に兄上を叱ったら
しいが、私が絡まないと普通にいい王子なんだよ兄上たちは。私が父上に訴えても最初は信じても
らえなかったくらいだからな。そっと父上に木陰に隠れてその練習風景を見てもらって初めて信じ
てもらえた」
　その言葉に、俺はチラリと陛下を見てしまった。このとても威厳ある陛下が木陰で隠れて……。
　その視線に気付いたのか、陛下は肩を竦《すく》めた。けれど口は開かなかった。
　殿下はそんな父親をチラリと確認してから、少しだけ視線を落とした。
「私がいないだけで、王宮はとても穏やかになった。ここまで時間がかかったのは、それでも私を
愛してくれている両親を説得するのに時間が掛かったからだ。そのため、悪いがルゥイの名前を借
りてしまった。凄腕《すごうで》の冒険者と共に修行をすると」

殿下の話は、フォルトゥナの兄弟闘争を思い出し胸がざわつくような内容だった。全然違うんだけど、兄弟仲が悪いって……そんな殺したいほどに仲が悪くなるものなんだろうか。

「幸いにも私は剣だけは自信がある。もし、君たちと手合わせして私もそこそこだということが証明されたら少しの間だけ一緒に冒険者をしてくれないだろうか。私もむざむざ兄に殺されて王宮を、ひいてはこの国を堕《お》としたくはないのだ」

「むしろそのお兄さんをなんとかしないとだめなやつじゃ……」

「上の兄たち全員がそんな感じなので、多分私一人がいなくなった方が問題がない。兄たちは本当に優秀なんだ。ちゃんと国のために動いている。ただ、兄たちの中に私の存在は相容《あいい》れないものなのだろう……」

そう言いながら笑顔をたたえて、遠くに視線を向ける殿下は、どう考えても甘ちゃんな気分で冒険者になろうとしているわけじゃなかった。

俺たちと共に行くことでこの王宮を出ることが叶《かな》う殿下。けれど殿下は、そんな兄たちを排除して自分が跡を継ぐなんて考えは欠片《かけら》も持っていないようだった。

ああ……これは、俺もボルトもダメと言えないやつだ。

ダメと言われたが最後、殿下は王宮を出ることができず、兄たちにいずれ殺されるやつだ。しかも本人はそうなったら甘んじて受ける気でいるらしい。

なんだその腐った王宮は。

俺は殿下ではなく、陛下に視線を向けた。

「陛下がどうにかすることは、できないのですか」

「できなかった……できなかったのですよ。王とて、一人で立っているわけじゃない。それに、フォーディアルだけが私《わたし》の血を継いでいるわけではない。全員が平等に血を分けた息子なのです。だからこそ、私が手を出すことはできなかった」

「だけど……」

「ルゥイ」

さらに陛下を突こうとしたとき、フォーディアル殿下にその口調と視線で止められた。

「そのことに関しては、私も両親も納得済みだ。それに、ちょうど昨日、兄から早く出て行けと言われたのでな。それに便乗したい。私から兄たちへの意趣返しでもある。そのうちプラチナになって、兄たちを見返そうというな」

俺たちでさえまだ達成していないことを、殿下は気負うことなく口にした。

確かに、プラチナランクにでもなれば、国をまたいでの英雄扱いをされることもあるし、たとえ相手が王族のような身分の高い者でもその気分次第でお断りできる立場になる。

見返すためなら、いい手ではあるのか……？

チラリとボルトに視線を向けると、ボルトはもう一度依頼書に手を伸ばした。

「まずは、俺と手合わせしてもらいます。陛下、場所をお借りできませんか。できれば、誰にも見つからない場所がいいのですが」

「だったら、王宮の敷地内にあるダンジョンを使うといいでしょう」

陛下はボルトの言葉に頷くと、軽い口調で重大な発言をして口角を上げた。


王宮の裏手のさらに裏には、厳重に管理されたダンジョンの入り口があった。

フォーディアル殿下は兄たちから何かされるとここに逃げ込んでいたらしい。

ってことは、思ったよりは剣の腕がたつのかな。

陛下もそのままダンジョンに入り、最上部の広いところで足を止めた。

「このダンジョンは秘密にされており、私の許可がないと入れないところなのです。上の三人は剣の腕が足りず、ここに入る許可を出していません。たまにルドのプラチナランクの冒険者とギルドの統括代理に入ってもらい、間引きをしている状態です。ここなら誰にも邪魔されないでしょう」

「ソレイル王都ダンジョンか……話には聞いていたが、本当にあったとは」

「この息子を育ててくれるのであれば、ここの永年許可証も出しましょう。たとえ私から誰かに代替わりしても使える許可証です。どうでしょうか」

王宮管理下のダンジョンってことは、出てくるドロップ品や素材は全て王宮の財産になるってことだ。もしかしたら他では見られない珍しい物や高値のものがあるのかもしれない。そこでの許可証ってことは、その素材類を俺たちが外に持ち出してもいいってことなんだろうか。

それとも、出たドロップ品や素材は一度王宮に返上……と言ってはおかしいけれど、渡すものなんだろうか。今までギルドの管理下にあるものや誰も管理していないダンジョンにしか足を踏み入れたことがないから勝手がわからない。

難しい顔をしていると、陛下がその懸念を読み取ってか、付け足した。

「もちろん出た素材やドロップ品は二人が好きにしてよいし、いつ来ても入れるようにしておきましょう。このダンジョンは下層に行くと、魔石のような特性を持つ宝石をドロップする魔物が出てくるのです。その魔石の見た目がとても麗美で、他の無骨な魔石とは一線を画す程に人気なのですよ。けれど数が多くない故、私たち王家で管理しています」

「なるほど。もし俺たちが乱獲したら？」

「その時は私と息子の見る目がなかったと諦《あきら》めるだけですね。一度言い出したこと、許可を取り消しはしません」

なるほど。そうまでして殿下をサポートしてほしいのか。

ちゃんと親としての息子への愛情が垣間見えて、だからこそ余計に兄たちを放置するのに疑問を持つ。

まあでも、俺のところも人のことをとやかく言えないような歴史があるしな。

王家とかお偉い人のしがらみとか、全然わからないしわかりたくもない。

溜息《ためいき》を呑《の》み込《こ》んだところで、ボルトと殿下の手合わせが始まった。

……正直言って、殿下の腕は、多分俺より上だった。強い。

俺との手合わせだったら、正攻法だと絶対俺が力負けするやつだ。

しばらく剣を合わせる音がしていたけれど、殿下はボルトの動きにちゃんとくいついていた。

「……俺らいらなくね？」

素朴な疑問を口に出すのと同時に、ボルトが殿下の剣を飛ばして手合わせは終わった。

ボルトもだいぶ驚いているみたいだった。殿下の思った以上の腕に。

「もしかして、ルドの冒険者から剣を習ったんですか？」

ボルトが殿下に手を貸しながら訊《き》くと、殿下はその手を借りて立ち上がりながら頷いた。

二人で陛下と俺の前に戻ってくると、ボルトは俺に頷いてから、依頼書を取り出した。

「ルゥイ、少しの間ソレイルで活動するのもいいいな」

「じゃあ串《くし》焼《や》きのところを拠点にしようぜ」

「いいな」

そんな会話を交わしながら、ボルトが依頼書にサインを書き込む。

それを陛下に渡して、「確かに承りました」と優雅に一礼した。

その時に見せた殿下の表情は、とても晴れやかなものだった。

◆◆◆

フォーディアル殿下は、名を「フォー」として、冒険者登録をした。着ている服装は俺と同レベルの値段のものだ。つまり、ボルトが身につけているもののワンランク下くらい。

剣はボルトお勧めの鍛冶屋《かじや》で購入し、晴れて冒険者フォーとしてスタートした。

ボルトが最初に教えた冒険者の心得は、『自分のことを私と言わない』。それと、ギルドで因縁をふっかけられたらまずは手を出す前に職員に仲裁を頼め、だった。

殿下……フォーは俺たちを呼ぶにあたって、許可を出さない両親からではなく、王太子となる兄をけしかけ、しっかりと王位継承権の返上をしていた。兄たちも殿下もほくほくだったそうだ。笑いを隠すために下を向いて我慢していたところ、悔しがっていると勘違いした兄たちが大喜びをしたんだとか。殿下実は頭いいから、俺たちを呼ばなくても外に出ることができたんじゃないかな、なんてちょっと思う。

フォーは順調に数ヶ月でブロンズを返上。

一年ほど俺たちとパーティーを組んでいたフォーは、別れる時にはすでにゴールドになって、俺たちと共にプラチナの一歩手前まで来ていた。

そして、たまたま西の国に三人で向かった時に、たまたまルドのプラチナランク冒険者マルゴに会ったことで、俺たちのパーティーは解消することとなった。


「おーおー、殿下、なんでこんなところにいるんだ。それにしてもでかくなったな」

「マルゴ！」

いきなり声を掛けてきた大男に、フォーはとても親しげな笑顔を浮かべて近寄っていった。会ったのはソレイルと西の国の国境近くに位置する街の冒険者ギルド。ボルトは元々知り合いだったらしく、そのまま奥の一部屋を借りて再会を喜ぶ運びとなった。俺は初めましてなんだけどな。部屋に入るなり、マルゴは大きな身体で太い腕を開いてフォーとハグをした。数少ないソレイル王宮のダンジョン許可証を持っているのはこの男らしい。ダンジョン内で初めて出会って、それからこの男が王宮に来るたびにフォーは剣を習いにダンジョンに潜り込んで突撃したらしい。マルゴの強さはボルトより上なんだとボルト自身が教えてくれた。マジかよ。

一通りフォーとの再会を喜んだマルゴは、今度はボルトに両手を開いた。

ボルトは肩を竦めるだけでその抱擁をスルーし、部屋の椅子に腰を下ろした。皆も落ち着いて席に座ると、マルゴはニヤリと笑った。

「ボルトが嫁を取ってどえらいところの騎士になったってのは風の噂《うわさ》で聞いていたが、どうしてこんなところで殿下と冒険者なんてやってるんだよ」

「どえらい騎士ってどんな噂だよ……ああ、こっちは俺のパートナーのルゥイ。フォーとも面識があるっていうか、今回はルゥイとフォーの繋《つな》がりで一緒にいたっていうか」

「詳しく話せ」

ぐいと身を乗り出したマルゴの袖《そで》を摑《つか》んで止めたのはフォーだった。

「もう俺は王子じゃなくて冒険者のフォーだ。もうすぐプラチナになれると統括代理に太鼓判を押された。だから詮索《せんさく》はなし。冒険者っていうのは過去を詮索しないものなんだろ？」

フォーの言葉に、マルゴは苦い顔をして身体《からだ》を椅子に戻した。

「とにかくだ。ここで会ったのも何かの縁……王子に戻る気がないなら、俺と一緒に行くか？」

ためらいなくマルゴはフォーを誘った。

「いいのか？　もう権力はないが」

「権力？　俺にはそんなものいらねえなあ。ボルトもルゥイもきっとそう言うと思うぞ」

マルゴの言葉に、俺もボルトもニヤリと笑って頷《うなず》いた。

権力に屈してフォーを育てたわけじゃなくて、その腕前が王宮で消えて行くのがもったいなかったからだ。

「流石《さすが》に伴侶《はんりょ》の間に間男として立たせるのは剣の師匠としていたたまれないからな」

もっともらしくそんなことを言うマルゴに、フォーは何を言われたのかわからないという顔をした。

フォーがいる時は極力二人でイチャイチャを控えてはいたけれど、ああ、あの顔は気付いていない顔だな、と笑いがこみ上げる。

「んじゃ、あとはマルゴに依頼を引き継いでもらうか。そろそろ俺もルゥイと二人で蜜月《みつげつ》を過ごしたいんでね」

「だな。フォーに遠慮しちゃって声を出すのすっげえ我慢してたし」

フォーがいるからと、この一年はほぼ禁欲生活だったから。まあそれをフォーに気取らせる気はなかったけど。

フォーも初めてそのことに気付いたらしく、目を見開いて俺を見た。思ったよりもフォーは擦れていなくて、純情そうに顔を赤らめていた。反応が可愛《かわい》いねえ。

「……そ、そうか。パートナーって言うから、冒険者としての相棒だと思っていたけど……伴侶《パートナー》ってことだったのか……言えよ！　言ってくれ！　俺、ずっと二人の邪魔をしていただけじゃないか！」

あー！　と片手で顔を覆ってしまったフォーに、ボルトがにやり顔で話しかけた。

「婚姻の儀を受けたのはルゥイが学生の時だから、伴侶として長いんだよ。そんな中で一年くらい、問題ないさ。な、ルゥイ」

「うん。むしろ世話焼きボルトがかっこよかったし、フォーと一緒に魔物討伐は楽しかったら問題なし」

フォーは顔を覆ったまま、指の間からチラリと俺を見て、隣に座っていたマルゴの服に顔を埋《うず》めてしまった。

「……でも、それを聞いてしまうと……もう、二人と一緒にいるのは俺の気持ち的に無理だ。伴侶の間に立って邪魔をするなんて……無茶を頼んでしまった。本当に済まない。言い値で父上に請求してくれ。俺は無事一人で立てるようになったと」

「まあ、新たな保護者はマルゴなんだけどな」

腕を組むボルトは、照れるフォーとそんなフォーの態度に困惑するマルゴを、何やら楽しげに見ていた。

「いや、俺は保護者としてではなく、相棒として殿……フォーに誘いをかけていてだな」

「じゃあ俺らはお役御免だな。これはマルゴに引き継ぐ」

ボルトはすぐさま依頼契約書を鞄《かばん》から取り出し、マルゴに渡した。

そしてすぐに席を立つ。

「またどこかで会ったら一緒に飯でも食うか」

俺とボルトの言葉に、フォーはようやく顔を上げて、そして少しだけ悲しそうな顔をしてから、

「フォー、頑張れよ」

フッと笑顔を見せて手を上げた。

「ああ。絶対に」

マルゴとフォーを部屋に残したまま、俺とボルトはドアを閉めた。

一年組んでいたにしては、実にあっけない別れだ。

でも、冒険者はこんなものだし、しっかりと連絡先は交換している。

また会えたら一緒に依頼を受けたり、飯を食べよう。

チラリと定位置となっていたフォーの歩いていた場所に目を向ける。

俺を挟んでボルトとフォーが両端を歩いていたけれど、今は隣にいるのはボルトだけ。

ほんの少しだけ寂しさを感じた気持ちを打ち消すように、俺はボルトを見上げた。

「……ってことは、ようやくめっちゃボルトとヤれるってことか。今日はもう宿にしけ込まねえ？

一年分の鬱憤《うっぷん》がたまってたまって……」

ぐっと手を握りしめて呟《つぶや》くと、ボルトは声に出して笑いながら、俺の身体を引き寄せた。

あとがき

この度は「それは無謀というものだ。」をお手に取っていただき、本当にありがとうございます。初めまして、朝陽天満と申します。

新人冒険者ルゥイと訳ありベテラン冒険者ボルトの話、楽しんでいただけたでしょうか。

この話は、前にネットで連載していた話に大幅加筆して書籍化していただいたものです。どれくらい加筆したかと言いますと、上巻下巻ともに百ページくらいでしょうか。……もっとかもしれません。ネット上では載せていない番外編や、途中途中のルゥイとボルトの糖度を高めにした話の挿入など、とても楽しく加筆させていただきました。

実はこの作品、ネット上では他作品の未来の話として書いていたものなのですが、今回この本を出すにあたり、まるっと新しい話として出したいとお願いしました。色々と我儘《わがまま》を言って連載時に使っていた国名や固有名詞など、かなり手をかけさせてもらいました。

ネット上で楽しんでくださっていた読者様には違和感があるかもしれませんが、一度まっさらな気持ちで読んでいただけたら嬉《うれ》しいです。もちろん、キャラの性格などは全く変えていないので、そっと楽しんでもらうのは大歓迎です。是非全キャラを愛《め》でていただけますと幸いです。

こうしてこの作品を書籍という形にするチャンスをくださった担当I様、本当にありがとうございます！　ご一緒に仕事が出来たこと、とても嬉しく、そして楽しかったです。是非またご一緒したいと思います。

そしてこの本の素敵で素晴らしい表紙と挿絵を描いてくださったたかはしツツジ先生、本当にありがとうございました。表紙を見た瞬間「素敵——!!　ボルトかっこいい!!　ルゥイ可愛《かわい》すぎる——!!」と叫んだのは秘密です。挿絵を見たすぎて夜しか寝れない日々を過ごしました……。

皆様の尽力のおかげでこの作品がこんなに素敵な本になりました。私にとってとても素晴らしい宝物です。この本を手にとってくださった読者様にとっても宝物になればもう言うことありません。

「それは無謀というものだ。」をここまでお読みくださり、ルゥイとボルトの活躍を楽しんでくださり、本当にありがとうございました。

朝陽　天満

/Ruby collection/

それは無謀《むぼう》というものだ。 下《げ》

2024年3月1日　初版発行

著者　朝陽天満

発行者　山下直久

発行　株式会社KADOKAWA
〒102-8177
東京都千代田区富士見2-13-3
電話：0570-002-301（ナビダイヤル）
https://www.kadokawa.co.jp/

印刷所　株式会社暁印刷

製本所　本間製本株式会社

デザインフォーマット　内川たくや（UCHIKAWADESIGN Inc.）

イラスト　たかはしツツジ

初出：本作品は「ムーンライトノベルズ」（https://mnlt.syosetu.com/）
掲載の作品を加筆修正したものです。

ISBN 978-4-04-114495-4　C0093　Printed in Japan